AF210237

FSC
www.fsc.org

MIX

Papier aus ver-
antwortungsvollen
Quellen
Paper from
responsible sources

FSC® C105338

Verlag und Autorin erhielten die Druckgenehmigung für folgende literarische Zitate:
Ralph Roger Glöckler, aus: Kleines Geräusch. Erschienen in: Das Gesicht ablegen, Gedichte, Elfenbein Verlag, Berlin 2001
Antoine de Saint-Exupéry, aus: Der kleine Prinz. Übersetzung von Grete und Josef Leitgeb, © 1950 und 2021 Karl Rauch Verlag, Düsseldorf
Jaroslav Hašek, aus: Die Abenteuer des guten Soldaten Svejk im Weltkrieg. Übersetzung von Antonín Brousek, © 2014 Philipp Reclam jun. Verlag GmbH, Ditzingen
Hilde Domin, Nicht müde werden, aus: Hilde Domin – Gesammelte Gedichte, © 1987, S. Fischer Verlag, Frankfurt am Main

Ein Glossar zu spanischen Ausdrücken findet sich ab Seite 233 ff.

Die Deutsche Nationalbibliothek verzeichnet diese Publikation in der Deutschen Nationalbibliografie; detaillierte bibliografische Daten sind im Internet über dnb.dnb.de abrufbar.
Die automatisierte Analyse des Werkes, um daraus Informationen insbesondere über Muster, Trends und Korrelationen gemäß §44b UrhG („Text und Data Mining") zu gewinnen, ist untersagt.
Zweite Auflage 2025, © Jutta Sybille Schütz / www.jutta-sybille-schuetz.de
Erste Auflage 2022, © Ulrich Diehl
Verlag und Medienservice GmbH, Darmstadt
Umschlaggestaltung: Lena Neumann
Coverfoto: Pexels – Luis D. Alvarez
Satz: Lena Neumann
Verlag: BoD · Books on Demand GmbH,
In de Tarpen 42, 22848 Norderstedt, bod@bod.de
Druck: Libri Plureos GmbH, Friedensallee 273, 22763 Hamburg
ISBN: 978-3-7693-1587-5

Jutta Sybille Schütz

Seelenvulkan

Roman

Du kannst so rasch sinken, dass du zu fliegen meinst.

Marie von Ebner-Eschenbach

1. Kapitel – Drinnen

Sie atmet blubbernd aus, taucht auf, holt Luft, taucht wieder ein, die Arme nach vorne, nach hinten, Wasser beiseite schiebend. Sie kommt voran, mit geschlossenen Augen, mitten auf dem noch stillen See, dessen grünes Wasser sie umschmeichelt. Sie lässt ihre Nase kitzeln von den ersten Strahlen der Morgensonne, die über die Baumwipfel am Ufer hervorblinzelt. Mit einem Ruck dreht sie sich auf den Rücken, hält still mit angelegten Armen, liegt schwebend im Wasser. Fast schwerelos, von allen Fesseln befreit. Kurz vor dem Untertauchen nimmt sie Bewegung wahr am Ufer. Ah, da sind sie wieder. Fast jeden Morgen kommen sie hier vorbei. Die Gruppe ist klar zu erkennen am schleppenden Gang der Männer und Frauen. Manche bleiben stehen und schauen auf den See. Vera weiß, dass sie nicht schwimmen, nicht Auto und nicht Rad fahren dürfen. Dass sie das unterlassen, solange sie in der Klinik sind, mussten sie unterschreiben.

Vera verfolgt den Trupp aus den Augenwinkeln und denkt sich zwei dazu: einen Mann mittleren Alters in einem blauen Jogginganzug, flott voranschreitend. Neben ihm eine aschblonde Frau in ausgebeulter Trainingshose und grauem Anorak, die versucht, mit ihm mitzuhalten. Abstand gewinnen, wir gehören doch nicht dazu! Wenn uns jemand erkennen würde! Von diesen Gedanken waren damals beide getrieben, Vera wie Hans.

Warum bist *du* hier?, hatte Hans gefragt, als sie in einer Mittagspause eine Bank im Innenhof der Klinik teilten und in den auf und ab hüpfenden Strahl des Springbrunnens schauten. Er wurde vom Sommerwind verweht und schickte eine Tröpfchenwolke zu ihnen herüber. Am Himmel keine Wolke, sein Blau bot keinen Grund zur Traurigkeit, aber dennoch …

Man hat mich wohl schon immer für verrückt gehalten, wenn ich von mir erzählt habe, antwortet sie und mustert ihn mit einem prüfenden Seitenblick. Er trifft auf ernste Augen hinter einer kantigen Hornbrille. Sie beschließt, dem Mitpatienten eine Portion Vertrauen zu schenken.

Ich *war* verrückt – nach aktiven Vulkanen, nach ihrer wilden Schönheit. Ich war versessen darauf, rote Lavaströme und gewaltige Schlammlawinen mit meiner Kamera festzuhalten, um den Geheimnissen der Feuerberge auf die Schliche zu kommen – sei es in Island oder auf Papua Neuguinea. Bis ich zum Popocatépetl zurückkam, wo alles begann.

Der Fünftausender in Mexiko?, fragt Hans.

Ja, das ist mein Schicksalsberg, von Kindheit an. Ich bin in Mexiko-Stadt aufgewachsen. Bei klarem Licht war der Popo, wie er dort genannt wird, von unserem Haus aus zu sehen, majestätisch, oft mit einer Schneekrone. Schon als Kind fühlte ich mich wie magisch angezogen. Doch dann zogen wir zurück nach Deutschland, als ich sechzehn war. Ich habe ihm versprochen wiederzukommen und habe mein Versprechen gehalten. Als junge Frau habe ich ihn bezwungen – Schritt um Schritt – und stand nach Luft japsend, aber stolz und gerührt am Kraterrand. Zwanzig Jahre später kam ich wieder. Da hatte ich ein Geologie-Studium und den Doktortitel in der Tasche und schon in einem internationalen Team an Vulkanen in der ganzen Welt geforscht. Mit all meinem großartigen Wissen und meinen Erfahrungen wollte ich nun dem Popocatépetl, dem Zauberberg meiner Kindheit, zu Leibe rücken, seine Geheimnisse enthüllen. Aber er hat mich reingelegt.

Wer?, fragt Hans. Der Vulkan?

Die Einheimischen nennen ihn Don Goyo. Für sie ist er ein alter Mann, den sie verehren, aber auch fürchten. Ich wollte ihn entzaubern, ein Frühwarnsystem entwickeln, damit sich die Bevölkerung rechtzeitig in Sicherheit bringen kann, wenn er anfängt zu spucken. Doch Don Goyo ist ein Gesetzloser, seine Überfälle sind unberechenbar. Vera wird leiser und muss husten.

Hast du einen Ausbruch erlebt?, will Hans wissen.

Ja, ich war mittendrin. Es gab Warnzeichen, aber ich habe sie falsch eingeschätzt. Es kam alles so plötzlich. Don Goyo hat uns überrumpelt. Ich höre noch die Einschläge der Lavabrocken, die wie ein gewaltiger Hagel herunterdonnerten. Jede Nacht spüre ich eine teuflische Hitze rings um mich herum und die Panik in mir. Doch was mitten in diesem Desaster geschah, weiß ich nicht mehr. Geblieben sind nur ein paar Brandwunden an meinen Beinen. Sie krempelt ein Hosenbein hoch, und Hans wirft einen höflich-interessierten Blick auf ihren vernarbten Unterschenkel.

Du hast dich retten können! Oder wurdest du gerettet?, fragt Hans.

Ich lebe.

Aber – wie bist du dann hier gelandet?

Vera wirft einen Blick hinüber zu der Baracke, in der die offene Station der Psychiatrie des Maria-Hilf-Krankenhauses untergebracht ist, neben der Baustelle für einen neuen Trakt.

Friederike, meine Schwester, kam nach Mexiko und hat mich gefunden – in einer Schule, in der Evakuierte untergebracht waren. Ich lag da auf einer Pritsche mit verbundenen Beinen und konnte ihr nicht sagen, wie ich dorthin gekommen war. Sie hatte für mich schon einen Platz neben sich für den Flug nach Frankfurt gebucht. Raus aus der Schusslinie, sagte sie.

So kehrte ich zurück in mein Elternhaus, wo ich noch immer mein Basislager habe. Wo mein Schreibtisch steht, an dem ich meine Forschungsergebnisse auswerte. Mein Vater hat sich immer dafür interessiert. Doch ihn gibt es nicht mehr. Er ist vor einem halben Jahr gestorben. Ihm kann ich nicht mehr berichten, wie der Berg aufwachte und in Bewegung kam.

Mein Beileid, sagt Hans mit heiserer Stimme.

Danke. Aber vielleicht ist es besser, dass er mich hier nicht so sehen kann.

Nach meiner Rückkehr saß ich im Trauerhaus, aus dem ich – „Meine Arbeit ruft!" – nach Mexiko geflüchtet war. Meine Mutter kam mir vor wie ein Schatten ihrer selbst, sie war nach dem Tod meines Vaters ganz dünn und klapprig geworden. Aber ich konnte ihr nicht beistehen. Bis spät in der Nacht hing ich in meinem Arbeitszimmer herum und versuchte mich zu erinnern, was genau am Popocatépetl passiert ist, fuhr Vera fort. Vergeblich. Dabei merkte ich, wie ich immer weniger zustande brachte. Mein Kopf – wie ein schwarzes Loch, das Namen, Telefonnummern und Bankcodes geschluckt hatte. Schließlich ging gar nichts mehr, nicht mal eine kurze Mail. Ich konnte keinen klaren Gedanken mehr fassen und fühlte mich … hirnverbrannt!

Hans nickt langsam vor sich hin. Mir erging es ähnlich, als ich noch in meinem Büro saß. Mein Schreibtisch steht in einem Glaskasten, und alle Kollegen konnten mich sehen. Ich tat nur noch so, als ob ich mich sinnvoll beschäftigen würde. Klickte immer wieder neue Websites an, damit Bewegung auf meinem Bildschirm war. Meinem Abteilungsleiter konnte ich nicht mehr ins Gesicht sehen und ließ mich schließlich krankschreiben. Das war vor drei Monaten!

Vera wendet sich ihm zu. Seine Augen verstecken sich nun hinter seinen Brillengläsern, die das Sonnenlicht dunkel getönt hat. Es ist das erste Mal, dass sie sich mit einem Menschen austauscht, der anscheinend mit ähnlichen Blockaden zu kämpfen hat wie sie. Nun sind *wir* Kollegen, stellt sie fest.

Klingt besser als „Leidensgenossen", meint Hans mit einem sarkastischen Lächeln.

Ich fühlte mich allmählich wie gelähmt, fährt Vera fort, bald auch beim Einkaufen im Supermarkt. Ich stand wie erstarrt in einem der Gänge zwischen den Regalen und hatte keine Ahnung, was ich da sollte. Irgendwann spürte ich die Blicke der Menschen um mich herum. Gleich wird man mich abholen, dachte ich, und nahm irgendeine Dose, die ich in den Einkaufswagen legte. Was sollte ich kaufen, wenn ich nicht mehr kochen konnte? Kartoffeln oder Nudeln? Salat oder Gemüse, Fleisch oder Eier? Ich konnte mich für nichts entscheiden. Ich konnte nichts mehr erledigen – ich war erledigt.

Hmm, diese Sachen besorgt zum Glück meine Frau, murmelt Hans nachdenklich. Um *alles* kümmert sie sich zurzeit.

Aber Vera hört ihn nicht mehr, sie redet weiter, nun da ihr Wortfluss in Gang gekommen ist wie eine Schlammlawine. Was ist los mit mir?, fragte ich mich immerzu.

Und nachts? Wurdest du auch von Albträumen verfolgt?, wirft Hans ein.

Ich weiß es nicht, keine Bilder mehr beim Aufwachen, wenn ich überhaupt noch geschlafen habe. Die Nächte wurden immer kürzer und endeten in einem Schweißbad am frühen Morgen. Ich konnte kaum noch essen, brachte nichts mehr runter, nur noch weiche Bananen. Selbst auf meinen Waldspaziergängen konnte ich meine innere Unruhe und Hektik nicht abschütteln und verirrte mich auf Wegen, die mir eigentlich vertraut waren. Es kam der Tag, an dem ich völlig aufgebracht und gleichzeitig abgrundtief erschöpft von einer Arztpraxis in die andere pilgerte und schließlich hier in der Klinik landete – in der Psy-chia-trie! Ich konnte es nicht glauben und hatte bei der Aufnahme nur einen Gedanken: Das ist der Super-Gau.

Das war es für mich auch, sagt Hans mit belegter Stimme. Als Ingenieur konnte ich alles Mögliche berechnen, die Statik einer

Brücke oder eines Hochhauses. Ich konnte dafür sorgen, dass sich ein Bauwerk im Gleichgewicht befindet, trotz aller Lasten, die auf die Konstruktion einwirken können, und sei es ein Erdbeben. Aber nun bin ich selbst eingeknickt und finde meine Balance nicht mehr.

Vera mustert sein schütteres Haar, die grauen Stoppeln seines Dreitagebarts. Die Erde hat unter dir gebebt?

Das passt. So könnte man es sehen, meint Hans. Ich bin die halbe Nacht durchs Haus gewandert und tagsüber auf meinem Bürosessel eingenickt. Meine Berechnungen wurden falsch. Ich verstand meine eigenen Zahlenkolonnen nicht mehr, sie verschwammen vor meinen Augen. Er starrt auf seine spitz zulaufenden schwarzen Schuhe, die ihren Glanz verloren haben. Meine Frau hat mich hierher gebracht, als meine Wut über meine eigene Unfähigkeit sich gegen sie richtete, gestand er. Aber wo ich bin, das darf sonst niemand wissen. Sie erzählt unseren Freunden, dass ich wegen Schlaflosigkeit behandelt werde. Wenn es nur *das* wäre! Ich fürchte, ich habe mein Hirn kaputtgesoffen auf den Dienstreisen, wenn ich abends im Hotel saß, alleine mit der Minibar.

Aber ich bin doch genauso blockiert, obwohl mich Alkohol kaltlässt, wendet Vera ein. Bei der Aufnahme wurde ich nach den üblichen Lastern gefragt. Fehlanzeige. Ich rauche nicht, ich kiffe nicht, ich trinke nicht, nur manchmal zum Abendessen ein Glas Wein. Als ich der Stationsärztin erzählte, was ich plötzlich alles nicht mehr kann, dass Dr. Vera Krüger nicht mehr weiß, wie sie ihre Kaffeemaschine bedienen soll – was kommt zuerst, was kommt danach –, hat sie gemeint, das sei alles typisch für eine „depressive Episode" – als Folge einer „posttraumatischen Belastungsstörung". Das hat mich zunächst beruhigt. Eine Episode ist doch etwas Vorübergehendes?

Das denkt meine Frau auch. Hans zieht die hängenden Schultern hoch. Es müsste dir doch allmählich besser gehen, meint sie immer, wenn sie mich besuchen kommt. Die vielen Untersuchungen, die ich hinter mir habe – ich wurde im wahrsten Sinne des Wortes auf Herz und Nieren getestet, und auch mein Kopf wurde durchleuchtet – hatten alle kein greifbares Ergebnis. Fast wäre es mir lieber, dass man etwas Schlimmes gefunden hätte. Dann gäbe es eine Erklärung, für mich selbst, meine Familie, meine Freunde. An den Wochenenden holt mich meine Frau nach Hause, und ich muss in unserem Tennisdoppel mitspielen. Niemand soll merken, was mit mir los ist. Aber ich laufe auf Low Battery. Bei unseren Radtouren schaffe ich es nur mit äußerster Anstrengung, mit ihr mitzuhalten. Ich habe keine Kraft mehr, auch nicht für das Versteckspiel. Sie versteht das nicht.

*

Vera erinnert sich an ihre ersten Tage in der Psychiatrie, während sie an Land schwimmt und sich mit ihrem rauen Badetuch abrubbelt. Nach der ersten Visite, die sie auf ihrem Bett in der Wandecke kauernd empfing, verschrieb ihr die Dienstärztin Beruhigungsmittel, Schlaftabletten und Antidepressiva. Und von einer Pflegerin erhielt sie einen Wochenplan, der ihr „eine gewisse Struktur zurückgeben" sollte. Struktur zurückgeben? Was für eine Struktur?, hatte sie sich gefragt. Bisher war sie immer stolz gewesen auf ihre Kunst der Improvisation, überlebenswichtig im *Land der perfekt organisierten Desorganisation,* wie die Mexikaner selbst ihr Land bespötteln. Planung ja – Vera dachte an ihre Forschungsprojekte. Minutiös geplant. Aber am Vulkan musste sie immer auf alles gefasst sein. Selbst mit den raffiniertesten Messungen und Untersuchungsmethoden konnte ein Ausbruch – wann und wo – noch immer nicht genau vorhergesagt werden. Und wenn es so weit war, gab der Feuer, Schlamm und Magma spuckende Berg den Tagesrhythmus des Expertenteams vor.

In der Klinik planen andere Experten für Vera. Auf dem Stations-programm steht Frühsport, der sich als halbstündiger Spaziergang entpuppt, manchmal am See entlang; es gibt Gruppengespräche, bei denen sie kein Wort herausbringt; Ergotherapie – für Vera nichts weiter als eine Bastelstunde; Gymnastik, Autogenes Training als Entspannungstechnik, und jeweils einmal pro Woche steht gemein-schaftliches Kochen und Kuchenbacken der Patienten mit Kaffee-trinken auf dem Plan.

Als Vera zum ersten Mal den Ergotherapie-Raum betritt und von Frau Wiener das verwirrende Angebot an Materialien und Werkzeugen gezeigt bekommt, kann sie eine Stunde lang nur unsicher staunen, anfassen und schnuppern. Sie betastet die in Folien feucht verpackten Tonklumpen und betrachtet fertige plumpe Schalen oder Tierfiguren, die zum Brennen bereit in den Regalen stehen. Weidenruten hängen an der Wand zum Korbflechten. Die Therapeutin zieht Schubladen auf, aus denen Spanschachteln zum Bemalen oder Bekleben hervorkommen sowie Papier und Kartons zum Gestalten von Grußkarten. Holz oder Stein bearbeiten, alles möglich – oder unmöglich. Hier erscheint Vera die Qual der Wahl wie ein Bad in Kleister. Sie kann nur Anderen zusehen, denen das Werkeln anscheinend Gelassenheit beschert, weil sie ein Ziel vor Augen haben, das sie erreichen können – ein handfestes, praktisches Produkt. Vera schaut rüber zu Hans. Er sitzt wie sie vor nichts, aber nicht ratlos, sondern offensichtlich genervt: Kindergarten, murmelt er.

Quälender noch ist für Vera die Stunde, in der Frau Wiener große, weiße Blätter und Buntstifte, Pinsel und Kästen mit Wasserfarben austeilt und dann ein Thema in den Raum wirft, das die Patienten irgendwie bildlich ausdrücken sollen: Was war für Sie das schönste Erlebnis in den letzten zwei Wochen?

Vera kommt zunächst nichts Schönes in den Sinn. Dann fällt ihr der Besuch von Corinna ein, der Freundin, deren Gesicht fast nicht zu sehen war hinter dem großen Blumenstrauß, den sie mitbrachte. Gesicht hinter Blumenstrauß, wenn sie könnte, würde sie dieses Motiv zeichnen. Doch ihre letzten Malerfahrungen waren geologische Profile, die wie Baumkuchen aussahen. Sie zeigten die aufeinander ruhenden Schuttlawinen und Ascheschichten des Popocatépetl, der wie die mexikanischen Pyramiden von Zeit zu Zeit einen neuen Überzug bekam. Stratigraphie – solche Darstellungen geben Aufschluss über die Aktivitäten eines Schichtvulkans. Menschen und Blumen kommen darin nicht vor.

Kunst ist nicht gefordert, sagt Frau Wiener, legen Sie einfach los! Aus dem Bauch heraus. Aber aus Veras Bauch gibt es keine Verbindung in ihre Hand, von der Hand keine Verbindung aufs Papier. Sie hört das Kritzeln der anderen, sieht im Seitenblick ihre Nachbarin unbekümmert mit Wasserfarbe klecksen und wird immer unruhiger. Schließlich muss sie bei der Besprechung der Werke ihr weißes Blatt zeigen. Da Vera beobachtet, wie die Ergotherapeutin ihre Stirn in Falten zieht, bearbeitet sie in der nächsten Malstunde – Gestalten Sie ein Stimmungsbild! Wie fühlen Sie sich heute? – das Blatt mit einem dicken Kohlestift kreuz und quer, bis es fast ganz schwarz wird. Die Therapeutin macht eine kurze Notiz.

Ihre Interpretation ist sicher simpel, denkt Vera. Schwarz, die Farbe der Depression, wie naheliegend! Aber wie sollte Frau Wiener wissen, dass Vera früher geradezu eintauchen wollte in Schwarz, um fröhlich darin zu schwimmen wie in einem Tintenfass, denn das Schwarze war ihr von klein auf vertraut. Es hatte für sie früher nichts Bedrückendes, Unheimliches an sich. Wenn sich in Vera ein Fenster öffnet, in dem sie sich als Kind sieht, lässt sie es gerne eine Weile offen stehen. Denn er tröstet, der Blick zurück in die unterste Schicht ihrer Erinnerung.

Schwarz war der mächtige Lavafels, um den das Haus der Krügers herum gebaut war. Ein weißer Kubus mitten im Pedregal, einem alten Vulkanfeld am Stadtrand von Mexico City, dem moderne Architekten eine extravagante Siedlung mit grünen Oasen abgetrotzt hatten. Aus vulkanischen tezontle-*Steinen war die Mauer errichtet, die Veras Kinderwelt vom Draußen abschirmte. Ein graues Gefängnis war diese Welt aber nicht. Im Garten konnten die Farben toben: das grelle Pink der Bougainvillea, die an der rauen Mauer emporkletterte, das Rot der meterhoch wuchernden Christsternbüsche, das Gelb der Tagetes, das in Mexiko den Toten heimleuchtet, wenn sie an Allerseelen die Lebenden besuchen. Unter Fernandos Pflege blühte immer etwas, und immergrün hielt er den federnden Elefantenrasen, auf dem Vera so gerne hüpfte. Wenn sie in ihrer Hängematte lag, gab ihr der Gärtner manchmal einen Schubs. Hoch mit dir,* arriba, Güerita!*

Fernando hatte einen Narren an der kleinen* Alemana *gefressen. Er war wohl der Erste, der* Güerita *zu ihr sagte.* Güera, *die Blonde.* Güerita, *kleines Blondchen. Vielleicht hatte Fernando nur ihren Vornamen missverstanden, denn* Güera *wird in Mexiko etwa so ausgesprochen, als ob ein Amerikaner Vera sagen würde: Uera. Aber Fernando würde nicht der Einzige bleiben, der in Mexiko so nach ihr rief, nach dem Mädchen, nach der Frau, die es oft verfluchte, wegen ihrer Haarfarbe immer und überall aufzufallen.*

Von ihrer Hängematte kann Vera in der psychiatrischen Klinik nur träumen, wenn sie in ihrem Bett liegt. Und sie liegt hier, sooft sie kann. Meist dreht sie sich zur Wand und zeigt ihrer Umwelt den Rücken. Ihre Zeit, von der sie bisher nie genug haben konnte, kriecht breiig dahin, in Viertelstunden-Portionen zerteilt durch die Schläge einer Kirchturmuhr.

Mit welcher Diagnose ihre Zimmergenossin Marlene – es ist innerhalb von vier Wochen die dritte – zu kämpfen hat, weiß sie nicht.

Vera beobachtet sie beim Kreuzworträtseln und beim Tippen in ihr Laptop auf den Knien im Bett. Wieso kann die das noch so selbstverständlich?, fragt sich Vera. Die wenigen Worte, die sie mit ihr tauscht, machen ihr klar: Sie kann manches nicht, was ich noch kann. Sie kann keinen Schritt mehr vor ihre Tür wagen, jede Ansammlung von Menschen ist für sie lebensbedrohlich, sie ist in ihren Phobien gefangen, über die sie aber nur in der Einzelstunde mit der Klinikpsychologin spricht, einmal wöchentlich.

Vormittags kommt Vera kaum dazu, sich zurückzuziehen. Das Programm der Station lässt nur wenige Lücken, es soll die hier Eingelieferten oder freiwillig Eingezogenen aktivieren, sie vom Dahindämmern abhalten. Täglicher Auftakt – nach dem Spaziergang mit dem Sporttherapeuten: die Morgenrunde, eine Pflichtveranstaltung im Stuhlkreis für alle Patienten der Station. Niemand kann sich davor drücken, angesprochen zu werden, alle werden befragt, reihum. Der schwarzbärtige Psychiatriepfleger Willi Brettschneider, der als Markenzeichen stets eine buntgestreifte Häkelmütze trägt, versucht mit seiner energischen Anrede etwas Schwung in die Sache zu bringen.

Wie geht es Ihnen? Was machen Sie heute?

So simpel diese beiden Fragen daherkommen, lassen sie doch Veras Kopf dröhnen, bis sie dran kommt. Noch vier andere, noch drei, noch zwei … Die knappen Antworten der Anderen kommen ihr vor wie Lapilli, Vulkanerbsen, die aus ihren Mündern kullern. Angestrengt überlegt sich Vera, wie sie ihren seit Wochen festgebackenen Status in neue Worte kleiden könnte. Was soll's, denkt sie schließlich und spuckt ihre Erbsen aus: Alles wie gehabt. Ich – bin – noch immer – total blockiert.

Beim allwöchentlichen Verteilen der Gemeinschaftsaufgaben in der Montagsrunde würde Vera sich am liebsten wegducken. Beim Einkaufen fühlt sie sich verwirrt, selbst mit einem Merkzettel in der Hand. Beim Kochen weiß sie nicht, wo sie anfangen soll, und stellt sich beim Helfen ungeschickt an. Beim Backen ist es dasselbe. Also bleibt ihr nur das Tischdecken, das Geschirrspülen oder das Blumengießen, das sie übernehmen kann – wenn sie es nicht vergisst. Ihr Hirn erscheint ihr so versteinert wie einer der Vulkanite, die sie gesammelt hat. Sie fühlt kein Miteinander mit den an diesem Ort versammelten Menschen. Sie kann sie nur beobachten aus steifer Distanz und für sich feststellen: „Ver-rückt" sind sie alle, manche mehr, manche weniger auffällig.

Es gibt auf dieser offenen Station ein tägliches Kommen und Gehen. Dass die Türen der Doppelzimmer nicht abgeschlossen werden können, macht Vera Angst. Vor allem Angst davor, beklaut zu werden. Sie hat eine fremde Frau beobachtet, die sich Brötchen, Wurst und Käse vom Frühstücksbüffet im Aufenthaltsraum in einen Rucksack steckte und verschwand. Vera verstaut ihr Portemonnaie und ihr Handy in ihrem winzigen Schließfach und trägt den kleinen Schlüssel immer an einem Band um ihren Hals. Doch damit ist sie kaum noch telefonisch erreichbar.

In einer Stationsrunde gibt Vera sich einen Stoß und erklärt sich bereit, einen Kuchen zu machen fürs gemeinsame Kaffeetrinken der Patienten im Aufenthaltsraum, immer freitags. Ihr waren die Tortenböden eingefallen, die ihre praktisch veranlagte Mutter für den Sonntagsausflug mit Obst belegt hatte. Einen Biskuitboden könnte sie im Supermarkt kaufen und darauf ein Glas mit eingemachten Früchten verteilen. Vera schaut durch die Glastür in den Raucherraum. Da stehen sie wieder und qualmen sich die Lungen schwarz. Ausnahmsweise steckt sie ihren Kopf in den Glaskasten, um in die dicke Luft hinein verlegen zu fragen: Hättet ihr lieber Kirsch- oder Ananastorte? „Plemplem" kann sie in den Blicken lesen. Und ihr? Wir sind doch alle in der Klapsmühle, oder ihr etwa nicht? Nach dieser wortlosen Verständigung zieht sich Vera zurück und geht einkaufen. Vorsichtshalber nimmt sie ein Glas Kirschen und eine Dose Ananas. Ich kann mich ja noch entscheiden. Und dazu glasklaren Tortenguss. Der passt zu beidem. Schlagsahne gehört natürlich auch dazu, fällt ihr in der Schlange vor der Kasse gerade noch ein.

Nach dem Mittagessen steht sie plötzlich alleine in der noch unaufgeräumten Küche. Sie legt Kirschen auf den Biskuit-Boden und verziert mit Ananasstücken. Für den Guss muss sie die in winziger Schrift gedruckte Anleitung auf dem Tütchen lesen, zweimal, dreimal. Fast wäre er ihr angebrannt, doch dann kann sie ihn auf der Torte verteilen. Es gibt einen Quirl, aber kein hohes Gefäß, in dem sie die Sahne hätte schlagen können. Vera nimmt eine Schüssel, hält den rotierenden Quirl in die flüssige Sahne und ist im nächsten Moment von oben bis unten weiß besprenkelt. Ihre Wut würgt sie im Hals. Eine der Superhausfrauen, von denen es welche unter den Patientinnen gibt, schaut in die Küche herein und zieht sich sofort wieder zurück. Katastrophenkuchen. Vera taucht ab in ihr Kopfkino.

Bei einem Picknick zu Füßen des damals friedlich schlummernden Popocatépetl mussten sie auf Mutters Obsttorte zum Kaffee aus der Thermoskanne verzichten. Als Claudio, wie Klaus Krüger in Mexiko genannt wurde – und nie wieder wollte er anders genannt werden, auch nicht von seinen Kindern –, als Veras Vater Claudio den Kofferraum öffnete, stellte er fest, dass sich durch seine rasante Kurverei auf der Landstraße der Fruchtbelag trotz Tortenguss neben den Biskuitboden gesetzt hatte. Über dieses Unglück konnten sie damals lachen. Familienhund Laika, ein schwarzer zugelaufener Straßenköter, durfte in den Kofferraum springen, um ihn sauber zu schleckern. Für den Rest der Familie gab es ein paar staubtrockene Kekse.

*

17

Entschuldigung, sagst du mir nochmal, wie du heißt?
Angelika.

Vera ist es peinlich, dass sie immer wieder den Namen ihrer neuen Bettnachbarin vergisst, und sie muss jeden Tag aufs Neue nach den Namensschildchen schielen, die das Pflegepersonal trägt. Ihr Kurzzeitgedächtnis lässt sie regelmäßig im Stich. Und in ihr regt sich der Verdacht, es könnte eine Form von Demenz sein, die schon vor dem Alter einsetzt. So etwas soll es doch geben, oder? Die Klinikpsychologin beruhigt sie: Nein, *das* können Sie vergessen, auch eine eingeschränkte Merkfähigkeit kann bei einer Depression dazugehören.

Vera baut sich Eselsbrücken. ANgelika – die Frau, die nix anhat, wenn sie morgens aus dem Bad kommt. Frau Wiener – Würstchen, aber nicht Frankfurter. Herr Brettschneider – der mit dem Brett vor dem Kopf, weil er nicht zu begreifen scheint, dass ein militärisch klingender Appell bei der Morgenrunde auch nicht mehr Disziplin in die Truppe bringt. Doch manchmal vergisst sie den Weg auf die Brücke, der durch das Brett vor ihrem eigenen Kopf versperrt ist. Selbst die Wege innerhalb der Klinik – um drei Ecken zum Vortragsraum, über den Hof zur Sporthalle, die Treppen zur Ergotherapie im Dachgeschoss – kann sie sich nicht einprägen und folgt immer den anderen.

„Kognitive Therapie" steht noch auf ihrem Stundenplan. Was könnte das sein? Ein Gedächtnistraining? Mit ihrem Handy, das sie ohnehin nur noch selten aus dem Schließfach holt, kann Vera nicht ins Internet. So sitzt sie abwartend in einer Gruppe betreten vor sich hinstarrender Menschen in einem Vortragsraum. Was gibt es hier zu lernen? Eine Ärztin erläutert die möglichen Symptome von Depressionen, nach und nach wölbt sich ein halber Kranz auf dem Whiteboard, hier und dort von einem Nicken im Publikum begleitet: Gefühl anhaltender innerer Leere, Interessenverlust, Freudlosigkeit, Antriebshemmung, verminderte Konzentration, Schuldgefühle, vermindertes Selbstwertgefühl und Selbstvertrauen, pessimistische Zukunftsperspektiven (na klar, wie soll's denn weitergehen!), Gefühl der Hoffnungslosigkeit und Sinnlosigkeit, lautlose Panik, Schlafstörungen, verlangsamtes Denken, Grübelzwang, sozialer Rückzug ...

Uff, den Kranz kann ich mir umhängen, denkt Vera. Bei mir läuft das volle Programm. Weinen kann sie nicht, ihre Augen sind wie ausgetrocknet. Und nicht reden, auch nicht mit ihrer Schwester, mit der sie ab und zu telefoniert – Frieda ist wieder bei ihrer Familie im Bayerischen – oder mit den wenigen Freundinnen, die zu Besuch kommen.

Beatrice Krüger weigert sich, ihre Tochter in der Psychiatrie zu besuchen. Vera sieht sie nur an den Wochenenden, wenn sie auf „Heimurlaub" gehen darf. Aber was kann sie der Mutter dann berichten? Geradezu autistisch kommt sich Vera vor. Keine Gefühle mehr? Oh, doch. Sie empfindet Neid gegenüber Menschen, die glücklich und zufrieden aussehen, oder gegenüber Frauen, die schick angezogen sind und selbstbewusst auftreten – wie die Klinikpsychologin, Frau Hansen. Und Scham. Sie schämt sich für ihren Zustand, sie will nicht gesehen und nicht angesprochen werden. Ein „Wie geht es dir?" wird zur Horrorfrage. Was soll sie sagen? Immer dasselbe? Wem kann sie das Gejammer nach all den Wochen noch zumuten? Die Scham, auch die teilt sie mit Hans. Er ist der Einzige unter den Mitpatienten, mit dem sie gelegentlich redet.

Ich weiß nicht, wie ich meine lange Abwesenheit in der Firma noch erklären soll, erzählt er Vera. Nur mein direkter Vorgesetzter weiß Bescheid und hat mich bis jetzt gedeckt. Er denkt, dass ich in zwei Wochen wiederkomme, an meinem Projekt weiterarbeiten und reisen kann wie bisher. Ich fürchte, da täuscht er sich, murmelt Hans.

Vera weiß keinen Trost. Sie kann Hans nur loben für eine schlichte, praktische Idee. Als er mit dem Kuchenbacken dran ist, weiß er sich geschickt davor zu drücken, indem er mehrere

Familienpackungen Eis zur Kaffeestunde mitbringt, und die Runde freut sich über dieses erfrischende Sommerprogramm. Aber er selbst kann sich über seine pragmatische Aufgabenlösung nicht freuen. Vera beobachtet ihn, wie er nervös im Aufenthaltsraum auf und ab geht.

Du hast wohl keine Lust, übers Wochenende nach Hause zu fahren?, fragt sie ihn, und er schüttelt leicht den Kopf.

Es ist immer dasselbe. Das Heucheln vor meiner Familie und meinen Freunden kostet mich die allerletzte Kraft. Und ich sehe seit Monaten keinen Hauch der Besserung. Wie soll ich jemals wieder arbeiten und ein normales Leben führen?

Doch dann kommt – pünktlich wie immer – seine aparte Frau. Wie der Sommer persönlich steht sie plötzlich in einem ärmellosen Kleid mit Klatschmohnmuster vor der Glastür der Station, und er verabschiedet sich, um zu ihr ins Auto zu steigen. Vera sieht vom Fenster aus, wie sich der große Mann auf den Beifahrersitz zwängt, sie sieht den Ärmel seines hellen Sommerjacketts, als er ihr zuwinkt. Sein Gesicht mit der kantigen Brille, frisch rasiert.

Als er am Sonntagabend nicht in die Klinik zurückkehrt, ist sie beunruhigt. Am Montagmorgen ist die Stationsrunde voll besetzt, mit Pflegern und Pflegerinnen, der Stationsärztin und dem Chefarzt. Sie ahnt, was nun kommen würde. Der Klinikchef, Professor Krossmann, verkündet den Patienten, dass Hans sich umgebracht hat. Über das Wie schweigt er, aber es kommt unter der Hand doch heraus. Hans hat sich von seiner Frau in die Baufirma fahren lassen, die viele Jahre lang sein zweites Zuhause war, und sich aus seinem Büro im vierten Stock gestürzt.

Da kann Vera, die bisher bei der Visite, bei Morgen- oder Abendrunden kaum Regungen gezeigt hatte, plötzlich schluchzen, durch alle Wände hindurch, zwischen denen sie eingezwängt ist. „Suizidgedanken oder -Handlungen" hatte auch am Whiteboard gestanden, als es um Depressionssymptome ging. Von Vera nicht mitgeschrieben, gleich verdrängt. Die kurzen Gespräche mit Hans dröhnen in ihrem Kopf, wie grelle Leuchtreklame flammen Worte auf: kraftlos, schlaflos, sinnlos, aussichtslos. Wie eine Spinne hatte ihn die Depression in ihrem Netz gefangen. Zappeln, aufbegehren hat ihm nichts geholfen, er hat sich nur noch umso mehr in diesem Netz verstrickt. Und er hat ES nicht mehr ausgehalten. Ein depressiver Ingenieur? Nicht vorstellbar. Er hat sich wohl zu Tode geschämt, denkt Vera. Ob ich es irgendwie hätte verhindern können?, fragt sie sich bestürzt. Seine Unruhe am Freitag war ihr doch aufgefallen.

Nun fällt sie dem Ärzte- und Betreuerteam auf mit ihrer Reaktion. Man zeigt sich besorgt, will sie unter strengere Beobachtung stellen. Vera fühlt: Ich muss hier raus! Hier kann das Schlimmste auch nicht verhindert werden. Sie bittet um Entlassung bei der nächsten Visite. Da man sie nicht festhalten kann, ordnet der Chefarzt widerstrebend an: Wir werden Sie entlassen, aber gegen ärztlichen Rat und unter einer Bedingung, betont er. Sie müsse sich „draußen" in fachärztliche Betreuung begeben und einen ersten Termin dafür nachweisen.

*

Vera sieht sich im Haus von Corinna, das sie an einem schwülen Sommertag mit Kellerkühle empfängt. Eine Wohltat. Hierher hat sie sich an einem Nachmittag aus der Klinik geflüchtet mit einer langen Liste. Darauf weit über hundert Namen und Adressen von Ärzten und Therapeutinnen fürs Seelenheil. Sie hat der Freundin die Liste hingehalten.

Niemand auf der Station konnte mir eine Empfehlung geben. Wenn Sie entlassen werden wollen, müssen Sie damit klarkommen, haben sie gesagt. Corinna, hilf mir bitte! Du hast mir schon einmal sehr geholfen, als ich damals in eure Klasse kam. Weißt du noch?

Alle schauten mich erstaunt an, aber du hast gewunken und auf den freien Platz neben dir gedeutet.

Na klar, ein Mädchen aus Mexiko! Mich hat alles Exotische immer fasziniert, erinnert sich Corinna. Aber da wusste ich noch gar nicht …

… dass wir uns schon einmal begegnet waren?, ergänzt Vera. Das war für mich auch eine Überraschung, als ich das erste Mal zu dir nach Hause kommen durfte und du mir dein Kinderalbum gezeigt hast. Corinna im Sandkasten, Corinna in der Zinkwanne, Corinna auf dem Topf. Und dann die Seite, auf der wir beide zu sehen sind – am Frankfurter Flughafen.

Ein historisches Dokument, sagt Corinna lachend. Ich durfte meinen Vater begleiten, um euch zu verabschieden, als ihr nach Mexiko ausgewandert seid.

Lass mich das Foto nochmal anschauen, bittet Vera.

Corinna holt das Album aus einem Regal. Glänzender Plastikeinband in verblasstem Rosa, darauf in Goldschrift: „Unser Kind".

Schau mal, Vera, da sitzt du auf dem Arm deiner Mutter. Wie schick sie ist mit ihrem weiten Mantel und dem kecken Hütchen. Auch dich hatte sie schön angezogen mit weißem Kleid, weißen Schuhen und Kniestrümpfen. Aber du hast einen Schmollmund und ballst deine Faust. Typisch Vera, könnte man sagen. Corinna kann sich den leichten Spott nicht verkneifen. Daneben, die Kleine mit dem schwarzen Pferdeschwanz, die zu euch aufschaut, das bin ich, an der Hand meines Vaters. Er hat euren Umzug nach Mexiko organisiert, und wir haben euch direkt auf dem Rollfeld verabschiedet – neben dem Flugzeug. Anscheinend war das damals noch möglich, wundert sich Corinna.

Ein tolles Bild, meint Vera. Ich war schon damals sehr verblüfft, als du es mir gezeigt hast. Es zeigt, dass es eine lose Verbindung zwischen uns gab, schon dreizehn Jahre, bevor wir nach meiner

Rückkehr aus Mexiko Schulfreundinnen wurden. Und es zeigt mir meine Eltern in typischer Haltung. Meine Mutter, die so lässig vor der Gangway steht und in die Kamera lächelt wie ein Filmstar auf dem roten Teppich, als wolle sie ihrem eleganten Namen gerecht werden: Beatrice. Und Paps schaut sie an wie ein Fan. Mit seinem umgehängten Fotoapparat sieht er eher aus wie ein Tourist als ein Mann, der einen Neuanfang wagt auf unsicherem Boden.

Ruh dich aus, sagt Corinna. Willst du etwas trinken, eine kalte Limonade?

Gerne, aber ich habe nur wenig Zeit, antwortet Vera. In zwei Stunden muss ich wieder in der Klinik sein. Mein Ausgang ist begrenzt. Und um entlassen zu werden, brauche ich einen Termin in einer Psycho-Praxis.

Corinna überfliegt die „Weiße Liste", die Vera von ihrer Krankenkasse bekommen hat: ein verwirrendes Angebot für eine ambulante Weiterbehandlung. Da gibt es die Fachärztin für Psychiatrie, den psychotherapeutisch tätigen Arzt, die Neurologin, den Verhaltenstherapeuten – oder Fachrichtungen wie analytische Psychotherapie, psychosomatische Medizin mit Titeln zwischen Dr. med. und Dipl.-Psych.

Wen soll ich anrufen?, fragt Vera mutlos.

Ich weiß nicht, wer gut für dich wäre, Corinna zuckt mit den Schultern, auf denen sich ihre heute schwarzgefärbten Locken kringeln. Du musst selbst auswählen und telefonieren. Und sowieso solltest du wieder selbstständiger werden, fordert sie und legt Vera ihr Telefon hin.

Der Gedanke an die schwierigen Entscheidungen, die sie früher getroffen hat, ohne mit der Wimper zu zucken, hilft Vera nun nicht. Irgendetwas hindert sie am Denken, das ihr wie eine Pestbeule vorkommt, die aus den Verästelungen ihres Gehirns wächst. Beulen … Für Beulen war einst Lupita zuständig gewesen.

Ach Lupita ... Die blankgewienerten Holztreppen im Haus im Pedregal waren tückisch für eine stürmische, aber noch tapsige Dreijährige. Manchmal fiel sie ihrem Vater entgegen, wenn er nach Hause kam. Nach einem solchen Sturz kam der mütterliche Einsatz der Haushälterin, die eine aus Veras Stirn wachsende Beule mit kalten Kompressen kühlte und mit einer muffig riechenden Salbe einrieb. Das bewirkte, dass Vera schon am nächsten Tag weniger entstellt aussah.

Und zum Trost bei Beulen und wunden Knien quirlte Lupita eine heiße Schokolade. Gebannt schaute Vera zu, wie die Köchin einen Kakaoblock auf ihrem metate, *einem vulkanischen Mahlstein, feinrieb, das Pulver mit Milch und einer Zimtstange aufkochte und das Quirlholz zwischen ihren Händen rollte, bis die Schokolade schaumig war. Mit den Worten „für die Prinzessin" stellte Lupita den dampfenden Becher auf den Küchentisch.*

Wenn Lupita mit ihren grauschwarzen, mit bunten Bändern verflochtenen Zöpfen, die ihr bis zum Po reichten, vor dem Herd stand, konnte Vera nicht umhin, sie von hinten zu umarmen oder ihr manchmal den Schürzenschlupf mit einem Ratsch aufzuziehen, was den dienstbaren Geist des Hauses, in Mexiko sirvienta *genannt, gehörig erschreckte. Sie drohte Vera dann mit einem soßentriefenden Kochlöffel, aber Vera sah sie dabei gutmütig grinsen und konnte sich sicher fühlen.*

Und, hast du schon jemanden angerufen? Vera schreckt auf, als Corinna, die in der Küche mit Geschirr geklappert hatte, plötzlich hinter ihr steht.

Nein, noch nicht. Ich kenne keinen einzigen Namen.

Dann versuche es mit dem Zufallsprinzip, rät ihr die Freundin. Vielleicht kommst du besser mit einer Frau klar als mit einem Mann?

Vera schließt die Augen und deutet mit dem Finger auf die Liste. Dr. Dipl. Psych. Gisela Hartmann, Praxis für Psychotherapie. Sie wählt die Nummer und hört sich den Anrufbeantworter an, der mit Frauenstimme bedauert, dass keine neuen Patienten aufgenommen werden können. Fast ist sie erleichtert, die Praxis liegt am Stadtrand.

Der nächste Fingerzeig weist auf eine Kindertherapeutin, also ebenfalls ein Flop. Ein weiterer Anruf gilt einer Praxis, deren Sekretärin eine Wartezeit von vier Monaten für einen Probetermin in Aussicht stellt. Nach zehn erfolglosen Telefonaten ist klar, dass es trotz der über hundert Adressen keine großen Wahlmöglichkeiten gibt. Das Glücksrad muss irgendwo einrasten. Doch Veras Ausgangszeit läuft ab, ihr bleibt nur noch eine Viertelstunde. Trotz der angenehmen Kühle von Corinnas Altbauwohnung beginnt sie zu schwitzen.

Probier's noch mal, noch ein Anruf!, fordert die Freundin, die nun als moralische Stütze neben ihr sitzt. Veras Blick bleibt an einem Namen hängen: Dr. Dr. Werner Neuner, Facharzt für Psychiatrie und Psychotherapie.

Klingt kompetent, was meinst du, Corinna?

Einen Versuch ist es wert, meint die Freundin aufmunternd.

Neuner? Der zweifache Doktor meldet sich persönlich mit etwas heiserer, altväterlich klingender Stimme. Und er macht Vera ein Angebot: einen Termin zum Kennenlernen in vier Wochen. Vera sagt ja und danke und bis dann. Erschöpft fällt sie zurück in Corinnas Lesesessel. Am 5. September, hat er gesagt.

Schreibs dir gleich auf, mahnt Corinna.

Mit diesem Termin in naher Ferne ist die Bedingung der Klinik für ihre Entlassung erfüllt. Es wird auch Zeit, denkt Vera. Die neue Zimmergenossin hat die ganze Nacht nach ihrer Einlieferung gekotzt und ist zwischen Bett und Bad hin und her gerannt.

Es wird dringend. Brötchenklau ist wieder aufgetaucht. In ihrem braunen Sackkleid hat sie sich Vera entgegengestellt und sie angezischt: Frau Missgunst, du hast mich verpfiffen. Tatsächlich hatte Vera die ihr unheimliche Besucherin der Station beim

„Pflegestützpunkt" gemeldet und erfahren, dass es sich um eine ehemalige Patientin handelt. Sie genießt anscheinend Narrenfreiheit, wundert sich Vera. Nach einem weiteren Zwischenfall denkt sie nur noch an Flucht. In der Küche sitzt eine junge Frau mit langem schwarzem Zopf, die Vera immerzu anschaut, als ob sie sie hypnotisieren wollte.

Warum guckst du so?, erkundigt sich Vera.

Ich kann doch hingucken, wo ich will, ist die patzige Antwort, gefolgt von einer Explosion. Du bist der schlechteste Mensch, der mir je begegnet ist! Du bist das letzte Stück Dreck!

Vera kann sich vor der schreienden Frau im Dienstzimmer, das erst nach heftigen Faustschlägen an die Tür geöffnet wird, in Sicherheit bringen und will vom Personal wissen: Was hat sie denn? Sie kennt mich doch gar nicht! Doch das müssen die beiden Pflegerinnen, die sich zu einer Kaffeepause zurückgezogen hatten, offen lassen. Sie dürfen das nicht persönlich nehmen, sagen sie nur. Sie sieht manchmal Ungeheuer oder Fratzen in anderen Menschen, aber auch wenn sie in den Spiegel schaut.

Am nächsten Tag räumt Vera ihren schmalen Spind und den fahrbaren Nachttisch aus und lässt sich von Corinna abholen und nach Hause bringen. Aber sie fremdelt im leeren Elternhaus. Frieda hat Beatrice, die sich von ihrer Ältesten im Stich gelassen fühlt, vorübergehend zu sich geholt. Du liebst mich nicht mehr, hatte die Mutter Vera bei einem ihrer Besuche zu Hause vorgeworfen. Vera wirft nur einen kurzen Blick auf den Poststapel auf ihrem Schreibtisch und legt sich auf die Couch. Corinna schließt das Büro ab und steckt den Schlüssel ein. Du musst erstmal wieder mit dem Alltag klarkommen, meint sie. Ich schaue nach dir. Vera hört die Haustür ins Schloss fallen. Sie öffnet den Kühlschrank. Er stinkt nach Verschimmeltem. Sie rümpft ihre Nase und ruft sich andere, angenehme Gerüche in Erinnerung.

Ab elf Uhr verbreitete sich im Haus der Krügers in seiner Lava-
kuhle im Pedregal ein Duftgemisch aus Mais, frischem Koriander
und vielen verschiedenen Chile-Sorten. Der grüne, *scharfe* Chile
Jalapeño *bitzelte in der Nase.* Der getrocknete Chile Poblano *entfal-*
tete erst in der schwarzen Mole-Soße sein Aroma. Für Lupita war es
Ehrensache, die tortillas *nicht in der nächsten* tortillería *zu kaufen,*
wo sie vom Fließband kamen, sondern den Maisteig selbst zu kneten
und dann portionsweise in runde Fladen zu klatschen. Vera saß auf
dem Küchentisch und klatschte ein Bravo. Durch Lupita konnte sie
das Land, das hinter der Tezontle-*Mauer lag, erschnuppern und*
erschmecken. Und wenn sie später auf den mexikanischen Märkten
selbst einkaufen ging, war es ihr, als stünde Lupita hinter ihr, um auf
die beste Qualität hinzuweisen und für sie zu feilschen. Beatrice, in
Mexiko Beatriz, stand am Wochenende in der Küche, wenn Lupita
frei hatte. Sonntags gab es Heimatessen, panierte Schnitzel oder
Schweinebraten und manchmal einen Streuselkuchen, für den Doña
Beatriz beim Bäcker um Hefe bitten musste.

Vera will etwas kochen für sich und für Corinna, als kleinen Dank
für ihren Beistand. Mexikanisch? Wird schwierig, immer fehlen hier
wichtige Zutaten, überlegt sie. Eine Guacamole könnte ihr gelingen.
Wenn sie an Lupitas Guacamole denkt, läuft ihr sofort das Wasser im
Mund zusammen. Im Gemüseladen findet sie reife Avocados, lässt
sich Tomaten, Limonen und Chileschoten einpacken. Statt
Korianderkraut, das der marokkanische Händler nicht vorrätig hat,
nimmt sie glatte Petersilie. Was sonst noch? Sie reiht sich ein in die
Schlange beim Metzger. Doch als sie endlich an die Reihe kommt,
kann sie nur stammeln: Entschuldigung, jetzt habe ich doch glatt
vergessen, was ich mitbringen sollte.

Es wird ein vegetarisches Gericht, das sie auftischt, als Corinna
zu einem Kontrollbesuch kommt: als Vorspeise eine Guacamole – die
Avocadocreme schmeckt fast authentisch à la mexicana – und danach

eine Gemüsepfanne aus der Tiefkühltruhe. Der Reis dazu ist körnig und glänzt rosig. Vera hatte sich erinnert, dass Lupita den Reis immer in Öl angebraten und mit Tomaten gefärbt hatte. Corinna lobt sie. Und hört mit ihr den blinkenden Anrufbeantworter ab, auf dessen Display die Zahl 17 steht. Vier Wochen alt ist der erste Anruf. Professor Castro, der Leiter des Forschungsteams am Popocatépetl, fragt nach ihrem Verbleiben und nach dem Bericht, den sie noch nicht geliefert hat.

Was hat dich nur so sehr zu den Vulkanen hingezogen?, fragt Corinna. Du warst ja schon so verrückt danach, als du zu uns ins Gymnasium kamst. Ich habe mich damals über die unförmigen, dunklen Gesteinsbrocken gewundert, die du als Buchstützen in deinem Regal benutzt hast. Und an der Wand ein Plakat mit dem schneebedeckten Popo, so nanntest du ihn doch, den Vulkan? In meinem Mädchenzimmer hing Pierre Brice mit Indianerfedern als Winnetou …

Angefangen hat alles im Pedregal. Auf unseren Spaziergängen hat mich Claudio auf seinen Schultern getragen. Mutter blieb nach unseren ersten Begegnungen mit Echsen und Schlangen lieber im Haus oder fuhr in die Stadt zum Shopping. Claudio schlug sich mit mir durchs Gebüsch und zeigte mir hoch aufragende schwarze Wände, in denen er sehen konnte, wie die Lava des Vulkans Xitle einst in das Hochtal von Mexiko geflossen war. Wie lange ist das her, fragte ich ihn, kann das heute wieder passieren? Das war vor über tausend Jahren, hat er mich beruhigt. Schau mal, wie grün hier heute alles ist. Und hörst du das Rascheln? Der Pedregal ist voller Leben.

Claudio hat mich am Bauchnabel gekitzelt und mir erklärt, dass xitle *Nabel bedeutet – die Azteken haben den Vulkan so genannt. Für mich war unser Haus mitten im erstarrten Lavafeld des Xitle jahrelang der Nabel der Welt. Aber jetzt fühle ich mich selbst so verkantet und verkrustet wie ein Pedregal, aus dem noch nichts Neues herauswächst.*

Und Mateo? Ist inzwischen genügend Gras über diese Geschichte gewachsen? Du hast ihm damals fleißig Briefe geschrieben, erinnert sich Corinna.

Vera seufzt. Auch diese „Geschichte" hat im Pedregal angefangen, sagt sie, und das sehe ich noch heute sehr lebhaft vor mir.

Lupita kam eines Tages und fragte, ob sie gelegentlich ihren achtjährigen Neffen Mateo mitbringen könnte. Seine Familie habe ihn aus ihrem Dorf zu ihr in die Hauptstadt geschickt, damit er eine bessere Schule besuchen könne. Meine Eltern waren einverstanden. Und so stand eines Tages ein scheuer Junge in unserem Garten, der ihm – so üppig grün, wie er war, mitten in der Trockenzeit – wie eine paradiesische Oase vorkommen musste. Nur wenige Stunden später sprang er mit mir über den Strahl des Rasensprengers, den Fernando täglich anstellte.

Ich weiß noch, ich wollte ihn festhalten und griff nach seinem Arm, betrachtete ihn und stellte fest: wie Lupita, wie Schokolade. Mateo und ich, wir wurden unzertrennlich, bis zur „Rückkehr" meiner Familie nach Deutschland – für mich ein unbekanntes Land! Das war grausam.

Den Rest kennst du. Du weißt doch, dass Mexiko mich nicht losgelassen hat. Und Mateo ging mir auch nicht aus dem Kopf, obwohl der Kontakt irgendwann abgebrochen ist. Also musste ich wieder hin. Und alles neu entdecken. Was kannte ich denn schon? Deutscher Kindergarten, deutsche Schule, deutscher Ruderclub, deutscher Freundeskreis … Lupita und Mateo kamen zu uns wie aus einer anderen Welt. Und in die bin ich dann eingetaucht bei meiner ersten Mexikoreise auf eigene Faust als Studentin. Und Gras drüber? Nein, Gras ist noch immer nicht über diese Geschichte gewachsen. Aber du bist mir mal wieder zu neugierig, Corinna.

Berufskrankheit. Als Journalistin muss ich neugierig sein, verteidigt sich die Freundin.

Das warst du aber schon immer, meint Vera. Sie erinnert sich, die Mitschülerin beim Lesen eines Briefs von Mateo erwischt zu haben, der auf ihrem Schreibtisch lag. Ich wollte mir doch nur die schönen Briefmarken ansehen, hat sich Corinna damals entschuldigt. Aber seitdem war Vera immer etwas auf der Hut vor Corinnas detektivischem Spürsinn, weil er nicht davor Halt machte, in privaten Wunden herumzustochern.

ein knirschen des fußes im kies
ein dumpfes lauern im ohr
aus gestautem mittag bricht
eine leere hervor

Aus: Ralph Roger Glöckler, Kleines Geräusch

2. Kapitel – Draußen

Beim Aufwachen klebt ihr Rücken am feuchten Laken. Was geht nachts in ihr vor? Albträume, die bei Tagesanbruch wie Fledermäuse in ihrem Unterschlupf verschwinden? Oder Hormone im Aufstand? Sie braucht noch immer Tabletten zum Einschlafen, aber einen erholsamen Schlaf bescheren sie ihr nicht. Sie fühlt sich am frühen Morgen so erschöpft, als ob sie in der Nacht mit dunklen Mächten gekämpft hätte.

Manchmal braucht sie Stunden zum Aufstehen, auch weil ihr nicht einfällt, was sie anziehen könnte. Zu Hause gibt es keine Antreiber, keinen fremdbestimmten Stundenplan. Sie kann sich gehenlassen. Wenn es denn ein Genuss wäre, wie ein Segelflug nach dem Ausklinken von der Seilwinde. Aber so schwerelos fühlt sich Vera nicht. Eher so erstarrt wie eine Frau in Pompeji – ersticktes, in erkalteter Asche eingebackenes Leben. Doch unter der Oberfläche ein ungeduldiges, verzweifeltes Brodeln. Ein abgrundtief schlechtes Gewissen – so viel verplemperte Zeit! Vera lässt den Kopf hängen, von der Bettkante zum Boden runter. Ihr Handy ist in hohem Bogen vom Federbett geflogen, als sie ihre Knie aufstellte. Es liegt nun weich gebettet auf einer dicken Staubschicht unter dem Bett. Sie pustet es frei. Staubflocken wirbeln auf, landen auf ihren Wimpern, bringen sie zum Husten. Wie der Ascheflug in Xalitla.

Die Aschewolke vom Popocatépetl hatte das ganze Dorf bedeckt,
die Wellblechdächer, das löchrige Kopfsteinpflaster, die Bäume, die
ihre Strünke kahl in den Himmel reckten, die Milpas, *die kleinen*
Felder mit Maisstauden, um die sich Bohnen ranken. Xalitla sah aus
wie ein Alpendorf nach frischem Schneefall, nur nicht so strahlend
weiß. Die vulkanische Asche blieb liegen, drang durch alle Ritzen
der Holzhütten, fand ihren Weg in die getünchten Lehmhäuser und in
die mehrstöckigen, unverputzten Betonbauten der Dorfmoderne.
Vera sieht sich den Metallriegel ihrer Kammertür beiseiteschieben.
Sie hört ihn quietschen. Die einzige Glühbirne an der Decke
bescheint Tisch, Stuhl und Bett, grau gepudert. Ihre Hände spüren,
wie sie sich ihres gelben Helms und der Gasmaske entledigt, mit der
die Profis draußen rumlaufen. Sie fühlt die Bettdecke in ihrer Hand,
die sie zurückschlägt. Und wie sie das Kissen durchschüttelt, das
sich gebärdet, als würde es Federn lassen.

Hatte sie sich in diesem Flusenbett in ihrer Unterkunft in Xalitla
eingeigelt, ihre Erschöpfung hineingelegt? Kaum vorstellbar bei dem
Tohuwabohu, das im Dorf eingekehrt war.

Veras Überlebensgeist regt sich – im Hier und Jetzt. Das
verschwitzte Bett müsste frisch bezogen werden. Erster Schritt: alles
abziehen. Sie sinkt auf die entkleidete Decke. Muss sich ausruhen.
Zweiter Schritt: der krumpelige Kissenbezug. Es dauert eine Weile,
bis sie ihn ohne leere Zipfel dem Kissen angepasst hat. Ausruhen.
Mit dem Gesicht auf dem frisch bezogenen Kissen. Der Wasch-
mittelduft nach „Sonnenstrahl und Orangenblüten" kitzelt ihre Nase.
Mutters Waschpulver. Ein klitzekleines, angenehmes Gefühl!

Der Spannbettbezug hat seine Tücken. Wenn sie ihn übers obere
Matratzenende gezogen hat, flutscht er am unteren Ende wieder weg
und rollt sich zusammen wie eine Schlange. Vera kann sie bändigen.
Ausruhen, mentale und physische Vorbereitung auf den schwie-
rigsten Akt: das massige Federbett beziehen. Bettbezug auf links.

Zwei Zipfel greifen, an die Decke halten, überstülpen. Drei Versuche. Geschafft! Sie kriecht unter die frisch bezogene Bettdecke und hält Erschöpfungsschlaf bis zur Mittagszeit. Essenszeit. Sie öffnet eine Dose mit zwei gefüllten Paprikas und erhitzt sie. Ihren ansteigenden Energiepegel nutzt sie, um einen Berg benutztes Geschirr zu spülen. Die alte Spülmaschine hat so viel Kalk angesetzt, dass sie den Dienst verweigert. Vera muss Hand anlegen, ekelt sich und zieht ihre Gummihandschuhe an. Doch die Motten in den Küchenschränken haben sich nicht nur über Mehl und Kekse, sondern auch über die pinkfarbenen Handschuhe hergemacht, aus denen Veras Finger hervorschauen. Der Löcherfraß ins Plastik ist ihnen nicht bekommen. Sie liegen tot im Schrankfach, schmal, mit geschlossenen, grauen Flügeln.

Nach der ungewohnten, aber freiwilligen Hausarbeit wagt sie einen Gang in die City, eine Tour durch die Kaufhäuser. Und findet sich wieder mit drei T-Shirts in einer Umkleidekabine. Sie probiert sie an. Schlüpft dreimal in hundert Prozent Baumwolle, einerseits gut und richtig wegen ihrer Allergie gegen Acryl und Polyester, aber ohne Stretch würden sie bald ausleiern. Vera zieht die Shirts wieder aus, wirft einen Blick auf die Preisschildchen und zögert. Wie festgezurrt sitzt sie auf dem Hocker hinter dem roten Vorhang. Eine Stunde, zwei Stunden? Schweiß rinnt ihr in den Nacken. Ihr Handy hat nur noch 20 Prozent Batterieladung. Wie ich selbst, denkt sie. Sie nutzt die Restenergie für einen Notruf.

Corinna, du, ich sitze in einer Umkleidekabine und komme nicht mehr raus. Was soll ich tun? Es ist sicher schon aufgefallen, der Kaufhausdetektiv wird gleich den Vorhang aufreißen.

Entspann dich, Vera. Zieh dich an, in aller Ruhe, und geh nach Hause. Corinnas Stimme klingt vernünftig, unaufgeregt. Die Fesselstricke reißen. Vera lässt zwei T-Shirts in der Kabine liegen und stellt sich mit einem in die Schlange vor der Kasse.

Wollen Sie einen Weg mit mir gehen, fragt Herr Dr. Dr. Neuner am späten Nachmittag in seiner Praxis. Ihr einziger Termin in dieser Woche. Ihr erster bei dem zweifachen Doktor mit dem schlohweißen Kopf.

Was für einen Weg?

Er lächelt, faltig, altersweise. Das werden Sie selbst bestimmen.

Gehen, ja, gehen wäre gut, meint Vera. Nur nicht weiter stehenbleiben wie eine Basaltsäule.

Neuner versetzt der Säule einen kleinen Schubs: Sie haben angegeben, Sie seien Vulkanologin. Das ist ein außergewöhnlicher Beruf, sagt er.

Vera nickt. Es war ein langer Weg dorthin, aber ich habe mich durch nichts von diesem Ziel abhalten lassen. Doch dann …

Doch dann? Neuner hält den in der Luft schwebenden Satz an seinem Zipfel fest.

Dann kam alles anders, als ich es mir vorgestellt hatte.

Vera sitzt auf der abgewetzten Kante eines der beiden braunen Ledersessel in Neuners Besprechungszimmer, zwischen ihr und ihm ein kleiner, runder Tisch. Sie beugt sich nach vorne und nimmt das Gesicht in die Hände. Einen Schnuppertermin hatte ihr Neuner angeboten. Ihre Nase erschnuppert Pfeifentabak mit Honigaroma, ihr Gegenüber strömt Gelassenheit aus wie Claudio in ihren Kindertagen im Pedregal, wenn er abends in seinem Schaukelstuhl an seiner Meerschaumpfeife zog, die wie ein Maiskolben geformt war. Ein Geschenk seiner mexikanischen Freunde, das ihn – zurückgekehrt nach Deutschland – allabendlich an das Maisland erinnerte.

Veras Gedanken wandern. Sie sollte sprechen, die Zeit nutzen, aber sie weiß nicht, womit sie anfangen soll. Doch Neuner ist ganz Konzentration und macht sich gelegentlich Notizen in einem schwarzen Büchlein mit abgerundeten Ecken. Vera erkennt es: ein Moleskine, wie sie es selbst immer bei ihren Expeditionen mit sich führt. Was hält er darin fest? Welche Gefühle und Gedanken von anderen Patienten stehen schon drin?, fragt sie sich.

Ich hatte mal ein gutes Bild von mir, aber jetzt ...

Neuner schweigt abwartend. Sie richtet sich auf und bemerkt, dass er seine dichten, weißen Augenbrauen hochgezogen hat.

Malen Sie mir das Bild, das gute Bild, bittet er sie.

Die Frau auf dem Bild war abenteuerlustig, mutig bis verwegen, kraftvoll, schwindelfrei, rücksichtsvoll, humorvoll und hilfsbereit. Aber vielleicht war sie genau das Gegenteil von alledem, und zwar schon immer. Es hat nur niemand gemerkt, sie selbst auch nicht. Anderen Menschen helfen – damit wollte sie wohl nur selbst gut herauskommen, sich toll fühlen.

Von jedem Gedanken, der gedacht werden kann, ist auch das Gegenteil wahr. Das stammt nicht von mir, sagt Neuner, sondern von Hildegard von Bingen.

Wird das Denken damit nicht sinnlos?, wundert sich Vera. Die Sinnlosigkeit, das ist das Gefühl, das mich zurzeit am meisten quält. Ich sehe keinen Sinn mehr in allem, was ich bisher getan habe. Wie soll es dann weitergehen?

Sie sehen alles nur jetzt so, weil Sie krank sind. Das sagt Dr. Dr. Neuner sehr eindringlich, wie beschwörend. Sie kommen da wieder raus! Ich weiß es, beteuert er. Denken Sie an Ihre Vulkane!

Wie meinen Sie das?

Vulkane können ausbrechen, die Lava erstarrt, aber irgendwann wächst wieder etwas Grünes aus dem schwarzen Boden.

Vera nickt. Das kann aber dauern …

Ihre Zunge ist träge und klebt am Gaumen. Sie nippt an dem Glas Wasser, das auf dem Tisch vor ihr steht – neben einer Schachtel Kleenex. Seelendoktor-Grundausstattung?

Ich hatte immer schrecklichen Durst am Vulkan. Das Wasser war das schwerste Gewicht in meinem Rucksack. Es ist mühsam, in schwarzem Staub oder auf spitzer, scharfkantiger Lava zu gehen, die

Schuhsohlen zerschneiden kann. Wenn Sie mich gesehen hätten – im unförmigen Asbestanzug und Astronautenhelm, manchmal mit Gasmaske im Krater! Ich war die einzige Frau in unserem internationalen Einsatzteam.

Darauf können Sie doch stolz sein.

Das *war* ich.

*

Vera schleppt sich von Bank zu Bank, gezogen vom Dackel der Nachbarin, der an seiner Leine zerrt. Ich brauche Ihre Hilfe, hatte Frau Kreuzer gesagt. Ich habe einen neuen Job am Nachmittag und kann mit Max nicht spazieren gehen. Sie sind doch zurzeit zu Hause... Ob Sie ihn ausführen könnten? Vera hatte zugesagt. Eine Aufgabe, vor der sie sich nicht drücken wollte. Max würde sonst stundenlang in seiner Gartenhütte jaulen, was trotz des dichten Holzzauns zwischen den beiden Grundstücken nicht zu überhören wäre.

Und Max ist ein Wesen, das sich auf ihr Kommen freut! Kläffend springt er an ihr hoch, so hoch er kann. Manchmal schafft er es, ihr über die Nase zu lecken, wenn sie sich bückt, um ihn anzuleinen. Er kennt inzwischen den täglichen Weg rund um Spargel- und Erdbeerfelder, auch alle Bänke, unter die er sich legt, um den Schattenfleck darunter zu genießen. Von dieser Höhle aus knurrt er, durch Veras Beine hindurch, vorbeitrabende Jogger und Hunde an, egal welcher Größe.

Max – eine Stunde täglich – und Dr. Dr. Neuner einmal wöchentlich sind nun Veras feste Termine, die aus dem zähen Brei der Tage als Luftblasen herausragen. Die Ausgänge, zu denen sie sich aufraffen kann.

Was haben Sie mir heute mitgebracht, begrüßt sie Neuner meistens. Und sie überlegt sich im Voraus, was sie ihm erzählen könnte, um nicht stumm und starr vor ihm zu sitzen. Nur selten fragt er sie direkt – etwa nach dem Privatleben der Vulkanologin. Sie bestehen sicher nicht nur aus Passion und Mission?

Das Sprachspiel amüsiert Vera. Sie hat herausgefunden, dass Neuner nicht nur Arzt und Psychotherapeut, sondern auch Dr. phil. ist: der zweite Titel. Vielleicht schreibt er Gedichte, überlegt sie. Zuzutrauen wäre es ihm.

Zwischen der Passion für lebende Berge und der Leidenschaft für einen lebendigen Menschen gibt es bei mir eine enge Verknüpfung. Aber um diesen Knoten zu entwirren, müsste ich weiter ausholen, Herr Dr. Neuner.

Nur zu! Ich bin gespannt.

Als Kind lebte ich in Mexiko-Stadt – mitten in einem Lavafeld, dem Pedregal – zusammen mit meiner kleinen Schwester Frieda und mit einem indianischen Jungen, der tagsüber bei uns war: Mateo. Er war der Neffe unserer Haushaltshilfe Lupita, und er war bald wie ein größerer Bruder für mich, der mich vor dicken, schwarzen Taranteln, vor Skorpionen und vor Gewitter beschützte... Auch auf dem Schulhof konnte ich mich sicher fühlen. Er durfte zur Deutschen Schule gehen wie meine Schwester und ich, ins Colegio Humboldt. Mein Vater hat ihm das ermöglicht, als er merkte, wie schlau Mateo war, vor allem konnte er ganz flink rechnen. Im Colegio Humboldt war er einer der ersten „Seitis", wie man die Seiteneinsteiger nannte. Ich brachte ihm Deutsch bei, und er hat mich in seine Sprache eingeweiht, in der er sich manchmal mit seiner Tante Lupita unterhielt: Purépecha. So nennt sich auch sein Volk, und nicht etwa Tarasken, wie sie von den spanischen Kolonialherren bezeichnet wurden. Diesen fremdbestimmten Namen durften wir vor Lupita und Mateo nicht erwähnen.

Sprechen Sie diese indianische Sprache noch?, will Neuner wissen.

Purépecha? Ich erinnere mich nur noch an einige Worte, die mit Natur zu tun haben. Von koki *für Frosch bis* simba *für Maisrohr oder* itzí *für Wasser. Denn mit Mateo bin ich manchmal in der Wildnis des Pedregal herumgestromert. Er hat mir auch erklärt, dass alle seine Familienmitglieder neben den offiziellen spanischen Namen auch einen Purépecha-Namen haben. Er wurde in seinem Dorf* Shángaru *genannt, „der Weg". Und er verriet mir auch Lupitas indianischen Namen:* Itzayana, *was so viel wie „laufendes Wasser" bedeutet. Das gefiel mir sehr gut, aber ich sollte sie bei uns zu Hause nicht so rufen.*

Dieser Mateo hatte für Sie eine große Bedeutung, nicht wahr, Frau Krüger?

Vera schaut zu den undurchdringlichen Stores am geschlossenen Fenster des Sprechstundenzimmers. Die Bewegungen und der Lärm der Stadt da draußen, der Platz mit der Straßenbahnhaltestelle – ausgeblendet.

Damals war er mein bester Freund und wichtiger für mich als meine Klassenkameradinnen in der Deutschen Schule. Aber als ich sechzehn war, sind wir nach Deutschland zurückgezogen, weil mein Vater das Angebot erhielt, nicht nur ein Hotel zu leiten, wie in Mexiko-Stadt, sondern in Deutschland eine ganze Hotelgesellschaft zu führen. Da konnte er nicht nein sagen. Für mich war das ein schrecklicher Einschnitt, ich war verzweifelt und habe meinen Vater zum ersten Mal gehasst.

Darüber sollten wir sprechen – beim nächsten Mal, sagt Neuner am Ende dieser Therapiestunde und erhebt sich von seinem Ledersessel. Die Türklingel hatte bereits dezent gegongt, er hatte auf den Türöffner hinter ihm gedrückt, und jemand hatte im Wartezimmer

Platz genommen. Die geriffelte Glastür ist geschlossen, Vera sieht nur die gepixelten Umrisse einer sitzenden Person. Eine Begegnung gibt es nicht ... nur mit einer schwarzen Lederjacke und einem Motorradhelm an der Garderobe.

*

Mit Max auf der Couch, der warme, kleine Hundekörper, der sich dicht an sie presst – das fühlt sich für Vera gut an, irgendwie tröstlich. Der Dackel hat seine Ausgehtante akzeptiert und Vera die Routine der regelmäßigen Spaziergänge bei jedem Wetter. Als Belohnung für beide folgt darauf eine Sofa-Siesta, bei der sich Max immer wieder in Erinnerung bringt, indem er Vera mit seiner feuchten Schnauze anstupst, wenn sie mit dem Kraulen hinter seinen Ohren aufhört. Doch spätestens, wenn Frau Kreuzer ihn abholt, setzt sich Veras Gedankenkarussell wieder in Gang.

Sie sieht sich dahinvegetieren, wie gelähmt in einen dunklen Krater blickend, der für ihren Untergang steht. Wenn ihr das Denken schwerfällt, spürt sie die Sogwirkung der Tiefe. Sie kann kaum noch etwas lesen, Zeitungsartikel beginnt sie von hinten und versteht nicht, um was es dabei geht. Schreiben? Nicht mal eine Glückwunschkarte für ihre Nichte Annalena. Friedas Tochter war zehn geworden, und Vera muss ihr am Telefon nachträglich gratulieren, weil sie den Geburtstag vergessen hatte und von Frieda vorwurfsvoll daran erinnert wurde. In Veras Mail-Postfach finden sich weitere Vorwürfe, von Kollegen, von Freundinnen (du meldest dich gar nicht mehr!) – zwischen unflätigen Spam-Mails, die ihr entweder zur Brust- oder zur Penisvergrößerung raten. Also besser nicht reingucken, besser den Laptop gar nicht erst öffnen. Nicht denken, nicht lesen, nicht schreiben können – wie sollte sie jemals wieder *irgendeiner* Arbeit nachgehen? Wie lange würde ihr Erspartes noch reichen?

Wann kommst du mal?, fragt Beatrice am Telefon, die noch immer in Friedas Bergdomizil „Urlaub macht". Ich kann hier nicht weg, antwortet Vera. Das Schweigen der Mutter formt sich wie eine Rauchwolke zu einem Fragezeichen, das aus dem Telefonhörer zu quellen scheint. Vera wedelt mit ihrer Hand in der Luft wie früher, wenn Claudio Rauchkringel aus seiner Nase zauberte. Aber die Fragezeichen, die um sie herum schweben, lassen sich nicht so leicht verscheuchen.

Sie trägt sie zu Neuner. Er hat sie zu einem Nachmittagstermin bestellt, und Vera zieht Max an der Leine hinter sich her, der ihr nur widerstrebend durch das Beinegewirr in der Fußgängerzone folgt. Neuner scheint belustigt, als er das Gespann sieht und lässt es zu, dass Max auf Veras Schoß im Ledersessel springt.

Macht es Sinn, meine ganze Geschichte aufzurollen, wenn ich hier und heute verhungere? Mit dieser Frage, heftig und hastig in den Raum geworfen, überfällt Vera den Therapeuten. Müssen wir den Filmriss, den ich am Popocatépetl erlebt habe, unbedingt reparieren – wer weiß, was dabei herauskommt – oder sollte mein erstes Ziel sein, mich wieder arbeitsfähig zu machen? Oder bedingt das eine das andere?

Wie geht es Ihnen, wenn Ihnen ein Name, ein Begriff entfallen ist, der wichtig für Sie ist?, fragt Neuner.

Das macht mich verrückt!, stößt Vera hervor.

Verrückt … wiederholt Neuner. Dann denken Sie an das Geheimnis, das Sie in sich tragen. Was ist passiert beim Vulkanausbruch? Können Sie diese Frage, die in Ihnen bohrt, einfach zuschütten? Vielleicht hat Ihre Seele einen Mantel des Vergessens über das Geschehen gebreitet – als eine Art Selbstschutz.

Das Geheimnis? Mir kommt es vor wie der Geist in der Flasche, eingesperrt durch einen Pfropfen, meint Vera.

Wenn der Druck zu hoch wird, fliegt der Pfropfen raus, und der Geist richtet weiteres Unheil an, warnt Neuner. Es wäre besser, ihn kontrolliert und ganz allmählich entweichen zu lassen.

Mit ihrer Hilfe, Herr Dr. Neuner?

Wie kommen Sie mit Ihrem Antidepressivum klar, fragt Neuner nüchtern. Nehmen Sie es regelmäßig?

Manchmal vergesse ich die Tablette, aber vielleicht ist sie auch schuld an meiner Schlappheit und Unkonzentriertheit?

Neuner wiegt seinen Kopf. Das ist möglich bei dem Wirkstoff, den Ihr Medikament enthält. Es sollte wohl in der Klinik Ihre Panikanfälle dämpfen. Ich könnte Ihnen etwas anderes verschreiben, aber der Wechsel geht nicht von heute auf morgen. Solche Medikamente muss man „einschleichen" und „ausschleichen", man darf sie nicht abrupt in voller Dosis verabreichen oder absetzen.

Vera bittet ihn um ein neues Rezept. Sie würde gerne einen Versuch machen, um aus ihrem Stillstand herauszukommen. Und sie schildert ihm den zähflüssigen Alltag ihrer „depressiven Episode", der in ihrem bisherigen Leben unvorstellbar gewesen wäre. Es bestand aus Langstreckenflügen, Geländewagenfahrten, stundenlangen Bergkraxeleien, Sammeln von Bodenproben und der Kontrolle von Messstationen. Ihr heutiger Tagesablauf ist anscheinend nicht nur für sie eintönig, sondern hört sich wohl auch monoton an. Sie bemerkt, dass Max, auf ihren Beinen zusammengerollt, leise schnärchelt und Neuner ebenfalls die Augen zugefallen sind.

Mal wieder zu viel gejammert, denkt Vera, obwohl ... So eine Situation hatte sie doch schon einmal erlebt. Sie sieht Professor Wondratschek vor sich, der in ihrer mündlichen Geologie-Prüfung kurz eingenickt war. Zum Glück fand der zweite Prüfer ihren Vortrag über den Hot Spot in hundert Kilometern Tiefe unter der Eifel, der einen neuen Vulkan entstehen lassen könnte, nicht ermüdend.

Sie räuspert sich, Neuner zuckt zusammen und geht an seinen Schreibtisch, um ihr das Rezept auszustellen. Und Vera beschließt, ihm beim nächsten Mal etwas Spannenderes zu erzählen. Ihn einzuweihen in die Verknüpfung ihrer Leidenschaft für Vulkane mit der großen Liebe ihres Lebens.

*

Das Gartentor quietscht, und Vera geht ihrer Fußspur vom Vormittag entgegen, die sich im Regenmatsch eingedrückt hat und festgetrocknet ist. Dabei sieht sie plötzlich Mateos Stiefelprofil in feinem, schwarzem Sand und Staub, der in der Sonne glitzerte. Sie war ihm hinterher gestapft auf dem Weg zum Vulkan Parícutín und hatte sich dabei vorgenommen, dieses Bild für immer und ewig in Kopf und Herz zu behalten. Und da ist es wieder. Es müsste noch mehr dazu geben. Sie öffnet die Haustür und steigt direkt in den Keller zu ihren Kisten mit Fotoalben, Studienmaterial und alten Tagebüchern. Damals hatte sie noch Erlebnisse und Gefühle aufgeschrieben, nicht nur Forschungsnotizen gemacht.

Sie wühlt in der Kiste mit den *Diarios*, bis sie das passende findet: Mexiko 1986. Mit Eintragungen in regelmäßig-schräger Schreibschrift, mit türkisblauer Tinte auf kariertem Papier. Mädchenhaft sieht das aus, sie war damals erst 20, hatte gerade das erste Studienjahr in Geologie hinter sich. Vera kommt sich wie eine Archäologin vor, nimmt den Kellerschatz unter den Arm und liest darin im Schaukelsessel ihres Vaters, der noch immer einen prominenten Platz im Wohnzimmer des Hauses hat.

Mexiko-Stadt, 5. Juli 1986
Wie gut, dass es noch Menschen in Mexiko gibt, auf die ich zählen kann. Adriana, die jahrelang neben mir saß im Colegio Humboldt, steht mir noch immer sehr nah. Sie hat mich am Flughafen abgeholt

und mich mit ihrem amerikanischen Straßenkreuzer – sie arbeitet jetzt für Chrysler – gleich durch die City gefahren. Nun saßen wir wieder nebeneinander, aber was für ein grausiges Wiedersehen! Neun Monate nach dem schweren Erdbeben, das Mexiko-Stadt im letzten September erschüttert hat, sind zwar die Straßen von Schutt freigeräumt, aber das Zentrum sieht noch aus wie nach einem Krieg. Das Hotel Alameda, das ich mit Claudio so gerne besuchte, weil überall Musik erklang, steht zwar noch. Es ist aber so schwer beschädigt, dass es nicht betreten werden darf. In anderen Gebäuden wurden die Stockwerke sandwichartig zusammengepresst, und viele Menschen wurden in diesen Schichten zerquetscht. Blumen liegen in den Ruinen. 10.000 Tote gab es offiziell, sagt Adriana, aber es seien sicher viel mehr gewesen. Sie selbst hat Glück gehabt, hat das Beben gar nicht gespürt, weil sie in der ratternden U-Bahn saß. Aber dann, beim Rauskommen an der Metrostation Insurgentes, kam der Schock. Ringsumher alles verwüstet, innerhalb von Minuten.

Wir haben zwar in Deutschland tagelang vor dem Fernseher gesessen, aber jetzt alles hautnah zu sehen, ist nochmal etwas anderes. Adriana kennt sich aus mit der Topografie des Schreckens, sie weiß wo Vorher-Nachher besonders schockierend ist. Ich habe fotografiert, Ecken und Häuser, die ich mal kannte. Der Kloß im Hals hat sich erst gelöst, als ich bei Adriana zu Hause ein frisches Limonenwasser trinken konnte und sie mir makabre Erdbebenwitze erzählte, à la mexicana. Rosca de Reyes: Mexiko-Stadt wird mit einem Dreikönigskuchen verglichen: mit einem Loch in der Mitte, aber mit vielen, im Teig steckenden Püppchen.

Es gab auch Wunder, die Adriana so liebt wie alle Menschen in Mexiko. In der eingestürzten Juárez-Klinik wurden bei Bergungs- arbeiten noch Tage später Babys lebend aus den Trümmern geborgen, „Bebés del Milagro". Sie hat erzählt und erzählt, während ich in ihrem Apartment auf die Risse schaute, die sich die Wände entlangziehen. Von den Decken ist Putz gebröckelt, und im Bad haben sich Kacheln gelöst ...

Ich will nicht lange in der Stadt bleiben. Es ist mir zu unheimlich, habe ich ihr gesagt. Schade, wo willst du hin?, wollte sie wissen. Einfach ein bisschen Mexiko-Luft schnuppern, aber lieber in kleinen Städten oder auf dem Land. Eigentlich kenne ich meine zweite Heimat kaum, ich möchte sie für mich erobern.

Lass mich raten, hat Adriana gesagt. Wie wär's mit Michoacán? Kam da nicht Mateo her? Hast du noch Kontakt zu ihm? Nein, habe ich nicht. Aber Michoacán wäre eine Idee, ich war nie dort, habe ich so beiläufig wie möglich geantwortet.

Morélia, 9. Juli

Fünf Stunden mit dem Nachtbus nach Morélia geschaukelt, Kurve um Kurve durch das Gebirge der Mil Cumbres. 1000 Gipfel – aber ich habe sie leider nicht gesehen. Aus der Provinzhauptstadt kam seine letzte Post. Hier wollte er studieren, an der Uni von Michoacán. Jetzt sitze ich unter den Arkaden des Zócalo im Café de los Portales und habe mir nach der schlaflosen Fahrt ein deftiges Frühstück mit chilescharfen Rühreiern, Tortillas und frischem Orangensaft gegönnt. Weiß nicht so recht, wie und wo ich suchen soll – und nach wem. Wie schaut er heute wohl aus? Muss erstmal eine billige Unterkunft finden.

Morélia, 10. Juli

Die Altstadt wirkt hell und freundlich. Rosa bis zart-violett schimmern die Mauern der Kathedrale, der Kirchen und der alten Kolonialpaläste, vor allem im Abendlicht. Ich bin nun zwei Tage lang herumgeschlendert und habe in jeden Patio reingeschaut. Manche Innenhöfe sind Lokale, in denen sich die Studenten treffen. Drei Unis soll es hier geben. Ich fühle mich etwas verloren. Abends alleine auszugehen ist für eine Frau in Mexiko ziemlich verrückt. Ich *werde von Kellnern und anderen Gästen erstaunt und neugierig gemustert. Na ja, eine Gringa, denken sie und sprechen mich auf Englisch an. Hey Miss, ein Tisch für zwei? Nach dem Essen bin ich geflüchtet in mein einfaches kleines Hotel mit dem netten Namen Magdalenita, in dessen Patio nur ein Tisch und ein Sonnenschirm passen. Aber Frühstück gibt es hier nicht.*

Morélia, Samstag, 12. Juli

Volltreffer! Als ich heute früh wieder ziemlich ratlos am Zócalo saß, sah ich einen Mann mit schwarzem Pferdeschwanz und Aktentasche unterm Arm eilig an mir vorbeilaufen. Nach einigen Schritten hat er kehrt gemacht und nach kurzem, unsicherem Staunen fassungslos seine Arme ausgebreitet.

Qué milagro, was für ein Wunder! Vera, Güerita, wie kommst du denn hierher? Von dieser Begegnung war ich nun auch überrumpelt.

Ich hatte Heimweh, habe ich ihm erklärt, als Mateo mich nach unserer Umarmung freudestrahlend von sich hielt.

Was ist aus dem Mädchen geworden, das einfach abgehauen ist?

Ich bin nicht abgehauen, protestierte ich. Ich wollte in Mexiko bleiben, aber sie haben mich mitgenommen, Gegenwehr war zwecklos.

Fünf Stunden lang haben wir am Zócalo gesessen und uns gegenseitig die vergangenen Jahre erzählt, bis die Kathedrale im Scheinwerferlicht so lila erstrahlte wie die blühenden Jacaranda-Bäume in der Mittagssonne.

Ich hatte Heimweh nach den Vulkanen, gestand ich ihm.

Fenómeno, meinte Mateo kopfschüttelnd (anscheinend noch heute sein Lieblingswort). Du hast schon immer nach ihnen geschaut. Eine ungewöhnliche Leidenschaft für ein junges Mädchen. Aber dass sie dich nicht loslassen würde, hätte ich nicht gedacht. Vulkanologin willst du werden? Alle Achtung. Das könnte gefährlich werden, hat er vor sich hin gemurmelt.

Da musste ich lachen. Bis jetzt war es das nicht, habe ich seine Bedenken zerstreut. Die geologischen Exkursionen meiner Uni führen zu den alten Feuerbergen in der Eifel. Das ist nicht riskant. Da rührt sich schon lange nichts mehr. Man könnte höchstens in einem Maar ertrinken, in einem der Vulkane, die wie Trichter in die Tiefe reichen und mit Wasser vollliefen.

Mateo ist nun Akademiker! Er hat in Morelia Soziologie und Ethnologie studiert und erforscht die Kultur seines Volkes, der Purépecha.

Unsere Sprache war bisher keine Schriftsprache, hat er mir erklärt. Sein erstes großes Projekt ist es, mit einem multidisziplinären Team ein Wörterbuch zu schreiben. Und dann soll die Purépecha-Sprache in den Grundschulen unterrichtet werden, wo sie bisher tabu war! Er klang sehr bestimmt und selbstbewusst.

Anscheinend bewegt er sich mühelos zwischen verschiedenen Welten: zwischen seiner bäuerlichen Familie in seinem Purépecha-Dorf und der spanisch sprechenden Stadtgesellschaft Mexikos. Und als Junge musste er sich zusätzlich zurechtfinden in der noch fremderen Welt unserer deutschen Familie und dem Colegio Alemán. Aber den Stolz auf seine Herkunft hat er anscheinend nie verloren.

Hast du das schon immer im Kopf gehabt, die Geschichte und Kultur deines Volkes zu erforschen?, habe ich ihn gefragt. Da hat er geschmunzelt.

Nein, eigentlich wollte ich Mathematik studieren. Du weißt ja, wie sehr ich das Kopfrechnen geliebt habe. Aber immer nur Zahlen, geometrische Figuren – zu viel tote Materie. Lebendige Menschen sind mir wichtiger, ich wollte mich in den Dienst meiner Leute stellen. Wir waren so lange unterdrückt.

Lebendige Menschen. Ich musste lachen. Mir geht es um lebendige Berge, sagte ich ihm. Für mich sind die Vulkane faszinierende,

rätselhafte Wesen. Auf diesem Gebiet gibt es auch noch viel zu er-
forschen.

Da hättest du hier in Mexiko ein weites Feld, meinte Mateo.
Warum willst du nicht sofort damit anfangen? Es war schon
Mitternacht, wir saßen immer noch im Café de los Portales, als die
Lampen über uns ausgingen. Doch gleichzeitig sah ich auf Mateos
Gesicht ein Lächeln aufleuchten. Wir könnten zusammen den
Parícutin erobern, schlug er vor.

Eine wunderbare Idee! Ich war im wahrsten Sinne des Wortes
Feuer und Flamme. Der berühmt-berüchtigte Parícutin, der erst vor
einigen Jahrzehnten mit Höllenspektakel emporgewachsen ist, mitten
in der Region der Purépecha! Mateo könnte mir kein schöneres
Geschenk machen.

Morgen früh will er mich abholen in meinem kleinen Hotel, wo
ich jetzt auf dem schmalen Frisiertisch in meinem Zimmer noch alles
aufschreiben musste, was heute passiert ist. Für immer festhalten!

Morélia, 15. Juli
Der direkte Weg zu einem Ziel kann in Mexiko ein sehr
kurvenreicher sein. Das war für mich nichts Neues. Der Parícutin
musste warten. Mateo wollte mir so vieles zeigen. Zuerst sein Dorf
Tzintzúntzan. Von dort aus sind wir dem Vulkan schon näher,
erklärte er. Während der Fahrt in seiner Carcacha, *einer alten*
Klapperkiste, konnte ich die Frage nach Lupita nicht mehr
zurückhalten. Er hatte in seinen letzten Briefen nicht mehr von ihr
geschrieben, und sie selbst konnte nicht schreiben.

Wie geht es ihr?

Sein Gesicht schien zu versteinern, als er leise antwortete: Sie
lebt nicht mehr. Ein Busunfall in der Hauptstadt. Sie war sofort tot,
meine Comadre.

Mir liefen die Tränen übers Gesicht.

Auch für mich war sie wie eine Comadre, *jedenfalls viel mehr als nur eine Haushälterin. Als ich klein war, hing ich wohl an ihrer Schürze, wie mir meine Mutter mal etwas eifersüchtig erzählt hat.*

Warte, bis du meine Mutter siehst, sagte Mateo. Sie ist Lupita sehr ähnlich.

Über dem dunklen Pátzcuaro-See zuckte ein unheimliches Wetterleuchten, als wir von einer Anhöhe in Tzintzúntzan einfuhren und wieder hinaus bis an den anderen Ortsrand zum Gehöft von Mateos Familie. Alle liefen zusammen, nachdem Mateos alter Ford in den Hof gebogen war. Als seine Mutter mich in ihre Arme schloss, kam es mir vor wie ein Heimkommen. Ihre behäbige Gestalt, ihre grauen, dünnen Zöpfe, der dunkelblaue Rebozo, *den sie um die* **Schultern trägt. Aber vor allem das fast faltenfreie Gesicht mit den lustigen, flinken Augen ähnelt Lupita sehr.**

Wart ihr Zwillingsschwestern?, habe ich sie gefragt.

Nein, Lupita war fünf Jahre älter als ich, erklärte mir Mateos Mutter traurig.

Warum musste sie unbedingt in der Hauptstadt arbeiten? Sie hat sie verschlungen.

Ich bin sehr froh, dass wir sie hatten, warf ich ein.

Sie hat auch von euch nur Gutes erzählt. Und wir sind sehr dankbar, dass ihr Mateo geholfen habt, hat Carmela gesagt.

Sie zog mich in eine der Holzhütten, die um den Hof herum stehen. Bald saß die Familie mit Mateos Vater, zwei Brüdern und ihren Frauen und Kindern um die offene Feuerstelle, über der ein Tontopf mit einer dicken Tortillasuppe schaukelte, die auch Lupita für uns gekocht hatte. Ich sog die fremde Welt mit vertrauten Zutaten in mir auf. Die Familie unterhielt sich auf Purépecha, und Mateo übersetzte – gelegentlich. Als alle auf mich blickten und lachten, erklärte er mir, dass sie nach einem passenden Namen für mich suchten. Verschiedene Vorschläge wurden in den Familienrat eingebracht und wieder verworfen.

Urápiti – das steht für weiß, aber das ist nicht originell, meinte Mateo.

Besser Xungápiti – das heißt grün, so sein Bruder Carlos.

Weil ich noch grün hinter den Ohren bin?, fragte ich.

Nein, so frisch wie junge Maisstauden.

Mateos Vater schüttelte den Kopf und sagte: Shúmu! Und das war es dann. Mateo flüsterte mir zu: der Nebel über dem See. Alle stimmten zu. Shúmu, das passt! Und es war, als hätte mein Name Vera nie existiert.

Ich schlief in einer der Hütten zusammen mit der Familie von Carlos – er teilte sich ein Bett mit seiner Frau und ihrem Baby – und wurde geweckt vom Kollern eines Truthahns, dem Gelächter seiner Puten und Hundegebell, das aus allen Himmelsrichtungen durch die Ritzen der Holzwände drang. Genauso wie der Rauch von den Feuerstellen.

Du brauchst einen Sonnenschutz, meinte Mateo vor der Abfahrt und hielt an den Arkaden der Hauptstraße, unter denen stumme Glocken schaukeln, geflochten aus Weiden. Die Frauen des Dorfes tragen zum Familieneinkommen bei, indem sie ihre Flechtarbeiten oder grünglasierte Tonwaren den Ausflüglern anbieten, die zum Pátzcuaro-See kommen. Ich wollte so einen Sombrero, wie er ihn trägt, einen mit breiter, flacher Krempe.

Aber das ist ein Männerhut, lachte mich Mateo aus.

Egal, genau so einen will ich. Er ist ein bisschen hart geflochten, aber er wird mich immer an dein Dorf erinnern, versicherte ich ihm beim Anprobieren und fühlte plötzlich einen Kloß im Hals, den ich schnell runterschluckte. Mateo hatte einen prall gefüllten Rucksack im Auto, und unsere Vulkanexpedition konnte nun beginnen.

Es war Mittag, als wir in einen staubigen Feldweg einbogen. Im Dorf Angahuán nahmen wir einen einheimischen Führer mit und folgten ihm zu Fuß zum Parícutin. Mateo stellte mich als Shúmu vor und unterhielt sich mit Juan, der flink voranging, auf Purépecha. Ich konnte nur einzelne Worte verstehen, doch der Klang war mir ja von klein auf vertraut. Er war unüberhörbar, wenn Lupita manchmal mit Mateo in unserer Küche schimpfte. Und nun der Besuch bei Mateos Familie, deren Gespräche am Feuer noch in mir nachhallten.

Ich folgte den beiden und beobachtete Mateo von hinten, jetzt ein kräftiger junger Mann mit schulterlangem schwarzen Haarschopf, der unter seinem Sombrero hervorquoll. Vertraut und fremd zugleich. Ich konnte es kaum glauben, dass ich meinen „großen Bruder" wiedergefunden hatte.

Der Parícutin ist noch sehr jung, erklärte Juan zu mir gewandt auf Spanisch, noch bevor der Vulkan zu sehen war. Mein Onkel Dionisio Pulido hat ihn entdeckt. Das war am 20. Februar 1943. Während er sein Maisfeld pflügte, bebte plötzlich der Boden unter seinen Füßen und riss auf. Dampf, Funken und Asche kamen ihm entgegen. Zuerst versuchte er noch, diese Risse mit Erde zuzustopfen, aber das hat nichts genützt. Die Risse wurden größer, und die Erde hob sich langsam an. Bald wuchs dieser Hügel zu einem Vulkan heran. So war das mit der Geburt des Parícutin.

Dionisio Pulido, wer kennt den Namen in Mexiko nicht? Dieser indianische Bauer ist zu einer Legende geworden, und wir durften uns heute von einem Neffen führen lassen! Sicher hat er viele Neffen. Die Mexiko-Reportagen von Egon Erwin Kisch fielen mir ein. Schullektüre im Colegio Humboldt. Kisch konnte den Vulkan noch als fauchendes, grölendes Lebewesen beschreiben, kurz nach seinem Ausbruch. Nun lag das, was er aufgeworfen und ausgespuckt hat, als erstarrtes Lavafeld vor uns, als Pedregal, unter dem zwei Dörfer begraben liegen.

Das ist nicht von heute auf morgen passiert, erklärte Juan. Es hat Jahre gedauert. Die Lava kroch ganz langsam auf uns zu, wir konnten unsere Häuser rechtzeitig verlassen. Nur unser Kirchturm hat dem Monster widerstanden. Seht ihr ihn? Er deutete auf einen hellen Turm, der aus dem schwarzen, wie von einem Sturm gepeitschten Felsenmeer herausragt.

Dann erhob sich der Kegel des Vulkans vor uns, der heute rund 2800 Meter hoch sein soll. Aber keine Angst, beruhigte uns Juan, er überragt das Lavafeld nur um etwa vierhundert Meter. Als Kind habe er große Angst vor dem Ungeheuer gehabt. Vor allem nachts, wenn er die ganze Gegend mit seinem Feuerwerk in rotes Licht tauchte. Heute schläft er, versicherte Juan.

Ohne ihn hätten wir wohl keinen gangbaren Weg durch diese zerklüftete Mondlandschaft gefunden. Ich versuchte Schritt zu halten. Wir waren in der Mittagshitze losgegangen, und mein Durst wurde immer quälender. Der schwarze Staub drang in meine Kehle, die sich schon so rau wie Schmirgelpapier anfühlte. Ich bat die Männer um Rast in einer grünen Busch-Oase.

Mateo lachte. Weißt du noch, wie du abgehauen bist aus eurem Garten im Pedregal? Da warst du noch eine kleine Springmaus. Fernando hatte vergessen, das Tor zuzuschieben, und plötzlich warst du weg. Wir sind alle losgelaufen, um dich zu suchen. Und ich habe dich gefunden, nach zwei Stunden. Da hast du auch unter einem Busch gesessen, aber damals hast du geweint.

Ich erinnerte mich noch genau, wie froh ich war, als Mateo auftauchte und mein ungeplantes Abenteuer ein glückliches Ende nahm. Den Ausflug zum Parícutin hatte Mateo geplant. Ich schielte auf seinen Rucksack. Er öffnete ihn, um eine dicke Wassermelone herauszuholen, sie mit seinem Schweizer Messer – einem Geschenk von Claudio – zu schneiden und gerecht für uns drei aufzuteilen. Das rote, saftige Fruchtfleisch – eine Wohltat.

Mehr habe ich nicht dabei, gestand er, bevor wir weitermarschierten. Mir schien es, als ob der baum- und strauchlose schwarze Kegel des Parícutin immer weiter weg rückte. Der Untergrund wurde spitzer, wie ein Fakirlauf übers Nagelbrett fühlte sich jeder Schritt an, trotz meiner Stiefel. Zwei Stunden noch bis zum Krater, sagte Juan. Ich musste aufgeben.

Ich schaffe es nicht, heute nicht, gestand ich den beiden Männern und bat um Umkehr. Vorsichtig liefen wir wieder bergab und standen plötzlich vor einer Brombeerhecke mit dunklen, reifen Früchten, über die wir uns herstürzten, ohne auf die dornigen Ranken zu achten. Die zweite Überraschung ließ nicht lange auf sich warten. Bei den Kirchenruinen öffnete sich ein Sammelplatz für Touristen, die auf Pferden angetrabt waren. An einem Stand wurden refrescos *verkauft. Gerettet, dachte ich erleichtert, und ließ eine kalte Limonade in mich hineinlaufen.*

Von der Kirche ist nicht nur der Turm, sondern auch der Altar erhalten geblieben, vor dem das Lavageröll gestoppt hat. Gestoppt wurde, sagte Juan. Un milagro, *ein Wunder, fügte er ehrfürchtig hinzu. Der Altar war geschmückt mit Papierblumen, abgebrannten Kerzen und Votivgaben, mit denen sich Menschen, die hierher gepilgert waren, für persönliche Wunder bedankten.*

Als Mateo und ich am Abend mit dem staubbedeckten Auto wieder in Morelia ankamen, war ich dankbar für die Hoteldusche, in der ich meine schwarzen Füße aufweichen ließ. Der Vulkanstaub war nicht nur in meine Kleider gekrochen, sondern haftete auch an meinem Körper. Ich ließ das Wasser lange über mich laufen. Doch danach gab es für uns beide kein Halten mehr. Wir ließen uns auf das Bett sinken, um alles um uns herum zu vergessen – bis zu dem Moment, in dem das Bild des unbezwungenen Parícutin in mir aufblitzte: Ich fühlte etwas in mir aufsteigen, das mir vorkam wie eine Feuersäule, und ich hatte das Gefühl zu bersten.

*

Das ist eine spannende Geschichte, Frau Krüger, meint Neuner nach Veras geraffter Erzählung ihrer Tagebuchnotizen. Sie sieht in seinen wässrig-blauen Augen, dass er gerührt zu sein scheint.

Das alles ist in meinem Kopf noch immer sehr lebendig, obwohl es etliche Jahre her ist, sagt Vera, während draußen der erste Herbststurm tobt. Dass sie so lange fließend sprechen konnte ... Es wundert sie selbst. Vera fühlt sich allmählich weniger verstockt, zumindest in den Gesprächen mit Dr. Dr. Neuner. Er hört ihr aufmerksam zu (wenn er nicht einnickt), macht Notizen und stellt nur wenige Zwischenfragen. Manchmal wiederholt er lediglich einen Satz oder Halbsatz von Vera und hängt daran ein Fragezeichen, das Vera überrascht und zum Nachdenken bringt. Was habe ich da gerade gesagt, wie habe ich das gemeint? Am Ende dieser Sitzung fragt Neuner: Erzählen Sie mir, wie es weiterging mit Mateo? Beim nächsten Mal?

Vera nickt langsam und muss in den Karton mit Papiertaschentüchern vor ihr auf dem kleinen Tisch greifen, um sich kräftig zu schnäuzen.

*

In der großen Stadtapotheke, in der man sie nicht kennt, löst Vera das Rezept von Neuner für ein anderes Antidepressivum ein. In der Klinik hatte sie zwar bei der Arztvisite die Namen der Medikamente gehört, die sie dann – es war ein Cocktail von weißen, rosafarbenen, runden und ovalen Tabletten, und manchmal war ein flüssiges Präparat in einem Plastikschnapsglas zum Kippen dabei – an der Pflegetheke unter Aufsicht einnehmen musste. Diskussion zwecklos. Aber nun erhält sie ihre Pillen mit Beipackzettel und kann das Kleingedruckte lesen, wobei sie feststellt, dass sie wieder geradeaus, von vorne nach hinten, lesen kann.

Es gab eine Aufklärungsstunde über Medikamente in der „Kognitiven Therapie" der Klinik, in der sie allerdings nichts begriffen hatte. Sie malt ein Fragezeichen auf ihr angestaubtes Laptop, klappt es auf und beginnt zum ersten Mal zu recherchieren – in einem fremden Fachgebiet, das sich einer Sprache bedient, die ihr mindestens so exotisch vorkommt wie Purépecha. Nur dass sie nicht so gut klingt.

Ihr bisheriges Antidepressivum gehört zu den Selektiven Serotonin-Wiederaufnahmehemmern. „Sie blockieren speziell die Rezeptoren, die für die Wiederaufnahme des Botenstoffes Serotonin zuständig sind", liest sie nun. Serotonin anklicken. „Serotonin, das sich im Zentralnervensystem in den Zellkörpern, den Somata serotoninerger Nervenbahnen in den Raphe-Kernen befindet, deren Axone in alle Teile des Gehirns ausstrahlen, beeinflusst unmittelbar oder mittelbar fast alle Gehirnfunktionen. Zu den wichtigsten Funktionen des Serotonins im Gehirn, das die Blut-Hirn-Schranke nicht überwinden kann und daher vor Ort gebildet werden muss, zählen die Steuerung oder Beeinflussung der Wahrnehmung, des Schlafs, der Temperaturregulation, der Sensorik, der Schmerzempfindung und Schmerzverarbeitung, des Appetits, des Sexualverhaltens und der Hormonsekretion. *Caramba!*, entfährt es Vera. Der Text verschwimmt vor ihren Augen. Hirnschranke … Gibt es keine Info über gefühlte Wirkungen dieser Pillen? Doch, in einem Blog von Tablettenschluckern sind sie beschrieben, die Auswirkungen von Serotonin auf die Stimmungslage. „Es gibt uns das Gefühl der Gelassenheit, der inneren Ruhe und Zufriedenheit. Dabei dämpft es eine ganze Reihe unterschiedlicher Gefühlszustände, insbesondere Angstgefühle, Aggressivität, Kummer und das Hungergefühl." Deshalb werde Serotonin im Volksmund oft als „Glückshormon" bezeichnet.

Gedämpft, ja gedämpft kommt sie sich vor, seit Monaten. Aber glücklich?

Die süßlich schmeckenden Schmelztabletten, die sie seit vielen Wochen zweimal täglich auf der Zunge zergehen ließ, hatten zur Lösung von Veras Erstarrung bis jetzt kaum beigetragen. Vera ist bereit, die neuen, von Neuner verschriebenen Tabletten aus-zuprobieren. Davor muss sie allerdings das bisherige Medikament „ausschleichen". Die Stationsärztin in der Klinik hatte ihr versichert, dass durch die Einnahme von Antidepressiva keine Abhängigkeit entstehe. Aber, was steht da im Medizinlexikon auf ihrem Bildschirm? „ ... kann sich beim Absetzen nach längerer Einnahme ein Absetzsyndrom entwickeln ...". Sie muss Neuner fragen, was passieren könnte.

Er hatte nun ein Präparat für sie ausgesucht, das zu den „Selektiven Noradrenalin-Wiederaufnahmehemmern" (SNARI, SNRI) gehörte. Sie wickelt den mehrfach gefalteten Beipackzettel auf und überfliegt ihn bis zu den „Anwendungsgebieten": akute depressive Erkrankungen, darunter mit Antriebsstörungen einher-gehende Depressionen.

Wenn diese Pillen ihr wieder mehr Dampf unter dem Hintern machen würden ... Das könnte passen, überlegt Vera. Doch meistens hatte sie nur die Nebenwirkungen der Medikamente gespürt, die sie bisher bekommen hatte. Was sagt dieser Beipackzettel dazu? Er wird ausführlich, in Lupenschrift.

Sehr häufig:
- Schlafstörungen (Schlaflosigkeit)
- trockener Mund
- Verstopfung
- Übelkeit (Unwohlsein)
- Schwitzen

Wie gehabt. Auf ihr starkes Schlafmittel, das sie lieber heute als morgen absetzen würde, könnte sie damit nicht verzichten. Und sie würde weiterhin klatschnass aufwachen und die Wasserkaraffe bei Neuner austrinken, um überhaupt sprechen zu können.

Häufig:

- Kopfschmerzen
- wenig Appetit oder Appetitlosigkeit
- gesteigerte körperliche Erregung (Agitiertheit)
- Angst
- Benommenheit
- Missempfindungen (wie z. B. Kribbeln, Prickeln)
- Unfähigkeit stillzusitzen oder stillzustehen
- veränderte Geschmacksempfindung
- Schwierigkeiten bei der Einstellung des Auges auf die jeweilige Sehentfernung
- Herzrasen, Herzklopfen
- Gefäßerweiterung, Blutdruckabfall beim Aufstehen, Bluthochdruck
- Erbrechen
- Hautausschlag
- Unvollständige Entleerung der Blase, schmerzhaftes Wasserlassen
- Erektionsstörungen, Ejakulationsschmerzen
- Schüttelfrost

Sollte sie nicht lieber antriebslos bleiben, als sich solche Symptome einzuhandeln, und seien es nur zwei, drei davon? Nun ja, wenigstens eines ist zu vernachlässigen: Erektionsstörungen. Aber was steht da unter „gelegentlich"? Schwindelgefühl. Das kennt sie doch schon. Manchmal ist ihr, als rutsche sie aus beim Gehen, obwohl keine Bananenschale, kein Ölfleck unter ihren Füßen liegt. Sie fuchtelt dann erschrocken mit den Armen in der Luft herum, um ihre Balance zu halten. Wenn ihr das passiert wäre, oben am Kraterrand ... Schwindelfrei zu sein, das ist doch ein Muss für ihren Beruf! Aber ihre „Ausrutscher" passen zu ihrem jetzigen Zustand: Ihr ganzes System scheint ihr aus dem Gleichgewicht geraten.

*

Mateo wollte mir noch einen Vulkan schenken, bevor ich nach unseren wilden gemeinsamen Wochen in Michoacán wieder nach Deutschland zurückkehren musste, erinnert sich Vera bei Neuner. Mein Vater hatte die Rückkehr angeordnet.

Angeordnet?, fragt Neuner erstaunt.

Ja, befohlen! Dass ich in Mexiko weiterstudieren könnte, wollte er nicht akzeptieren. Ich war noch nicht einundzwanzig, also damals noch nicht volljährig. Er konnte noch über mich bestimmen.

Willst du hier alles aufgeben? Nichts geht über eine gute Ausbildung in Deutschland, hat er ins Telefon gebellt. Ich sollte mein Studium in Deutschland fortsetzen, das würde er finanzieren, sonst nichts. Und außerdem sei meine Mutter schwer erkrankt, als ich meinen Eltern geschrieben hatte, dass ich in Mexiko bleiben wollte. Nervenzusammenbruch. Das hat mich erschreckt, und ich beschloss, fürs Erste den Heimflug anzutreten. Mateo und ich, wir waren beide sehr verzweifelt, und er bot mir an, zuvor noch gemeinsam den Popocatépetl zu besteigen, weil er wusste, dass dies mein größter Wunsch war. Und weil ich das sicher nie vergessen würde. Vielleicht auch ihn dann nicht.

Ich fühlte mich hin- und hergerissen, zwischen Mateo und meiner Familie, zwischen Mexiko und Deutschland und nun zwischen der Perspektive auf ein großes vulkanisches Abenteuer und einem mulmigen Gefühl in meinem Bauch. Aber wann würde ich jemals wieder eine solche Chance bekommen? Und mit Mateo an meiner Seite!

Vera blättert in ihrem kellermodrig riechenden Tagebuch von

1986, das sie zum Termin bei Dr. Neuner mitgebracht hat, und liest ihm daraus vor.

Ich dachte an die Wassermelone, die Mateo zum Parícutin mitgeschleppt hatte und sagte: Vale! Ich mache mit, aber nur wenn ich diesmal den Proviantrucksack packen darf. Der „Popo" – so heißt der Vulkan im Volksmund, Herr Dr. Neuner – *trug eine Schneehaube und wirkte auf mich hoheitsvoll und abweisend, als wir uns mit dem Auto dem Cortés-Pass, näherten. Man konnte bis zu einer Berghütte fahren, die auf fast viertausend Metern Höhe liegt. Dort wollten wir übernachten. Die breiten Treppenstufen zur Unterkunft waren schon eine Herausforderung. Mein Atem ging schneller, aber meine Beine wurden langsamer, fühlten sich an wie Gummi. Eine Nacht würde nicht reichen, um unsere Körper an die dünne Luft zu gewöhnen. Wir nahmen uns einen Tag, um uns mit dem Popocatépetl aus nächster Nähe, aber mit Respekt, anzufreunden. In der zweiten Nacht, in der ich im Etagenbett über Mateo schlief, reichte ich ihm meine Hand nach unten, die er festhielt, stundenlang. Mir war flau im Magen, und ich glaube, er war ebenfalls besorgt. Denn eine passende Ausrüstung hatten wir nicht dabei, nur eine Kamera. Mateo war wieder einer spontanen Eingebung gefolgt. Ich hatte wenigstens Bergstiefel, er selbst musste die Sache noch sportlicher angehen – in Turnschuhen. War es eine Schnapsidee?, fragten wir uns wohl beide.*

Weißt du noch, wie uns Lupita die Legende vom Popocatépetl erzählt hat?, murmelte Mateo.

Natürlich! Vor allem, weil es kurz vor einem Gewitter war, vor dem ich Angst hatte. Sie wollte mich ablenken.

Und? Hat es gewirkt?, fragte Mateo.

Ich glaube nicht.

Du konntest schon damals mit Märchen nicht viel anfangen, er-innerte sich Mateo. Aber in unserer Kultur ist die Natur beseelt. Auch Vulkane sind wie Personen für uns – heute noch.

Ich wunderte mich: Du glaubst also an die Sage, an Popocatépetl als mutigen Krieger?

... der sich in die Prinzessin Ixtaccíhuatl verliebt hat. Das ist doch eine wunderbare Geschichte über eine unsterbliche Liebe. Popocatépetl als Held, der in den Krieg zieht und seine Geliebte zurücklassen muss. Mateo schien wieder wach zu werden.

Eine Liebesgeschichte mit tragischem Ende, warf ich ein.

Ja, es gab diesen Rivalen, der das Gerücht verbreitet hat, dass Popocatépetl im Kampf gefallen war.

Ich konnte die Geschichte fertig erzählen, denn vergessen hatte ich sie nicht:

Diese Nachricht hat Ixtaccíhuatl so schwer getroffen, dass sie tot umfiel. Als ihr Geliebter kurze Zeit danach siegreich aus dem Krieg zurückkehrte und von diesem Unglück erfuhr, bestattete er sie in einer Pyramide, die die Form einer schlafenden Frau annahm, und wachte mit einer Fackel über ihren ewigen Schlaf. Die Götter sollen sich erbarmt haben, indem sie die beiden in Vulkane verwandelten. Immer, wenn sich Popocatépetl an seine Geliebte erinnert, entzündet sich das Feuer der Leidenschaft in ihm und schickt eine Rauchfahne in den Himmel.

Ist das nicht ein schönes Bild?, meinte Mateo. Aber ich musste ihm gestehen, dass mich diese Geschichte schon als Kind einerseits kalt gelassen und andererseits geradezu angefeuert hat, den angeblich mysteriösen Geschehnissen rund um den Popocatépetl auf den Grund zu gehen.

Schon vor Sonnenaufgang stapften wir auf schmalen Pfaden steil bergan, dem Lichtstrahl unserer Taschenlampe folgend. Mateo fror in seiner viel zu dünnen Jacke. Den Gletscher mieden wir, da wir keine Steigeisen dabei hatten. So mussten wir uns in Serpentinen auf dem dunklen Tuff-Geröll vorwärts bewegen. Drei Schritte vor, einen Rutscher zurück. Am Etappenpunkt Tres Cruces, der durch drei Eisenkreuze markiert ist, haben wir eine Verschnaufpause eingelegt.

Ich werde drei Kreuze machen, wenn wir es bis oben schaffen, japste ich.

Von dort an stank es arg nach Schwefel, und die Luft in über fünftausend Metern Höhe wurde immer dünner. Wir kamen nur sehr langsam voran. Wege gab es da oben keine mehr. Jeder Fußabdruck verschwand sofort wieder im Geröll. Mateo staunte über meine Ausdauer und Energie. Ich wollte den Popocatépetl unbedingt bezwingen, und mein Dickkopf ließ mich diesmal durchhalten – bis zum Kraterrand. Ich suchte einen sicheren Stand und wagte einen ersten Blick in die Tiefe: Lavadome erhoben sich dort unten, und dicke schwarze Brocken lagen herum. Ein teuflischer Gestank nach faulen Eiern stieg vom Grund der Kraterhölle zu uns auf. Wir hielten uns die Nasen zu. Manchmal leuchtete aus den Schwaden von Schwefeldämpfen ein türkisfarbener Fleck auf, der legendäre „Lago Esmeralda", der „Smaragdsee". Wir drehten uns um und fielen fast hinein in den weiten Blick übers Hochtal von Mexiko, das uns mit seinen vielen kleinen Maisfeldern wie ein grüner Paradiesgarten vorkam.

Das Atmen fiel uns immer schwerer, als wir auf dem schmalen Rand des großen Lochs noch eine Stunde lang vorsichtig Schritt vor Schritt setzten bis zum Gipfel, 5.462 Meter hoch! Das war Schulstoff im Colegio Humboldt, Heimatkunde à la mexicana. Ich hatte meinen ersten Fünftausender gepackt! Wir umarmten uns ganz fest und fotografierten uns gegenseitig mit dem kleinen Gipfelkreuz. Doch dann schnell wieder runter, um nicht der Höhenkrankheit zu verfallen, die sich mit Kopf- und Bauchschmerzen ankündigte. Der Schnee war in der Sonne weich und sulzig geworden, so dass wir immer wieder tief einsanken, als wir Hand in Hand mit großen Schritten nach unten liefen und rutschten und das Atmen mit jedem Meter abwärts wieder etwas leichter wurde. Nach genau zwölf Stunden waren wir zurück in der Herberge von Tlamacas.

So etwas kann man nicht vergessen, nicht wahr?, fragt Dr. Neuner, der sich in seinem Ledersessel zurückgelehnt hatte, um Veras Geschichte zu folgen.

Nein, niemals! Heute kann man längst nicht mehr so unbedarft zum Krater des Popo hochsteigen. Seit er wieder aktiv wurde, seit 1994, ist die ganze obere Zone für Bergsteiger gesperrt. Nur noch Spezialisten dürfen rauf, Vulkanologenteams, Katastrophenschutz ...

Damals waren wir alleine in Geröll und Eis unterwegs. Zumindest kann ich mich nicht an Menschen erinnern, die uns begegnet wären. Aber vielleicht hatte ich vor allem Augen für Mateo. Meine Passion für das Mysterium der rauchenden Berge und meine Liebe zu Mateo, das war eins zu jener Zeit. Ich glaubte, dass beides untrennbar miteinander verbunden wäre – für immer. Die Begeisterung in Veras Stimme sank merklich wie ein Thermometer, das in Eiswasser getaucht wurde.

Für immer? Neuner stellte eine seiner kurzen Wiederholungsfragen.

Mateo und ich wollten zusammenbleiben, komme was wolle. Ich versprach ihm am Flughafen bei der quälenden Warterei auf meinen Abflug nach Frankfurt, dass ich so schnell wie möglich wiederkommen würde. Wir waren beide sehr verzweifelt. Ich möchte fünf Kinder, murmelte er, wann können wir damit anfangen? Fünf Kinder? Ich hatte bis dahin gar nicht an Kinder gedacht und versuchte, vorsichtig abzuwiegeln. Aber wie könnte ich dann noch arbeiten als Vulkanforscherin?

Mateo hielt mich an den Schultern und sah mich lange, ernst und prüfend an.

Du musst herausfinden, was dir wirklich wichtig ist, Shúmu.

Bei der Passkontrolle hat er mich heftig geküsst, sich dann abrupt umgedreht und ist mit hängenden Schultern aus meinem Blickfeld verschwunden. Ich habe die ganze Nacht auf dem engen Sitz im

Flugzeug in mein Tagebuch geschrieben, als ob ich alles festhalten könnte: unsere gemeinsamen Erlebnisse, unsere Liebe, die so verschiedene Welten umklammerte.

Wie ging es weiter?, fragt Neuner.

Ich sehe, wir haben nur noch zehn Minuten für heute. Ich kann es kurz machen, sagt Vera. Meine Eltern waren sehr froh, dass ich nach Deutschland zurückgekommen bin. Aber meine Mutter war keineswegs krank, sie wusste gar nichts davon, dass Claudio dieses Argument vorgebracht hatte, um mich zur Rückkehr zu bewegen! Ich hätte ihn umbringen können! Er hatte mich ausgetrickst, um Zwang auf mich auszuüben. Ich sprach ein Jahr lang kein Wort mehr mit ihm.

Das nächste Geologie-Semester in Mainz hatte schon begonnen, ich stieg wieder ein und fuhr nur selten nach Hause. Mateo und ich – wir schrieben uns regelmäßig, leichte Luftpostbriefe mit schweren Gedanken. Doch die Post war manchmal nur drei Tage, manchmal aber bis zu drei Wochen unterwegs. So kam es zu Missverständnissen, wenn der Rhythmus der Briefe durcheinander kam. Nach einem Dreivierteljahr gab es eine größere Lücke. Ich wartete wochenlang und las vorherige Briefe wieder und wieder. Was ist los?, schrieb ich ihm. Keine Antwort.

Dann ein Brief aus Mexiko mit einer mir unbekannten Schrift. Mateos Bruder Carlos …

Hola Shúmu! schrieb er mir. Und ich bekam furchtbare Angst. War Mateo etwas zugestoßen? Ja, es war ihm etwas passiert, aber er lebte noch. Jetzt allerdings mit einer anderen Frau… Er hatte sich mit einer jungen Purépecha getröstet, und die war schwanger geworden! Mateo müsse sie heiraten, schrieb Carlos. Sie sei die Tochter des Bürgermeisters von Tzintzúntzan. Und dass er sich nicht getraut habe, es mir direkt zu sagen, stand in dem Brief. Mateo wünsche mir alles Gute, ich solle ihm verzeihen und ihm nicht mehr schreiben.

Das war für Sie eine Katastrophe, wirft Dr. Neuner ein.

Ich war fassungslos, ich explodierte, wütend auf Mateo, wütend auf meinen Vater, dem ich die Schuld daran gab, dass mein Glück nun zerstört war, bestätigte Vera. Wenn ich Mexiko nicht verlassen hätte... Ich heulte tagelang in meiner kleinen, möblierten Studentenbude. Er hatte sich trösten lassen, ich fand keinen Trost. Wieso hat er nicht auf mich warten können? Ich hatte doch schon genügend Geld gespart für einen Flug nach Mexiko in den nächsten Semesterferien!

Ihre Beziehung war damit beendet? fragt Neuner. Vera nickt.

Ein weiterer Einschnitt in Ihrem Leben, ein herber Verlust, konstatiert Neuner und lässt seinen Füller mit goldener Feder über sein Molescine gleiten.

Es war ein sehr tiefer Schnitt, der mein Urvertrauen in andere Menschen zerstörte, sagt Vera. Wir kannten uns von Kindheit an, und dann entwickelte sich aus unserer Freundschaft eine leidenschaftliche Liebe, die sich aber kaum entfalten konnte. Ich war lange Zeit unfähig, eine andere Beziehung einzugehen. Viele Jahre lang habe ich immer wieder an Mateo gedacht. Wenn ich mit anderen Männern unglücklich wurde, erschien er in meinen Tagträumen. Getröstet habe ich mich mit meinem Studium, in das ich mich reingekniet habe. Es gibt so viele Vulkane auf der Welt, die ordentlich fauchen, grollen und spucken. Ich musste dafür nicht unbedingt zurück nach Mexiko. Mateo und den Popocatépetl wollte ich links liegen lassen.

Neuner lächelt, legt ein Löschblatt zwischen die frisch beschriebenen Seiten seines Notizbuches und klappt es zu. Ein untrügliches Zeichen für Vera, dass die Therapiestunde zu Ende ist.

*

63

Jemandem *alles* mal von vorne bis hinten zu erzählen – es fühlt sich für Vera entlastend an, wenn sie einen Teil ihrer Geschichte bei Neuner abladen kann. Aber die Gegenwart drängt. Einmal das Laptop aufgeklappt, wagt sie es, einen Blick in ihren Mailordner zu werfen. Dreihundertzwanzig Mails haben sich aufgestaut. Vera überfliegt Adressaten und Betreffzeilen. Und bleibt mit der Computermaus hängen an einer Mail von Jochen Nowak. Schlichter Betreff: Wie geht es dir? Ihr Teamkumpel Jo hatte sich gemeldet, vor einer Woche, aus Mexiko. Sie klickt die Nachricht an, um sie zu öffnen.

Hallo Vera, wie geht es dir inzwischen? Wir wollten dich eine Weile in Ruhe lassen, damit du wieder zu dir kommen kannst nach dem Schock. Hier hat sich inzwischen alles soweit beruhigt. Sowohl El Popo wie die Menschen. Die meisten sind aus den Notunterkünften wieder in ihre Häuser zurückgekehrt, obwohl der Katastrophenschutz sie eigentlich dauerhaft woanders unterbringen möchte. Sie scheren sich auch nicht darum, wenn ihr Haus mit einem großen roten X markiert ist, weil es abgerissen werden soll. Sie möchten ihren Besitz nicht im Stich lassen. Aber du kennst ja das Problem. Wir vermissen dich und hoffen, dass du bald wieder zu uns stoßen kannst. Wir müssen den Popo im Auge behalten, das Monitoring wird intensiviert. Und Leute, die sich so gut auskennen wie du, werden gebraucht. Lass mal von dir hören. Alles Gute, Jo

Veras Herz rast und schmerzt, ihre Hände zittern, und sie klappt das Laptop hastig wieder zu. Tremor. Vulkanischer Tremor zeigt an, dass eine Eruption bevorsteht. Raus aus der Gefahrenzone, sagt sich Vera, raus aus dem Haus, ich schnappe mir Max und lasse mich zu den Feldern ziehen, um mir den kalten Wind durchs Gehirn blasen zu lassen. Der Wind riecht nach Schnee, nicht nach Pech und Schwefel. Knarrend sinken Veras Stiefel ein in zwanzig Zentimeter frische

Flockenmasse. Sie macht Max los von der Leine, und er rennt mit aufgeregtem Jiff-Jiff davon. Kinder bewerfen sich kreischend mit Schneebällen. Ein verliebtes Paar mit buntgestrickten Bommelmützen stapft ein Herz in die weiße Wiese, in der Hundehaufen tückisch zugedeckt sind. Der Schnee ist nass und klebt an ihren Sohlen, wie zähflüssige ... Nein! Sie wollte doch nicht daran denken.

Sie denkt an Neuner, dass sie ihn anrufen müsste, um einen außerordentlichen Termin auszumachen. Sie will sich nicht wieder runterziehen lassen in den Schlund der Depression. Hing sie die letzten Tage nicht schon am Kraterrand und war dabei, auf seinen Wulst zu klettern?

Neuner geht nicht ans Telefon, sie spricht auf seinen Anrufbeantworter: Ich brauche dringend Ihre Hilfe. Er ruft sie zurück. Kommen Sie vorbei, in zwei Stunden. Es hat jemand abgesagt.

Vera berichtet ihm in abgehackten Sätzen von der Kollegenmail aus Mexiko und ihren Auswirkungen. Innerlich vibriert sie noch immer. Neuner spricht vom Trigger-Effekt, der ein Trauma aus unteren Schichten des Bewusstseins wieder an die Oberfläche holt.

Sie sollten mal die Profis ranlassen, sagt er.

Die Profis? Aber ich dachte ...

Ich möchte Ihnen eine intensive Trauma-Therapie empfehlen, so Neuner. Am besten in einer spezialisierten Klinik, in der es auch um die Wiederherstellung Ihrer Arbeitsfähigkeit gehen würde. Ich kann Sie nicht öfter bestellen als einmal pro Woche, ich habe noch mehr Patienten. Und das ist für Sie zu wenig.

Wie komme ich da hin?, fragt Vera.

Ich helfe Ihnen dabei, den Antrag zu stellen, bot Neuner an. Und wenn Sie können, antworten Sie dem Kollegen in Mexiko, der sich nach Ihnen erkundigt hat, dass Sie noch etwas Zeit brauchen. Sie sollten sich den Weg zurück in Ihr Team nicht verbauen. Vielleicht kann Ihnen Ihre Freundin – wie war doch ihr Name? – dabei behilflich sein.

Corinna? Sie hat mir schon so viel geholfen in letzter Zeit. Aber ich werde sie fragen, auch wenn Sie nie verstanden hat, warum Vulkane eine solch magnetische Anziehungskraft für mich hatten.

Worin bestand dieser Magnetismus, Frau Krüger?

Vulkane sind wie ein Guckloch ins Herz der Erde, das sich mit gewaltigem Spektakel auftut. Einerseits wollte ich dem Geschehen immer so nahe wie möglich kommen, aber andererseits war da natürlich auch der Impuls zu fliehen. Der Boden zittert, und man hört unbeschreibliche Geräusche, wenn ein Vulkan erwacht. Als Menschlein in seiner Nähe ist man einfach ein NICHTS, und das war für mich ein einzigartiges Gefühl. Solange alles gut ging.

Und jetzt hat sich das Nichts in Ihnen ausgebreitet?

So ist es. Ich kann nichts mehr, ich bin nichts mehr. Nur noch eine nutzlose Schmarotzerin, die anderen zur Last fällt.

Das ist nur ein vorübergehender Zustand, versichert Neuner. In der Klinik wird man Ihnen helfen herauszufinden, wie es zu dem Umbruch in Ihrer Gedanken- und Gefühlswelt gekommen ist – und wie Sie aus diesem tiefen Loch wieder herauskommen.

Es ist schon so viel Zeit vergangen, ich muss doch wieder arbeiten, ich möchte nicht von meiner Familie abhängig werden, stammelt Vera. Und einen Kraftakt habe ich auch vor mir: Ich muss umziehen, wir wollen unser Elternhaus verkaufen.

Ob Sie das nicht verschieben können?, fragt Neuner. Sie sollten erst weiter an sich selbst arbeiten. Überlegen Sie mal, ob Ihnen diese Krankheit nicht auch einen Nutzen bringt.

Einen Nutzen?, fragt Vera erstaunt. Ich fühle nur Qual.

Denken Sie in Ruhe darüber nach, gibt Neuner ihr als Hausaufgabe auf.

Welchen Nutzen sollte ich davon haben, dass ich Nacht für Nacht nicht einschlafen kann – nur noch mit Hilfe von Medikamenten? Und das mir, die ich niemals von irgendetwas abhängig werden wollte! Zum ersten Mal lässt Vera bei Neuner ihre Wut hochkochen. Wut auf die Ohnmacht, in der sie sich gefangen fühlt. Wut auf die hartnäckige Depression, die ihr im Nacken sitzt und ihr ganzes Wesen umfasst. Sie kennt sich selbst nicht mehr.

Die Schlaftabletten sind übrigens fast aufgebraucht, Herr Dr. Neuner. Könnten Sie mir nochmal ein Röhrchen verschreiben?

Menschen

Als ich, mit der Welt zerfallen,
Schweigend ging umher,
Da fragten die lieben Menschen:
Was quälet dich so sehr?

Ich sagte ihnen die Wahrheit;
Sie haben sich fortgedrückt
Und hinter meinem Rücken
Erklärt, ich sei verrückt.

Ada Christen (1839 – 1901), österreichische Dichterin,
Bühnenschriftstellerin und Erzählerin

3. Kapitel – Drinnen

Als Frieda durch einen hektischen Anruf ihrer Schwester merkt, dass Vera wieder völlig neben sich steht, kündigt sie ihr an: Ich komme und hole dich. Hier bei uns in den Bergen hast du dich doch immer wohl gefühlt. Veras kläglichen Einspruch, ich kann hier nicht weg, und ihr habt doch schon Mutter bei euch, wischt sie beiseite.

Beim Betreten von Veras neuer Wohnung ist Frieda entsetzt. Neben dem abgewetzten Sofa aus dem Haushalt der Eltern türmen sich Umzugskisten. Regale sind aufgebaut, aber noch leer und schon verstaubt. Im Schlafzimmer hängt ein Tischtuch vor dem Fenster.

Damit niemand von da drüben reinschauen kann, wenn ich mich ausziehe, sagt Vera. Frieda lässt sich nicht davon abhalten, einen Koffer für Vera zu packen, die dazu nicht in der Lage ist, aber immer wieder jammert: Das passt doch alles gar nicht zusammen!

Das passt schon, meint Frieda entschieden.

Auf der fünfstündigen Autofahrt sitzt Vera in sich versunken neben ihr. Frieda, die Nachgeborene, auf die sie anfangs schrecklich eifersüchtig war, die unter ihr leiden musste, als sie noch die Stärkere war… „Die Kleine" hat jetzt das Kommando übernommen. An einige Szenen aus ihrem gemeinsamen Spielzimmer im Pedregal mag sich Vera gar nicht gerne erinnern. Das Gurren der Tauben auf dem Pirul vor ihrem Fenster. Vera hat das Gru-Gru imitiert, als sie merkte, dass es Frieda Angst machte, und hat sie boshaft damit eingeschüchtert. Hoffentlich hat Frieda das vergessen, denkt Vera. Jetzt sitzt sie als Angstbündel schweigend neben ihr.

In Friedas Pension gibt es noch Platz in der Souterrain-Wohnung der Mutter, die Vera wortlos in die Arme nimmt.

Geh' spazieren!, drängt Frieda am Tag nach ihrer Ankunft, das wird dir gut tun. Doch Vera schleppt sich nur auf eine versteckte Bank im Wald und muss sich auf die grauen, von Regen und Schnee ausgelaugten Holzplanken legen, einem inneren Sog in die Waagrechte folgend. Zum Abendessen ist sie rechtzeitig zurück und sitzt mit der ganzen Familie am runden Tisch – mit „Oma Bea", eingerahmt von ihren Enkeln Annalena und Magnus, mit Frieda und ihrem Mann Xaver. Ein harmonisches Ensemble, in dem sich Vera allerdings als Fremdkörper fühlt. Eine deftige Brotzeit steht auf dem Tisch: Kümmelstangen, Radisalat, Leberkäse und Bergkäse – Vera kann zugreifen mit Appetit. Aber sie schämt sich vor den Kindern für ihre Einsilbigkeit.

Geht es dir nicht gut?, fragt der siebenjährige Magnus.

Es wird schon wieder, beruhigt sie ihn.

Aber gut wird es nicht. Weder sorgt die kühle Bergluft für Klarheit in ihrem Kopf, noch können Frieda und ihre Familie ihr Halt geben. Dass sich Beatrice hier wohl fühlt, ist für Vera einerseits eine Erleichterung, aber andererseits macht es ihr ein schlechtes Gewissen. Ich kreise nur um mich und bin nicht fähig, mich um meine Mutter zu kümmern. Ich sehe, wo es fehlt, kann aber nicht eingreifen, denkt sie. Beatrice ist alt geworden, geht nun am Stock, gegen den sie sich nicht mehr wehrt. Wenn schon, musste es ein eleganter Gehstock sein. Frieda fand einen aus Leichtmetall mit Blumengirlandendekor. Doch dieser Spazierstock bleibt oft irgendwo stehen. Beatrice wird immer vergesslicher. Aber beim Kreuzworträtseln hat sie noch mehr im Kopf als ich, stellt Vera erschrocken fest. Sie weiß die Antworten auf die absurdesten Fragen, sei es eine „Figur in Wiener Blut" oder ein „Ferment im Kälbermagen". Und ohne zu überlegen füllt sie die acht Kästchen waagrecht aus für „Selbstsucht, Eigenliebe" – EGOISMUS – und wirft einen Seitenblick auf Vera.

In Vera ist wieder etwas ins Rutschen gekommen. Wie eine Glutlawine, ein pyroklastischer Strom, murmelt Vera vor sich hin. Sie fühlt sich wie im eigenen Sud geschmort, als sie mitten in der Nacht aufschreckt und nicht mehr einschlafen kann.

Einen Platz in einer Traumaklinik gibt es auf Monate hin nicht, wie Frieda bei mehreren Telefonaten herausgefunden hat. Aber sie hat Beziehungen vor Ort. Innerhalb von zwei Tagen bekommt sie für Vera einen Gesprächstermin bei Professor Huber, dem Direktor der Psychiatrie in der Kreisklinik.

Die extravagante Architektur der neuen Klinik überrascht Vera. Schwungvoll geführter Beton, aber auch viel Holz, Glas und Wasser, das in der Eingangshalle durch Röhren und über offene Bahnen fließt. Draußen fällt ein kräftiger Wasserstrahl prasselnd in einen ganz und gar unromantischen Teich, aus dem sich metallenes Schilf emporreckt. Für einen Moment sieht sich Vera an der Hand ihrer Mutter, mit der sie Claudio besuchte – in seinem Büro im extravaganten Hotel Camino Real in Mexiko-Stadt. Die hohe Wasserfontäne in der Einfahrt trieb ihren feuchten Schabernack mit den ein- und ausgehenden Gästen, wenn der Wind hineinfuhr.

Frieda führt sie durch die Halle, in deren Sitzecken Patienten mit fahrbaren Infusionsständern oder Laufgestellen parken, vorbei an den

Stationen der Orthopädie, der Chirurgie und dem Herz-Kreislauf-Zentrum bis ans Ende des Hauptgebäudes, von dem ein gläserner Gang in den Satellitenbau der Psychiatrie stößt. Die Sonne scheint in den langen Verbindungsschlauch, als ob sie ihn mit Energie aufladen wollte. Doch Vera empfängt keinen Energiestoß, sondern fühlt ihre Beine gelatineweich und kraftlos werden. Der transparente Gang erscheint ihr endlos, sie zählt fünfundsiebzig Schritte. Er mündet in ein Treppenhaus, das sie mit blaugrünen Betonwänden empfängt. Soll die düstere Farbe die Stimmungen der Patienten widerspiegeln, die hier behandelt werden? Oder haben sich die Architekten des Klinikgebäudes dazu keine Gedanken gemacht, wollten sie einfach nur modern sein – außen wie innen? Wenn sie wüssten, wie altmodisch diese Farbe in Wirklichkeit ist, denkt Vera. Sie sieht sich mit Claudio im Goethehaus in seiner Heimatstadt Frankfurt, in die es ihn immer wieder zurückgezogen hat. Das Speisezimmer der Familie Goethe, die Blaue Stube, ist genau in diesem Farbton gehalten, in „Bleumourant", einem „ersterbenden Blau". Das war damals schon Modefarbe, erinnert sich Vera, verwundert über diesen Gedankenblitz.

Es gibt ein freies Bett auf meiner Station, sagt der Professor, nachdem er sie angehört und angesehen hat. In einem Zweibettzimmer. Die Dame, die es zurzeit alleine bewohnt ... das könnte passen. Sie können es sich überlegen, schlägt er vor. Er zeigt ihr das Zimmer höchstpersönlich. Zwei Betten, zwei schmale Kleiderschränke, ein Tisch, darüber ein bereits gut bestücktes Bücherbord. Ausblick auf die Berge.

Wie im besten Sanatorium, meint Frieda. Aber Vera fällt auf, dass der Blick nach draußen durch zwei versetzte Fenster hindurchdringen muss. Der Fassade ist eine zweite Glasfassade vorgesetzt, in schrägem Winkel. Raffiniert! Springen unmöglich, Lüften geht nur indirekt. Die Fenster sind von den Patienten nicht zu öffnen, stellt sie fest und schreckt zurück. Frau Rautenstrauch (so das Namensschild neben der Tür), die eines der beiden Betten und den ganzen Tisch in Anspruch nimmt, ist sonstwo.

In den nächsten beiden Tagen kocht Veras Panik hoch. Der Professor hat ihr vier starke Beruhigungstabletten mitgegeben. Sie machen dumpf und müde, doch nach einigen Stunden sind Zittern und Herzrasen wieder da.

Ich bin ganz ruhig und schwer. Autogenes Training, wie ging das noch? Sie hatte es doch geübt, mit den Sitzknochen auf harten Stuhlkanten balancierend. Regelmäßig trainieren, hieß es. Doch in guten Zeiten hat sie es schleifen lassen. So hilft es nicht im Notfall, so hilft es jetzt nicht, stellt sie fest. Ihre Augen brennen wie von beißendem Rauch oder als ob sie die Nacht am Computer durchgemacht hätte. Dabei hat sie ihren Laptop gar nicht mehr aufgeklappt. Nach drei Tagen ist sie mürbe, sie hat keine Tabletten mehr. Eine Entscheidung für oder gegen die Klinik zu treffen, ist nicht mehr drin. Nur noch zaudern, zögern, zweifeln. Sie fühlt sich wieder eingeschlossen wie in dickflüssiger Lava, ein zappelndes Insekt in einer Luftblase. Oder wie Pechmarie, von oben mit heißem Pech übergossen, zur schwarzen Säule erstarrt. Kein Schritt mehr möglich. Dass andere nun für sie entscheiden müssen, ist ihr ein Graus. Frieda sieht ein, dass ihr gut gemeinter Hilfe-Plan gescheitert ist. Sie muss ihre Schwester in die Klinik fahren.

*

Das zweite Bett im Zimmer von Frau Rautenstrauch ist noch frei. Vera stellt ihre Tasche daneben, gibt der Anziehungskraft des weißen Bettzeugs nach und vergräbt ihr Gesicht im Kissen. Ihre Bettnachbarin kommt später ins Zimmer, eine energische Dame um die 70, die standhaft versucht, trotz ihres rechten Arms in Gips auf fremde Hilfe zu verzichten. Sei es beim Überstreifen ihrer T-Shirts oder beim Hochziehen der Strümpfe über ihre schlanken Beine. Nur beim Zuhaken ihres Büstenhalters darf Vera behilflich sein. Wegen ihrer selbstbewussten Disziplin, ihrer eleganten Kleidung und der hochgeistigen Bücher auf dem Regal nennt Vera ihre Nachbarin bei sich „Madame". Es dauert drei Tage, bis sie sich duzen, Vera und Angela. Aber sonst haben sie sich nicht viel zu sagen.

Krisenintervention hat der Professor ihre Aufnahme genannt. Das klingt nach kurzem Prozess. Wie die Evakuierung von Menschen, die zu Füßen eines Vulkans leben, der sich plötzlich aus seinem Innersten erbricht. Raus aus dem Schlamassel. Rette sich wer kann. Doch wie soll sie durch einen Ortswechsel dem Unheil entrinnen, das tief in ihr drinnen wieder rumort?

Auf Station P2 führt Dr. Olga Popova das Regiment. Was Vera mit ihr schon beim Aufnahmegespräch verbindet, ist das rollende Rrr. Veras Rrr ist ein spanisches, ein Mexiko-Import. Die Ärztin formt wohl ein russisches mit ihrer Zunge. Zunächst empfindet Vera ein angenehmes Wohlwollen, das von der kleinen energischen Frau ausgeht. Dr. Popova nimmt sich Zeit für sie. Sie arbeitet zwar mit einem standardisierten Fragebogen, doch ihre persönliche Neugier geht darüber hinaus. Eine Vulkanforscherin hat sich ihr bislang als Patientin nicht vorgestellt. Sie möchte sich ein möglichst genaues Bild machen. Noch eines. Wie viele Bilder gibt es nun schon von ihr? Vera kommt sich vor wie ein Kaleidoskop: bei jedem Schütteln ein neues Muster. Oder würden sich die Bruchstücke irgendwann passgenau zu einem Mosaik zusammenfügen?

Dr. Popova will sie „erstmal zur Ruhe kommen lassen". Außer den Mahlzeiten zunächst kein Programm. Aber Tabletten, vor den Augen des Pflegeteams einzunehmen. Morgens und abends steht sie mit den Mitpatienten dafür in der Schlange vor der Stationstheke. Neue Antidepressiva und das bekannte Beruhigungsmittel, dazu abends eine starke Schlaftablette. Doch Veras Nächte sind stärker. Sie wacht mehrmals auf und wälzt sich stundenlang im Bett herum. Vom Rücken auf den Bauch, von den rechten Rippen auf die linken.

Sie macht Fußgymnastik und lauscht dem leisen Schnarchen ihrer Nachbarin, das sich nicht verdrängen lässt.

Eine kleine Gemeinsamkeit mit Madame entdeckt Vera, nachdem Angela als erste geduscht und einen papiervollen Mülleimer hinterlassen hatte. Sie kann es anscheinend auch nicht leiden, dass das Wasser aus der barrierefreien Dusche das halbe Bad überschwemmt und hat versucht, den Boden mit Klopapier zu trocknen. Besser als die Pfützen, die ich gestern hinterlassen habe, denkt Vera.

Sie hält den Fön an den beschlagenen Spiegel über dem Waschbecken. Aus dem wachsenden Loch, das die Heißluft in den Dunstfilm trocknet, schaut ihr ein Gesicht mit hängenden Wangen und stumpfen Augen entgegen. *Fea!*, ruft sie sich zu, und bemerkt dabei, dass auf Spanisch selbst das Wort für hässlich noch hübsch klingt. Ihr schulterlanges, blondes Haar fühlt sich so spröde an wie Stroh. Sie entdeckt eine erste weiße Strähne und schneidet sie heraus mit ihrer gekrümmten Nagelschere. Vielleicht würde sie die Klinik kahlköpfig verlassen. *Calva*, Glatze. Alles, was ich noch weiß, sind Worte, spanische Worte: *Caramba, carajo, caray* spricht sie sich vor – als Code für die Wut über sich selbst.

Frieda, die sie fast täglich besucht und an den Wochenenden zu sich nach Hause holt, weigert sich, mit ihr spanisch zu sprechen. Sie habe Mexiko für sich abgehakt, sagt sie. Und von Vulkanen will sie erst recht nichts hören. Für mich waren das schon immer unheimliche Monster, hält sie Vera entgegen. Wir hatten Angst um dich, wenn du irgendwo unterwegs warst auf Feldforschung, immer nah dran an den Feuerbergen. Bei diesem Gespräch auf einer Bank am Klinikteich, dessen Wasserspeier in diesem Augenblick nur ein unterdrücktes Gegurgel herausbringt, zieht sie zögernd einen Brief aus ihrer Tasche. Ich habe dir etwas mitgebracht, das dich hoffentlich nicht aufregt. Du hast uns den Ort am Popocatépetl beschrieben, wo du zuletzt gearbeitet hast. Über deine Lebenszeichen haben wir uns immer gefreut, deshalb habe ich ihn aufgehoben.

Danke, Frieda. Xalitla ist eine wichtige Karte in meinem Memory-Spiel, sagt Vera, die den Brief einsteckt und nach Friedas Besuch noch eine Runde alleine dreht. Ihr Radius hat sich verengt. Ihre Spaziergänge beschränken sich auf das Klinikgelände am Berghang, und Vera geht langsam die Serpentinen bis zum Waldrand hoch, jede freie Holzbank als Zwischenstation nutzend.

*

15. Januar 2005

Liebe Frieda,

wenn du mich sehen könntest ... Ich sitze an einem wackligen Tisch in meinem „Hotel"-Zimmer von Xalitla. Die vier Zimmer, die aneinandergereiht in ein Gehöft hinein gebaut wurden, kommen mir eher vor wie Gefängniszellen. Meine Zelle ist ein enger Schlauch aus Betonwänden mit Bett und Tisch und Stuhl und ein paar Haken an der Wand. Toilette und eine Dusche mit warmem Wasser, wenn der Boiler mit Holz angefeuert wird, gibt es draußen auf dem Hof. Eine quietschende Metalltür mit einem klemmenden Riegel trennt mich von den Mitbewohnern. Es sind Bauarbeiter, die einige Straßen des Ortes asphaltieren.

Hier hat mich Jo abgesetzt nach einer wunderbaren Fahrt raus aus der Stadt zum Popocatépetl – vorbei an Bauern, die die schwarze Erde ihrer kleinen Felder noch mit Pferden pflügen oder am Straßenrand einen mit Brennholz bepackten Esel hinter sich herziehen (erinnerst du dich an unsere Sonntagsausflüge?). „Bienvenidos a Xalitla" steht auf dem großen, gelbgetünchten Bogen, der sich über die Einfahrtstraße wölbt und von Engeln und einem weißen Kreuz gekrönt ist. Xalitla begrüßt seine Gäste wie ein Touristenzentrum. Und tatsächlich: Seitdem der Popocatépetl 1994 mit Getöse aus seinem fast 70-jährigen Dauerschlaf erwacht ist, genießt das alte Nahua-Dorf, das sich nur dreizehn Kilometer vom Krater entfernt in eine Schlucht duckt, eine gewisse Fama.

Xalitla gehört zu den Dörfern in der Risikozone und gilt als besonders gefährdet. Einheiten der Armee, des Katastrophenschutzes und Experten-Teams wie wir kreuzen auf bei erhöhter Gefahrenlage und verschwinden wieder. Zwischen Mauern mit Graffiti und verblasster Wahlpropaganda ist in jeder Straße die Ruta de Evacuación ausgeschildert. Auf dem Platz vor der Kirche tollen namenlose Hunde, die sich in die Flucht schlagen lassen, wenn man nur so tut, als hebe man einen Stein auf. (Diesen Trick habe ich von Claudio gelernt.)

Das schwarze Portal der Kirche (Tezontle-Steine! Wie unsere Gartenmauer im Pedregal!) sitzt in einer weiß-beige karierten Fassade. Das hat was. Aber innen erst! So viel Pracht hatte ich nicht erwartet. Nicht barock, nicht uralt. Aber anscheinend frisch renoviert in Hellblau, Dunkelrot und Gold. Und dann der Duft der weißen Callas am Altar. Mir wurde schwindlig. Ich sitze gerade auf einer der Metallbänke im Schatten der Zypressen, die den Vorplatz säumen. Hier kann ich besser schreiben als in meiner Betonzelle. An einer der Kirchenwände steht: „Hecho con solidaridad". Das Dorf hat Zuwendungen vom Staat und Spendengelder bekommen, nachdem die Bevölkerung mehrmals evakuiert werden musste.

Die Regierung wollte die Menschen ganz und gar umsiedeln, aber die Leute lassen sich nicht aus ihrem Ort vertreiben, sondern sind immer wieder zurückgekommen. Hier haben sie ihre Häuser, ihre Felder, ihre Gräber. Und sie leben ihr Leben weiter mit seinem harten Alltag, seinen Kirchenfesten, Hochzeiten, und Begräbnissen. Kürzlich wurden beim Tanzabend am Patronatsfest zu Ehren vom Dorfheiligen Santiago zwei Leute erschossen und vier weitere verletzt. Ein Eifersuchtsdrama (keine Angst, ich passe auf mich auf). So ein Skandal rührt das Dorf mehr auf als eine dicke Rauchwolke über dem Popo.

Manchmal wird der Katastrophenfall simuliert. Dann scheppert die Glocke im Kirchturm, und Lautsprecheransagen dröhnen durch den Ort. In Nullkommanix stehen die Schulklassen in Reih und Glied auf der Plaza – wie ein kleines Heer in blauen Uniformen – und proben die Evakuierung. Der Rest der Dorfbewohner lässt sich nicht so bereitwillig organisieren. Die Leute hier stellen sich eher bockig, wenn solche Übungen angesagt werden. Ein paar der Frauen, die heute statt einer Tracht billige, praktische Kittelschürzen tragen, kommen mit ihren Babys im Schultertuch oder Kleinkindern an der Hand zum Dorfplatz, wo die Busse im Ernstfall abfahren würden. Die Männer – sie tragen hier Sombreros mit nach oben gewölbten Krempen und protzige Gürtelschnallen – nehmen die Sache eher kaltblütig und lassen sich von Militärs in Kampfanzügen und Che-Guevara-Kappen nicht aus der Ruhe bringen.

Ich hoffe sehr, liebe Frieda, dass die Menschen hier im Falle eines Falles den Ernst der Lage schnell genug erkennen und uns Wissenschaftlern vertrauen werden.

Für heute mit einem dicken abrazo, *deine Vera*

*

In der Klinik wird Vera zu einer Frauenrunde am Nachmittag eingeladen. Es gibt nicht nur Thermoskannen mit Kaffee oder Kräutertee und Zwetschgendatschi, sondern eine Sozialpädagogin stellt auch eine Aufgabe. Die Teilnehmerinnen sollen ihre guten Eigenschaften auflisten. Überlegen Sie mal, sagt sie, und teilt Papier und Stifte aus. Irgendetwas schreiben alle. Fast alle. Inge kann gut Kuchen backen und Gäste bewirten. Maria hält sich für hilfsbereit. Anne lobt sich für ihre Ausdauer. Stimmt, denkt Vera. Sie ist auch schon zwei Monate hier. Vera hört den anderen beim Kritzeln und dann beim Vorlesen zu. Ihr wird flau im Magen. Es fällt ihr nichts ein außer ihrer Boshaftigkeit, außer ihrem Neid auf Menschen, die ein ganz stinknormales Leben führen. Die Sozialpädagogin, die Papier und Stifte ausgeteilt hatte, versucht zu trösten: Das ist nur jetzt so. Sie interpretieren ihre Fähigkeiten zurzeit negativ. Sehen Sie nicht so schwarz!

Das zweite Bett in Veras Zimmer wird frei. Angela hatte vor ihrer Entlassung verkündet: Das hier bringt mir jetzt nichts mehr. Vera sieht ihren Verdacht bestätigt, dass sie Professor Huber, der Angela als Privatpatientin täglich besucht hat, um mit ihr zu philosophieren, persönlich kennt. Und dass er ihr auf seiner Station einen bequemen Aufenthalt ermöglicht hat, solange ihr gebrochener Arm in abgewinkelter Stellung fixiert sein musste. Nun darf sie ihn aus der Schlaufe nehmen und ihre Auszeit beenden. Vera hat das Zimmer plötzlich für sich alleine. Einmal loslassen dürfen, und sei es nur einen knatternden, stinkigen Furz. Sie ist erleichtert.

Bei ihrem Gang durchs Gelände sieht Vera eine massige, ganz in schwarz gekleidete junge Frau den Weg vom Waldrand herunter-kommen, majestätisch schreitend. Ihr langer Rock streift den Kies. Sie war ihr zuvor nicht aufgefallen. Oh, bitte nicht, denkt sie, und wendet sich ab. Aber als sie am Nachmittag dösend auf ihrem Bett liegt, betritt die schwarze Gestalt das Zimmer und stellt eine Tasche und zwei prall gefüllte Plastiktüten auf das Bett am Fenster. Vera lässt ihre Augen geschlossen bis auf einen Spalt zur Beobachtung. Sie stellt sich schlafend. Die Neue packt aus und räumt einen weiteren schwarzen Rock, schwarze T-Shirts und Blusen in ihren Spind – mit einer aufreizenden Langsamkeit, als ob sie einen Überseekoffer auszupacken hätte mit überaus kostbarem Inhalt. Dann legt sie sich ebenfalls auf ihr Bett, ein dunkles Gebirge, über das sie wie eine Schneehaube ihre Decke zieht. Später, als beide nicht mehr umhinkommen, sich anzuschauen, werden sie sich ihre Namen sagen. Leila heißt die Neue.

Beim Gruppenspaziergang ins Städtchen trödelt Leila hinterher, in Slippers. Und sie kommt erst im Eiscafé an, als alle anderen schon ihr Eis gelöffelt haben. Auf dem Rückweg ist sie kaum noch zu sehen, so weit hintendran bewegt sie sich. Die beiden Pflegerinnen, die die Gruppe begleiten, schauen sich besorgt um. Aber verloren geht Leila nicht.

Nun, da sie den Weg kennt, macht sie sich am nächsten Tag alleine auf, um im Städtchen einzukaufen, was Vera selbst nach mehreren Wochen in der Klinik noch nicht in den Sinn gekommen ist. Vera schaut aus dem Fenster und sieht Leila unter einem Regenschleier zurück zur Klinik trotten. Nasse Ratte, denkt Vera, als sie das Zimmer betritt. Sie wirft sich aufs Bett in ihrem triefenden langen Rock und zieht die Decke über sich. Später zeigt sie stolz ihre neuen Klamotten: eine schwarze Spitzenbluse und schwarze, plumpe Schuhe. Sie strahlt, als sie die Preisschilder abschneidet. Es müssen Schnäppchen gewesen sein.

Vera und Leila reden wenig miteinander. Nach einigen gemeinsamen Nächten in diesem Zimmer sagt Leila: Ich hätte nicht gedacht, dass eine Frau wie du so laut schnarchen könnte. Dabei lächelt sie.

Leila kann auch laut sein. In einer Weise, die Vera bei ihr nicht vermutet hätte. Sie hört sie im Treppenhaus singen. Große Oper! Es klingt nicht abgrundtief falsch, nur ein bisschen. „Ach, ich fühl's, es ist entschwunden. Ewig hin der Liebe Glück! Nimmer kommt ihr, Wonnestunden, meinem Herzen mehr zurück!" Erkennbar Mozart, Zauberflöte. Leila als Pamina auf dem Treppenabsatz. Ihr Publikum: vorbeihuschende Ärzte und Menschen mit psychischem Knacks, die sich die Stufen hochquälen. Vera wird sie nicht fragen, ob Singen ihr Hobby ist. Vielleicht hat sie auf Bühnen gesungen und ist abgestürzt. Oder sie hat den Sprung auf die Bühne nicht geschafft. Besser nicht fragen. Oder sie hat erfolgreich vor Publikum gesungen. Besser nicht fragen, dann könnte sie Oberwasser bekommen. Das bekommt Leila allmählich sowieso. Nach zwei Wochen kann sie die Klinik wieder verlassen und verabschiedet sich lächelnd, indem sie ihre Zimmergenossin an sich drückt mit einem „Ach, Vera!"

Eine der Selbstständigkeitsübungen oder schlichte Personalersparnis: Ihr Essen müssen die Patientinnen und Patienten der offenen Psychiatrie-Stationen selbst holen, aus der Zentralküche im Bauch der Klinik. Jeweils zu zweit sind sie unterwegs: mit dem Aufzug bis ins Erdgeschoss, in der Halle umsteigen in einen anderen Aufzug, der in den Keller rauscht. Hier durch den langen Gang, der an der Pathologie vorbeiführt, bis vor die Küche, wo die hohen Wagen stehen, gefüllt mit Tabletts. Würde sie den Weg finden, wenn sie alleine wäre? Vera bezweifelt es. Sie begleitet nur Mitpatienten, die sich auskennen und die keine Skrupel haben, den schwer steuerbaren Wagen an der Pathologie vorbeizuschieben. Einmal erlebt sie dabei den Ernstfall, einen Beinahezusammenstoß mit einem Sarg, der gerade aus dieser Tür herausgefahren wird. Ein Zeichen? Vera stemmt sich gegen den Essenscontainerwagen und schiebt kräftig mit. Nur schnell vorbei.

Vorbei ist nach drei Wochen die Zeit der Schonung für Vera. Dr. Olga Popova überreicht ihr einen Wochenplan mit Aktivitäten, die ihr bekannt vorkommen. Frühsport, Depressionsgruppe, Ergo- und Kunsttherapie, Gymnastik. Aber es gibt in dieser Klinik auch besondere Angebote. In der Musiktherapie wird ein Platz frei. Ein Raum im Souterrain, in dem zig, vielleicht hundert verschiedene Instrumente stehen oder hängen. Ein Klavier neben einem Schlagzeug, ein großer Gong mit dickem, flauschigem Schlegel, eine Gitarre im grünen Plastiksack. Mit Xylophon, Glockenspiel, Trommeln in allen Größen, mit Holzratschen, Klangschalen und Triangeln könnte man wohl ein ganzes Perkussionsorchester ausstatten.

Ihre erste Stunde in diesem Raum verläuft nach anderen Gesetzen als der Musikunterricht, den sie an der Deutschen Schule in Mexiko hatte. Als blondes Zopfmädchen hat sie Sopranflöte gespielt und durfte der Klasse die Melodien der Lieder vorspielen, die dann alle gemeinsam gesungen haben. Aber Blasinstrumente gibt es hier nicht, das wäre wohl zu unhygienisch. Die Patienten, die sich einfinden, sollen sich jeweils ein Instrument aussuchen, so die Anweisung von Herrn Gerold, dem Musiktherapeuten. Wenn Vera es kaum schafft, ein Mittagessen im Auswahlmenü anzukreuzen, wie soll sie sich hier für ein Musikinstrument entscheiden? Nach ratlosem Umherschauen greift sie schließlich nach einer kleinen, hölzernen Trommel, die sie sich zwischen die Knie klemmt. Damit wäre doch nicht viel falsch zu machen? Das ist eine Djembe aus Afrika, erklärt Herr Gerold ermunternd. Alle sitzen im Kreis und sollen nun ihr Instrument erforschen und bearbeiten. Es klingt nach dem Einstimmen eines Orchesters, des Klapse-Chaos-Ensembles. Vera entlockt dem Fell ihrer Trommel mit zögerndem Handschlag ein dumpfes Plop.

Niemand braucht ein Instrument spielen *können*, betont Herr Gerold. Lauschen Sie in Ihr Inneres und bringen Sie es zum Klingen. In welcher Stimmung sind Sie heute? Versuchen Sie einfach, Ihre Gefühle mit dem Instrument auszudrücken.

Ach, einfach soll das sein? Vielleicht für Veras Sitznachbar. Er traktiert mit voller Wucht die große Trommel, die vor ihm steht – wie ein afrikanischer Medizinmann, der einen unsichtbaren Gegner mit der Magie des Klangs verhexen will. Auch die anderen legen ungehemmt los. Kakophonie! Vera hält sich die Ohren zu. Die Krach machende Runde verschwimmt vor ihren Augen.

Mit Urgewalt schiebt der unterirdische Druck schwere Massen ins Freie. Große, heiße Brocken werden aus dem Krater in die Luft geschleudert, rollen holterdipolter ins Tal. Zerstörerische Bomben. Aber auch gegen den Hagel der erbsengroßen Lapilli hilft kein Schirm.

Vera flüchtet vor der Flut der inneren Bilder und rennt schluchzend weg, raus aus dem Bau – bis hinauf auf eine Bank am Waldrand. Werner ist ihr gefolgt. Ihr stiller, guter Geist auf der Station, der manchmal ihr Tablett vom Wagen holt, um es vor sie zu stellen.

Er drückt ihr ein Taschentuch in die Hand. Es ist verkrumpelt, aber frisch, wie er betont. Doch jetzt meint er es zu gut, als er den Arm um sie legt. Vera befreit sich, es geht schon, und lässt ihn alleine auf der Bank zurück.

Herr Gerold bietet ihr eine Einzelstunde im Musikraum an, und sie darf wieder selbst ein Instrument wählen.

Was ist das? Vera deutet auf einen aufgebockten Metallkessel.

Eine Caisa, eine Steel Drum, erklärt er ihr und drückt ihr zwei Holzschlegel in die Hand. Egal, wo sie damit aufschlägt, es klingt immer melodisch, ein Karibikstrand mit wogenden Palmen kommt ihr in den Sinn. Gerold improvisiert dazu auf dem Klavier. Anhörbar. Vera kann sich entspannen.

Beim nächsten Mal lockt Gerold sie in eine Dreiergruppe, zwei Mitpatienten warten schon im Musikraum. Gerd, ein handfester Schreiner, der in der Ergotherapie wortkarg einen Korb nach dem anderen flicht. Und Klaus, angeblich Physiotherapeut. Gleich an seinem ersten Abend in der Klinik ist er nach dem Abendessen, zwanzig vor acht, in den Aufenthaltsraum vor den einzigen Fernseher auf der Station gestürmt, um die Börsennachrichten zu verfolgen. Dabei hat er sich das eine oder andere notiert. Was ist sein Problem? Spielsucht, Zockerei oder hat er aufs falsche Pferd gesetzt und massenhaft Geld verloren? Ist er verbrannt?

Vera hat sein Studium der Aktienkurse für Angeberei gehalten, als sie sich vor den Fernseher setzte. Ihr Interesse für die Tagesschau war vorübergehend geweckt worden, weil Leila um Punkt acht vor dem Bildschirm saß und bei manchen Nachrichten kleine grunzende Kommentare von sich gab. An Vera zogen Überschwemmungen, Verkehrsstaus, Karambolagen und Massenmord wie die Themenwagen eines Fastnachtsumzugs vorüber. Ein grotesker Karneval, surreal, ganz weit weg.

Ein Instrument nehmen, es zum Klingen bringen, hämmern, klopfen, schlagen, dengeln. Dann sich dazu äußern. Wie ging es

Ihnen damit? Herr Gerold blickt entspannt-gespannt auf das Trio, das sich an diesem Freitagnachmittag bei ihm eingefunden hat. Seine letzte Stunde für diese Woche. Aber er will seine Müdigkeit nicht zeigen. Die drei sollen sich wichtig genommen fühlen. Gerd hat inbrünstig auf den großen Gong gehauen, durchaus gefühlvoll. Und ja, gut ist es ihm damit gegangen. Ein toller Klang, der ihm innere Ruhe beschert hat.

Vera hat sich von der Steeldrum gelöst und das dunkle, sanft vibrierende Xylophon mit zwei Schlägeln bearbeitet. Ganz von fern erklingen die Marimbas in Veracruz! Virtuos, schmalzig, jeden Samstagabend unter den Arkaden des Zócalo, und alte und junge Paare tanzen dazu würdevoll den Danzón. Dürr und trocken kommt ihr dagegen vor, was sie ihrem Instrument entlockt. Es hat ja auch keine Flaschenkürbisse als Klangkörper wie die Marimbas. Sagen, was soll sie dazu sagen? Du kannst das gerne selbst interpretieren, Herr Therapeut, denkt sie sich.

Klaus lässt das Glockenspiel klingeln, und als er mit dem Reden dran ist, bricht es plötzlich aus Vera heraus: Ihr Heuchler, ihr Tagediebe, ihr Betrüger! Ihr seid doch gar nicht krank! Ihr macht euch hier nur eine gute Zeit, ich habe euch beobachtet! Im nächsten Moment kommt Vera selbst ihre heftige Attacke wie eine Schlammlawine vor. Alle Männer in der Runde sitzen erstarrt wie Erdmännchen, die vorsichtig witternd aus dem Morast herausgucken, unter dem sie verschüttet wurden. Sprachlos, selbst Herr Gerold. Besser, er sagt jetzt nix. Vera erstickt fast an ihrer Scham und macht sich aus dem Staub.

*

Nur im Dunkeln unter der Bettdecke sind manche Situationen auszuhalten, wie Gewitter, vor denen Vera seit ihrer Kindheit große Angst hat. Lupitas Rituale haben diese Angst nicht besänftigen können. Sie hat Rollläden heruntergelassen und auf dem Küchentisch eine schwarze, geweihte Kerze angezündet, vor der sie Gebete murmelte. Aber Vera fürchtet weniger brandgefährliche Blitze als lauten Donner. Wenn Claudio die Fenster aufriss, um seinen Töchtern die Schönheit der Naturgewalten zu zeigen, geriet sie in Panik. Erst als ihre Mutter ihr erzählte, dass sie – hochschwanger mit ihr – während eines Gewitters mit Claudio an einer Straßenbahnhaltestelle Zuflucht suchen musste und die Blitze mit ohrenbetäubendem Krachen in die Oberleitungen einschlugen, konnte Vera ihre Angst verstehen. Sicher hatte sie im Bauch ihrer Mutter dieses Inferno schon hören und die Aufregung ihrer Mutter fühlen können. Seitdem war ihre Angst nicht mehr irrational, sondern ganz rational begründet und wurde allmählich schwereloser.

Gibt es in der Klinik keine Möglichkeiten, das, was sie im Dunkeln unter der Bettdecke aushält, ans Licht zu holen und damit vielleicht unschädlich zu machen? Einmal wöchentlich steht eine Depressionsgruppe auf dem Stundenplan, geleitet vom Psychologen Hartmann. Vera findet den Namen überaus passend. Ein harter Knochen, ein Hardliner. Fast hätte sie sich bei ihrem ersten Mal in der Gruppe gemeldet auf seine Frage: Wer möchte heute ein Thema vorbringen? Werner, der ihr manchmal beim Frühstücksbüffet geholfen hat, wenn sie die Butter nicht fand, die vor ihr stand, kommt ihr zuvor und berichtet von seinen Existenzängsten. Der dicke Hartmann rückt Werner auf den Pelz, setzt sich direkt neben ihn, als ob er ihn sonst nicht hören könnte, und spannt mit den Daumen seine Hosenträger. Dann zerpflückt er Werners Aussagen so genüsslich, als ob er Krabben pulen würde. Sie werden nicht verhungern, so Hartmanns eher triumphierendes als beruhigendes Fazit, mit dem er Werner in Veras Augen als übertreibenden Simulanten darstellt.

Mit mir nicht. Vera übt, die langen, peinlichen Sprechpausen auszuhalten, wenn sich niemand auf Hartmanns Fragen und Aufforderungen meldet. Das war ihr früher ganz unmöglich, als es um

Neugier und um Wissen ging. Als Schülerin hat sie im Unterricht immerzu ihren Zeigefinger in die Luft gestreckt und damit ungeduldig geschnippt, um dranzukommen. Und wenn sie aufgerufen wurde, setzte sie ihrem Streberinnen-Image noch eins drauf, indem sie geschäftig an die Tafel rannte. Es war ihr selbst gar nicht aufgefallen, bis sie das Raunen in der Klasse nicht mehr überhören konnte. Doch hier geht es nicht um Wissen, denkt Vera, außer dass ich weiß, dass du mich reinlegen, mich bloßstellen willst, Hartmann. Ohne mich, ich bin schon blamiert genug.

*

Noch ein Stuhlkreis. Ich bin gaanz rruhig, sagt Dr. Olga Popova mit sanfter Stimme und gurrendem R, und Vera versucht, die erste Formel des Autogenen Trainings in sich wirken zu lassen. Sie kennt die Abfolge doch schon auswendig, aber die Popova spricht sie mit eigenen Abweichungen. Die Teilnehmer sitzen mit geschlossenen Augen auf unbequemen Stühlen. Sie sollen diese Methode erlernen, um sich selbst zu helfen beim Runterkommen aus emotionalen Highs oder beim Rauskommen aus Panikattacken.

Stellen Sie sich einen Ort vor, an dem Sie eine wunderbare Ruhe gefühlt haben, sagt die Ärztin. Und Vera ruht auf der Bank unter dem Pirul, im Paradiesgarten ihrer Familie im Pedregal. Wenn sie blinzelt, ist der Zauber vorbei, und sie sieht Dr. Popova ihr gegenüber sitzen in Zivil – in engem Rock und karierter Bluse, ohne Arztkittel. Langsam und bedächtig spricht sie auch die folgenden Formeln vor, zum Auswendiglernen für die Do-it-your-self-Hypnose.

Mein rechter Arm ist gaanz schwer, sagt sie, angenehm schwerr.

Angenehme Schwere? Aber möchte Vera nicht lieber leichter werden, mit ausgebreiteten Schwingen fliegen können – über allem? Und wegfliegen, weit weg … Sie hängt sich in Gedanken einen Stein an den Arm, damit er schwer wird. Dann wechselt sie mit dem Gewicht an den anderen Arm, als Dr. Popova in ihrer Anleitung fortfährt: Mein linker Arm ist gaanz schwerr. Dann die Beine, erst das rechte, dann das linke. Den Unterschied wahrnehmen, auf den Körper achten.

Bisher hat Veras kräftiger Körper gut funktioniert, wenn sie an einem Vulkan im Einsatz war, ohne dass sie darüber nachdenken musste. Die Neugierde trieb sie voran. Die Lust auf neue Fotomotive ließ sie alle Plackerei vergessen.

Ich bin gaanz schwer und entspannt. Vera sackt auf ihre Sitzknochen. Doch bevor Dr. Popova das Gefühl warmer Wellen durch die Menschen im Stuhlkreis schickt – mein rechter Arm ist gaanz warrm – bekommt Vera einen leichten Schubs von hinten. Sie öffnet die Augen und schaut hinter sich, aber da ist niemand. Verstohlen dreht sie sich nach links, dann nach rechts. Beide Nachbarn sitzen entrückt wie in Trance. Wenn sich einer von ihnen einen Jux mit Vera machen wollte, kann er es gut verbergen. Vera kann sich nicht mehr konzentrieren. Die folgenden Atemübungen gehen an ihr vorbei und – mein Kopf ist frei und klar, meine Stirn ist angenehm kühl – das kann sie nicht empfinden. Sie fiebert das Ende des Autogenen Trainings herbei, sie hofft, dass Dr. Popova bald alle bittet, die Arme mehrmals mit energischem Ruck zu beugen und zu strecken und die Fäuste zu ballen. Mit tiefem Ein- und Ausatmen holt sich die Gruppe wieder ins Hier und Jetzt.

Augen auf! Müdigkeit und Schwere verschwinden, ich fühle mich frisch, klar und ausgeruht, sagt die nunmehr muntere Stimme von Olga Popova.

Vera geht auf sie zu und spricht sie an: Sie haben eine enorme mentale Kraft.

Wie meinen Sie das?, fragt Dr. Popova.

Vera erzählt ihr von dem Stups in den Rücken, den sie gespürt hat. Das waren doch sicher Sie?

Dr. Popova schaut erstaunt: Nein, ganz bestimmt nicht. Damit habe ich nichts zu tun.

Habe ich mir das eingebildet?, fragt Vera die Ärztin, die mit den Achseln zuckt und ihr rät, beim nächsten Mal ganz bewusst auf echte oder eingebildete Berührungen zu achten.

Aber Vera muss nicht „darauf achten". Sie wird wieder von hinten gestupst, als sie gerade die suggerierte Wärme fühlt, wie einen Sonnenstrahl, der ihren Arm hinauf wandert. Nun geht sie taktisch vor und setzt sich bei jeder Übungsstunde an einen anderen Platz in der Runde. Doch der Stups verfolgt sie. Auch wenn sie darauf lauert, erschrickt sie doch jedes Mal. Die Sache ist ihr unheimlich, wie alles, was sie nicht rational verstehen kann.

Vera drückt sich vor dem Autogenen Training. Sie sitzt stattdessen alleine in ihrem Doppelzimmer und rückt ihren Stuhl ans Fenster, um ihr Gesicht mit geschlossenen Augen in die Sonne zu halten. Ein Moment des Genießens. So kehrt doch auch innere Ruhe ein, ohne Beschwörungsformeln, denkt sie. Doch der Gedanke wird abrupt unterbrochen durch einen harten Stoß von hinten, der sie fast mit dem Stuhl auf den Boden kippen lässt. Es reicht!, schreit sie lauthals und rennt aus dem Zimmer.

Sie muss Dr. Popova finden! Aufgeregt klopft sie an die Tür der Ärztin. Sie sitzt an ihrem Schreibtisch und lässt Vera eintreten. Was ist los?

Vera berichtet von ihrem Erlebnis und betont, dass sie keineswegs esoterisch veranlagt sei. Aber sie habe einen Verdacht. Vor einem Jahr sei ihr Vater gestorben, heute sei der erste Todestag. Ob er …?

Dr. Popova lächelt nicht, sondern schaut ernst. Vera wird es bange. Aber Dr. Popova denkt anscheinend nicht, dass Vera ins Reich der Halluzinationen abdriftet. Vielleicht haben Sie mediale Fähigkeiten, überlegt die Ärztin laut. Vielleicht versucht Ihr Vater, Ihnen etwas zu sagen? Oder jemand anders? Das muss Ihnen keine

Angst machen. Auch ich habe Dinge erlebt, die eigentlich nicht zu begreifen sind. Und sie entlässt Vera mit dem Vorschlag: Wir können das Thema gerne in der nächsten Sprechstunde wieder aufgreifen.

Als Vera wenige Tage später ihren wöchentlichen Termin bei der Stationsärztin wahrnimmt, kann sie ihr berichten, dass sie nicht mehr angestupst worden ist. Der Spuk ist vorbei, sagt Vera erleichtert.

*

Frieda ist die Einzige, die sie in der Klinik besucht, ohne Mann und Kinder, die lässt sie lieber zu Hause. Vera kennt sonst niemanden in dieser Gegend. Aber Frieda kommt häufig, jeden zweiten Tag. Und sie sorgt für Abwechslung. Manchmal durch süße oder salzige Mitbringsel oder frischgewaschene und gebügelte Hosen und T-Shirts. Und sie lässt sich Überraschungen einfallen. An einem Sonntagmorgen steht sie mit ihrem Motorrad vor der Klinik und drückt Vera ihren zweiten Helm in die Hand – aufsetzen, mach' schon!

Frieda klickt an Veras Hals den Helmverschluss zu, und die große Schwester muss aufsteigen und ihre Arme um Friedas Taille legen. Los geht's. Frieda dreht eine blubbernde Ehrenrunde in der Klinikeinfahrt und biegt auf die Kreisstraße ein.

Der Fahrtwind lässt Veras Augen tränen, und sie klappt das dunkel getönte Visier herunter. Wohin entführt sie mich, was hat Frieda im Sinn?, überlegt sie im ungewohnten Klammersitz. So nah sind sich die Schwestern schon lange nicht mehr gekommen. An Friedas Helm vorbei, mal links, mal rechts, an Friedas Helm anstoßend, versucht Vera nach vorne zu schauen.

Alles okay da hinten?, ruft Frieda.

Ja, aber fahr' bitte nicht so schnell, bittet Vera. Wo geht's denn hin?

Die Antwort verliert sich im Windgebraus. Bergauf geht die Fahrt. Frieda legt das Motorrad in eine Kurve nach der anderen, und Vera versucht, mit dem Oberkörper der Schwester mitzugehen, bis sie vor einer Kapelle zum Stehen kommen.

Ist das nicht ein toller Platz?, fragt Frieda die trübselige Schwester. Ich komme sehr gerne hierher, vor allem für den Ausblick in dieses friedliche Tal. Es gibt doch so viel Schönheit, kannst du sie auch noch sehen und genießen?

Vera setzt sich auf eine Bank und schaut auf die Almen mit ihren hellgrünen Weiden unter ihnen. Das Ding-Dong von Kuhglocken dringt zu ihnen herauf. Sie will ihre Schwester nicht enttäuschen und nickt. Ja, das ist sehr schön hier. Sie hält ihr Gesicht wieder der Sonne entgegen und schließt die Augen.

Die meisten Leute, die hier heraufkommen, sind Pilger, sagt Frieda. Du musst mal in die Kapelle reinschauen. Vera ist wie geblendet von Gold, als sie die kleine Wallfahrtskirche betritt. Das Gnadenbild der Maria mit dem Jesuskind, umflattert von wahrhaft „goldigen" Engeln, die Wände behängt mit Votivtafeln. So viele Mirakel, so viele dankbare Menschen, geheilt von Schmerzen, gerettet aus der Flut. Oder Bittende: Maria hilf!

Frieda, das erinnert mich an etwas.

An was?

Ich habe in Mexiko auch an einer Wallfahrt teilgenommen – am Popocatépetl! Doña Clemencia hat mich mitgenommen zum Ombligo, zum „Nabel" des Vulkans.

Doña Clemencia?, fragt Frieda.

Als ich schon eine Weile in Xalitla war, beschloss ich, sie kennenzulernen. Ich hatte schon so einiges von ihr gehört. Es kursierten Gerüchte über sie im Dorf. Über ihre magischen Kräfte. Alle, die das Dorf nicht verlassen wollten, als die Gefahrenampel schon gelb zeigte und Risikostufe drei ausgerufen worden war, beriefen sich auf sie.

Doña Clemencia hat gesagt ... Doña Clemencia kennt Don Goyo besser als ihr. Sie spricht mit ihm. Und wenn er grollt, führt sie uns zu ihm, und wir bringen ihm Geschenke, um ihn zu besänftigen.

Ich musste sie treffen, Doña Clemencia, die tiempera *von Xalitla.* Tiemperos *– so viel hatte ich aus den verstockten Leuten von Xalitla herausbekommen – sind „Wettermacher". Wenn die Trockenzeit zu lange dauert, reden sie mit den Wolkengeistern, um Regen aus ihnen herauszukitzeln. Auch wenn sie es in der Regenzeit zu heftig treiben mit ihren täglichen Ergüssen, machen sie irgendeinen Hokuspokus, um die Fluten einzudämmern. Wenn es die Ernte trotzdem verhagelt, leben die* tiemperos *gefährlich. Denn dann sind sie schuld, wie manche meinen,* erklärt Vera.

Aber wenn der Vulkan raucht, grummelt und die Erde bebt, sind sie dafür ebenfalls zuständig?, will Frieda wissen.

Das habe ich mich auch gefragt. Ich wollte Doña Clemencia kennenlernen und sie aushorchen. Bloß keine magische Einmischung. Komm mir nicht in die Quere beim Popocatépetl, gute Frau, war mein Gedanke. Wir sind an ihm dran, hören seine Brust ab wie Ärzte – mit allem Instrumentarium, das uns heute zur Verfügung steht.

Doña Clemencia wohnt in einem grünen Haus am oberen Rand der Schlucht, hatte man mir gesagt. Im Nieselregen stieg ich die steile, steinige Straße bergan und beschleunigte, als ich hinter mir ein Keuchen hörte und dann einen Ruf:

Güera, espérate! *Wer wollte, dass ich auf ihn warte? Ich drehte mich um, blieb aber nicht stehen, um das Näherkommen des Betrunkenen, der hinter mir her torkelte, abzuwarten.* Espérate! *So warte doch! Nur noch wenige Schritte bis zu einem giftgrün getünchten Haus. Die Holztür öffnete sich, bevor ich klopfen konnte, und ein*

Arm zog mich hinein. Es war Doña Clemencia, die mich gerettet hatte. Ich habe auf dich gewartet, sagte sie.

Sie ging zu ihrem Herd und schöpfte mir einen Café de Olla *aus, den sie mit Zimt gekocht hatte.*

Wie heißt du, Frau?

Vera.

Sie lächelte. Dann sagst du immer die Wahrheit? La verdad?

Ich gebe mir Mühe, habe ich ihr geantwortet. Wie hältst du es mit der Wahrheit?

Vielleicht gibt es manchmal verschiedene Wahrheiten, hat sie nach einigem Überlegen gesagt.

Aber wenn man an einem Vulkan lebt und Menschen in Gefahr sind, sollte man nicht mit verschiedenen Wahrheiten spielen, habe ich sie ermahnt.

Spielen, nein! Wir nehmen die Vulkane sehr ernst. Sie sind für uns Personen, die wir respektieren. Der Geist vom Popocatépetl hat sich mir in meinen Träumen offenbart, als Don Goyo. Er begegnet mir auch manchmal auf den Feldern, als alter Mann mit einem Stock, mit dem er sehr schnell vom Berg herunterkommen und wieder hinauflaufen kann. Nächste Woche werden wir ihn besuchen, und wenn du willst, kannst du mitkommen.

Wohin?

Zum Ombligo, *zum Nabel des Popocatépetl.*

Ich war perplex und habe sie ermahnt: Du weißt doch, dass es seit über zehn Jahren, seit dem großen Ausbruch von 1994, strikt verboten ist, den Vulkan zu besteigen!

Der Nabel ist ein Felsvorsprung unterhalb des Kraters, wir steigen nicht bis ganz hinauf. Und wir kennen uns aus, sagte Clemencia mit Trotz in der Stimme.

Ich willigte ein, sie zu begleiten, um mehr über die Hexerei rund um den Popo zu erfahren.

Und, erinnerst du dich, Frieda? Was sagt dir der Name Nabel?

Hm, Frieda legt den Kopf schief: nichts.

Mich hat der spanische Name Ombligo *für Nabel merkwürdig berührt, denn unser Pedregal in Mexiko-Stadt ist doch aus dem Ausbruch des Xitle entstanden, und das ist der aztekische Name für Nabel.*

Ich ging also mit da hoch, erzählt Vera weiter. Als ich mich im Morgennebel einer Gruppe von zwanzig Leuten anschloss, wurde mir klar: Als Vulkanologin stapfe ich den Berg hinauf, um unsere Seismometer zu kontrollieren und Gesteinsproben mitzunehmen. Sie bringen dem Vulkan etwas. Don Goyo ist für sie ein Mann, dem man mit Geschenken huldigt, um ihn zu ehren und zu besänftigen. Denn wenn er grollt und mit seinen Gasen ihre Luft verpestet, ist er in ihren Augen offensichtlich verärgert.

In Serpentinen bewegte sich die mit Holzkreuzen, Musikinstrumenten und Proviant bepackte Gruppe den Berg hinauf. Nach mehreren Stunden erreichten wir den Ombligo. Unter dem Felsvorsprung wurden die Kreuze aufgestellt und die Mitbringsel auf bunten Tischdecken ausgebreitet: Obsttürmchen wie auf den Märkten, Rosinenkuchen, Hühnerschenkel, Tortillas – es sah aus wie ein Frühstücksbüffet in einem Luxushotel. In einem großen Topf wurde die in Plastikeimern mitgeschleppte dunkle Mole-Soße erhitzt, in der Hühnerbeinchen schwammen. Du weißt ja, dass ich Mole nicht mag. Chilescharf und schokoladensüß, bäh. Aber sie hatten nicht nur Essen und Getränke für Don Goyo mitgebracht, sondern auch einen Herrenanzug samt Sombrero! Alles wurde weihevoll eingeräuchert mit Copalharz.

Bedien' dich, Don Goyo, es soll dir an nichts fehlen. Clemencia murmelte Gebete, und um den Vulkangeist aufzuheitern, setzte dann die Banda ein mit Tuba und Trompeten. Du kennst das ja, Frieda, das typische Tschingderassassa, das selbst beim Totenfest auf den Friedhöfen ertönt. Es war alles sehr unwirklich für mich. Aber nachdem Don Goyo angeblich von allem gekostet hatte, wurde das

Büffet für die Pilgertruppe freigegeben. Umkommen lassen sie nichts.

Bei uns gibt es heute auch ein Reste-Essen. Vom Schweinsbraten und den Klößen von gestern ist noch was übrig, sagt Frieda. Steig auf, wir lassen Don Goyo hier auf diesem Berg und fahren zu uns nach Hause, du hast ja noch zwei Stunden frei.

*

Nach drei Monaten, die Vera in der Klinik verbringt, weil ihre Blockaden trotz Pillen, Sensibilisierungstraining und Musiktherapie anhalten, wachsen ihre praktischen Probleme. Ich habe nichts mehr anzuziehen. Dieser nichtige Satz kriecht ihr jeden Morgen aus ihrem Spind entgegen. Sie war im Frühjahr in der Klinik aufgenommen worden, hatte mittlerweile vier Bettnachbarinnen ertragen, und nun hat sich der Sommer angeschlichen, für den sie nichts Leichtes, Luftiges dabei hat. Frieda geht mit ihr einkaufen in einem Outlet. Mehr als drei neue T-Shirts kommen dabei nicht heraus, da sie nur noch Baumwolle verträgt. Wenn sie synthetische Textilien anprobiert, reagiert ihre Haut sofort allergisch, wird rot und juckt. Und sowieso kann sie sich nur schwer für irgendein Kleidungsstück entscheiden. Die „Qual der Wahl" lässt ihre Hände beim Zugreifen zurückzucken.

Mit dem gemeinsamen Einkauf ist das Problem noch nicht gelöst. Da Vera jeden Morgen um halb sechs schweißnass aufwacht und direkt nach dem Duschen schon wieder anfängt zu schwitzen, kann sie sich selbst nicht mehr riechen. Um sich wohl zu fühlen, bräuchte sie ein Antitranspirant-Deo und ganze Batterien von Blusen, Hemden und Shirts zum Wechseln.

Da tritt Anita auf den Plan. Geschwätzig, eitel und peppig gekleidet. Sie kommt von einer anderen Station zu Besuch, was sucht sie hier? Vera entdeckt, dass sie ihr Nachbarzimmer zum Nagelpflegestudio umfunktioniert hat. Frauenfüße stehen in einer Wanne mit schaumigem Wasser, Anita feilt und lackiert Fuß- und Fingernägel. Sie ist so gut im Geschäft, dass sie Termine vergibt. Während ihrer Verschönerungsaktion hört sie von Veras Kleiderproblem und bietet ihr an, ausrangierte Klamotten vorbeizubringen. Secondhand, das klingt für Vera nach einer guten Lösung. Nur nicht einkaufen gehen müssen, nur nicht unnötig Geld ausgeben.

Als Anita das nächste Mal aufkreuzt, hat sie zwei Plastiktüten dabei und leert sie auf Veras Bett aus. Mit Nieten beschlagene Röhrenjeans, in die sich Vera nicht hineinzwängen kann. Seidenblusen, was soll ich denn damit hier anfangen? Ein rotes Sommerkleid mit tiefem Ausschnitt kommt auch nicht in Frage. Eine taillierte Jeansjacke passt, und einige T-Shirts legt Vera ebenfalls auf den Stapel möglicher Schnäppchen. Wenn du das da alles haben willst, wären das 160 Euro, so Anita. Vera erstarrt, sie will Geld dafür. Das sind alles teure Marken, betont Anita.

Vera war bisher markenimmun gewesen. Passt, gefällt, gekauft. Ich will es mir überlegen, sagt sie, um Anita hinzuhalten. Und dann verheddert sie sich in einem Für-und-Wider-Konflikt. Immer wieder läuft sie an die Stationstheke, um eine der Pflegerinnen zu fragen, was halten Sie davon? Sie hört Theres ihrer Kollegin zumurmeln: Psychottisch? Sie sagt es mit zwei T, was Vera doppelt verunsichert. Aber dann kommt Theres zu ihr ins Zimmer, schaut sich das Textilhäufchen an und meint, der Preis habe wohl seine Berechtigung, alles Markenware. Aber sie könne ja verhandeln. Wie auf dem Flohmarkt. Das sei doch so üblich.

Warum gerät sie immer wieder in Zwickmühlen, warum wachsen völlig belanglose Fragen Schicht um Schicht zu unüberwindbaren Bergen in die Höhe? Mit der wartenden Anita im Nacken verkleinert Vera das Häufchen, behält nur vier Teile und zückt schweren Herzens ihr Portemonnaie. Als sie im Gästehaus der Schwester am

Wochenende in einem T-Shirt auftritt, auf dessen Brust eine Rakete startet, erstarrt die Mutter, die ihre burschikose Tochter schon immer, bei jeder Begegnung, erstmal kritisch von oben bis unten gemustert hat. Sie kann es nicht lassen, die einstige Modellschneiderin, die ihre Kunstfertigkeit noch lange nach dem Aufgeben ihres Berufs genutzt hat, um sich und ihren Freundinnen schicke Kostüme zu nähen, und die von Frieda nur schwer zu überreden war, auf ein schlank-machendes Korsett und elegante Pumps zu verzichten.

Doch auch die Schwester weigert sich, Vera mit der Rakete auf der Brust zum Familienessen in den gutbürgerlichen Waldhof einzuladen. So nicht, meine Liebe. Das wäre mir dann doch etwas peinlich. Es ist nicht so, dass Vera das Hemd nicht peinlich ist. Aber sie hat kein anderes, geruchsfreies mehr. Frieda, zwei Kleidergrößen schlanker, leiht ihr eine Bluse, die weit geschnitten ist.

*

Eines Morgens liegt jemand festgeschnallt auf einem Bett im Flur. Fixiert mit den weißen Gurten, die Vera kürzlich noch in der Waschküche im Klinikkeller von der Wäscheleine baumeln sah. Die junge Frau muss in der Nacht gebracht worden sein. Sie schläft. Ihre Arme sind verbunden. Sonst sieht man nur ihren Kopf mit einem Irokesenschnitt. Ob sie versucht hat ...? Eine Pflegerin fragen hilft in diesem Fall nicht. Es gibt keine Antworten auf solche Fragen.

Die junge Frau trifft sie einige Tage später in der Korbflechterei. Ihre Arme sind nun nicht mehr verbunden, aber unterhalb der Ärmel ihres T-Shirts leuchtet ein Muster, frisch rot, frisch eingeritzt: Wie gefiedert, denkt Vera. Oder wie Kinderzeichnungen von Tannenbäumen. Die gefiederte Anja schaut stur auf den Anfang eines Brotkorbs, auf den Boden, eine runde Spanholzplatte mit ausgestanzten Löchern, durch die sie die in einem Wasserbottich eingeweichten Weidenruten hindurchzieht. Die Staken stehen und werden von ihr von links nach rechts miteinander verflochten. Sie scheint Übung darin zu haben. Reihe um Reihe wächst ihr Korb empor. Sie fühlt sich beobachtet, hebt ihren Kopf und wirft Vera einen trotzigen Blick zu.

Vera hat nur zusehen wollen, wie Anja vorgeht beim Flechten. Herr Brandl, der ergotherapeutische Flechtmeister, hat ihr zwar alles bereits mehrfach erklärt, aber Vera muss bei jeder neuen Reihe fragen, wie es weitergeht. Vor eins, hinter eins. Was tun, wenn sie ans Ende eines Flechtrohrs gelangt? Und wie macht man den Randabschluss? Weil sie Brandl nicht auf den Geist gehen will, fragt sie manchmal Gerd, den Schreiner, der sich bereits aufs Flechten von großen Weidenkörben versteht. Er hat schon mehrere Exemplare mit nach Hause genommen. Und flink setzt er selbst den Rand auf Veras Blumentopfkörbchen. Für Vera ist das Korbflechten eine Art Selbstverletzung. Nicht nur, dass sie sich ungeschickt mit den getrockneten, harten Ruten in die Finger sticht. Das Flechten, bei dem andere eine wohltuende innere Ruhe empfinden mögen, weil sie dabei nicht denken müssen, ist für sie eine harte Geduldsprobe. Sie muss zu viel dabei denken, vor zwei, hinter zwei? Hinter oder vor welche Stake?

Seismometer, Tiltmeter, Spektrometer, Gravimeter waren ihr vertraut gewesen. Damit hatte sie Vulkane vermessen, Erschütterungen, Hangneigungen, Gaskonzentration, Veränderungen im Schwerefeld registriert, um Ausbrüche vorhersehbar zu machen. Einen Seismographen hatte sie verstanden und benutzen können. Wie würde er jetzt ausschlagen, wenn sie damit ihre Stimmung messen könnte? Theoretisch kann ich praktisch alles – steht auf einer Dumme-Sprüche-Karte, die sie sich ans Pinboard in ihrem Büro geheftet hatte. Doch jetzt nur noch der Gedanke: Theoretisch und praktisch bin ich eine Null, und es macht mich rasend.

Frieda freut sich über Veras Korb zum Geburtstag und stellt ihn mit einem Alpenveilchen ans Küchenfenster. Sie hat Vera fast jedes

Wochenende aus der Klinik herausgeholt. Jetzt schon fünf Monate lang. Die große Schwester, Dr. rer. nat. Vera Krüger, ein steuerungsunfähiges Wrack, versunken und nicht wieder hebbar vom Grund eines Kratersees?

Um ihrer „Sache", um seelischen Krankheiten auf den Grund zu gehen, hat auch die Psychiatrie ihre Tests und Messinstrumente. Die Klinik ist gut ausgestattet. Vera bekommt Termine für Ultraschall, Computertomografie, Magnetresonanztomografie und eine Elektroenzephalografie. Es wird ihr mulmig, als man ihr dabei Elektroden an verschiedenen Stellen auf der Kopfhaut anbringt. Sie kommt sich vor, als ob sie auf einem elektrischen Stuhl sitzen würde, und gleich ist alles vorbei.

Aber nein, hier soll doch nur die spontane elektrische Aktivität des Gehirns gemessen und aufgezeichnet werden. Das ist so ähnlich wie das EKG fürs Herz, sagt die MTA. Die Hirnströme werden abgeleitet, die Signale verstärkt und aufgezeichnet, erklärt die korpulente Frau, deren weißer Kittel vorne sperrt.

Zu was soll das gut sein?, fragt Vera.

Die Methode erlaubt Rückschlüsse bei Tumoren, traumatischen Schäden und bei entzündlichen Veränderungen im Gehirn, erläutert die MTA bereitwillig.

Anscheinend wurde nichts dergleichen bei Vera gefunden, sie hat nichts mehr von diesen High-Tech-Untersuchungen gehört.

Als sie an einem Sonntagabend in Friedas Auto einsteigen will, um nach ihrem Familienbesuch in die Klinik zurückzufahren, steht der Zweitklässler Magnus vor ihr mit ernstem, zweifelndem Gesicht: Bist du immer noch krank? Ja, leider immer noch. Sie sieht, dass Magnus, der schon eine dramatische Blinddarm-Operation im Krankenhaus hinter sich hat, aber nach einer Woche wieder draußen war, das nicht verstehen kann. Er sagt nichts, aber sicher denkt er: An Tante Vera wird nicht herumgeschnippelt, ihr tut anscheinend nichts weh, sie kann laufen, sie kann essen (meistens langt sie ganz schön zu, wenn Mutters Schüsseln auf dem Tisch stehen), und trinken kann sie auch. Allerdings lässt sie sich keinen Wein einschenken, weil sie Tabletten nehmen muss. Was ist denn los mit ihr?

*

Wie man in „die Geschlossene" hineinkommt? Das ist recht einfach. Patienten müssen nur andeuten, dass sie einen Suizid in Erwägung ziehen, dann ist der Umzug – ob freiwillig oder nicht – eine Frage von Minuten. Vera weiß das und hat die immer wiederkehrende Frage der freundlichen Stationsärztin: *Haben Sie Suizid-Gedanken?*, bisher standhaft verneint. Aber eines Tages bricht sie bei dieser Frage in Tränen aus. Und als Frau Dr. Popova wissen will, womit sie sich umbringen wolle, gesteht sie ihre Fön-Fantasien. Fön ins Waschbecken halten, das müsste doch funktionieren, und es müsste schnell gehen. Sie hat es nicht getestet, denn es ist nicht ihr Fön, es ist der von Frieda geliehene. Das könnte ich ihr und ihrer Familie nicht antun, beteuert sie gegenüber der todernsten Ärztin.

Alles Flehen hilft nichts, die große Glastür der geschlossenen Station P4 fällt hinter ihr zu. Die wohlwollende, um Verständnis bemühte Dr. Olga Popova ist nun nicht mehr für sie zuständig, hier werden andere Saiten aufgezogen – von Frau Dr. Brandeis. Vera braucht zwei Tage, um für ein Gespräch zu ihr vorzudringen und bringt dann nach längerer, gedanklicher Vorbereitung in ihrem wirren Kopf nur hervor: Ich will hier wieder raus! Das ist wohl kein Argument, das eine Rückkehr auf die offene Station beschleunigen könnte.

Wir behalten Sie hier auf unserer „geschützten Station" zur Beobachtung, sagt die Ärztin. Es klingt eher unerbittlich als beschützend. Und dann bekommt Vera Besuch von einem Beamten, der ihr einen Gerichtsbeschluss vorträgt: „Die vorläufige Unterbringung in einer geschlossenen Psychiatrie wird bei der gegenwärtig bestehenden Selbstgefährdung für bis zu vierzig Tage angeordnet."

Gerichtlich angeordnetes Wegsperren – für bis zu vierzig Tage! Und das ihr! Vera fühlt Empörung in sich aufsteigen.

„Wegen Gefahr im Verzug wurde diese Entscheidung *vor* der fälligen Anhörung der Patientin gefällt", liest der Herr vom Amtsgericht ihr vor. Er hört sie nun an, sie kann im Gespräch leichte Zweifel in sein Gesicht zaubern, aber er versucht, sie damit zu trösten, dass sie wahrscheinlich recht bald diese Station wieder verlassen könne. Nach der freundlichen Unterhaltung übergibt Vera dem Besucher vom Gericht die Visitenkarte von Dr. Vera Krüger, Vulkanologin. Für alle Fälle, denkt sie sich.

Vera muss den Beschluss immer wieder lesen und stolpert über den Satz: „Von der Bestellung eines Pflegers für das Verfahren wurde abgesehen, weil es sich nach den bisherigen Erkenntnissen um einen einfach gelagerten Sachverhalt handelt." Einfach gelagerter Sachverhalt? Ist wirklich alles klar? Für Vera ist alles so klar wie die Sicht in einer Aschewolke.

Die neue Ärztin hatte die Zwangsmaßnahme mit einer neuen Diagnose, mit einer „akuten Psychose" im Rahmen einer schweren Depression, begründet. Wie kam sie denn darauf? Hatte sich tatsächlich eine Psychose auf die Depression draufgesetzt? Hatte Vera von Halluzinationen gefaselt? Ganz bestimmt nicht. Aber die Ärztin brauchte wohl einen triftigen Grund, sie einzusperren.

„Aufgrund dieser akuten Erkrankung besteht die Gefahr, dass sie sich selbst erhebliche gesundheitliche Schäden zufügt. Zu ihrem Wohl ist es daher notwendig, sie in einem Krankenhaus zu untersuchen und zu behandeln. Diese Maßnahme kann wegen der derzeit fehlenden Krankheitseinsicht der Frau Vera K. ohne Unterbringung nicht durchgeführt werden."

Laut Anordnung der Stationsärztin an die Pflege sollen Veras Medikamente „hochgefahren" werden. Und ihre Haare föhnen darf sie in der nächsten Zeit nur unter Beaufsichtigung eines verlegen dreinschauenden Pflegers.

Zwangsmaßnahmen hatten in Vera schon immer Widerstandskräfte mobilisiert. Kräfte der Wut, des Aufbäumens. Erziehungsmaßnahmen ihres Vaters, mit denen er sie zu etwas zwingen wollte, haben manchmal geradezu das Gegenteil bewirkt. Mit mir nicht. Jetzt erst recht. Vera fühlt den Mädchentrotz in sich hochsteigen. Doch nun war die Klappe einer Falle zugeschnappt. Eine Art Soft-Jail, unvergittert. Ausbüxen dennoch unmöglich.

Vera inspiziert die Stationsküche. Im Kühlschrank steht – nichts.

Es macht keinen Sinn, hier drinnen etwas aufzubewahren, warnt ein Mitpatient. Es wird einfach aufgegessen, egal ob markiert oder nicht.

Von wem?, fragt Vera.

Von den anderen, meint der Mann, der sich als Dieter vorstellt. Er erzählt ihr, dass er Stammgast sei in diesem Haus, mal mit, mal ohne Ausgang. Ein chronisch kranker Mensch, der schon mehrmals versucht hatte, sich aus diesem Leben zu stehlen, das ihn um jegliche Hoffnung betrogen hat. Er ist aber nicht einer von der Sorte, die sich in ihrem Bett verkriechen. Er kann seine Mitpatienten – einfach so – mit einem selbst gebackenen Kuchen überraschen und als Erklärung murmeln: Vielleicht war ich mal Bäcker. Er nimmt, auch als Insasse der Geschlossenen, regelmäßig an der Kunsttherapie teil, kommt stolz mit wilden Farbklecksereien auf die Station zurück, stellt die Bilder in seinem Zimmer aus und bietet sie zum Verkauf an.

Vera wird schwach, sie kauft ihr erstes, echtes Gemälde. Nein, sie verspricht, es zu kaufen. Denn wie soll sie an den Geldautomaten in der Empfangshalle der Klinik kommen? Sie darf die Leinwand mitnehmen in ihr Zimmer, stellt sie neben ihren Schrank, wo sie grell leuchtend in neongrün und orange an die Schulden bei Dieter erinnert.

Spaziergänge nur noch in Begleitung von Pflegepersonal. Daher sind sie kurz, auch wenn sie den Aufpassern durchaus willkommen sind. Mal raus aus dem Bau, das passt auch Pfleger Martin, der gerne eine Zigarette an Veras Seite raucht. Doch es gibt etwas auf der Geschlossenen, das wohl als Ausgleich für die eingeschränkte Mobilität gedacht ist: eine Tischtennisplatte!

Staunend nähert sich Vera dem flotten Pingpong auf dem Flur. Ob sie *das* wohl noch könnte? Sie sieht sich auf dem Schulhof gewinnen gegen ihre Klassenkameradinnen, eine nach der anderen, schließlich auch noch gegen den Klassenlehrer. Einer der Spieler reicht ihr einen billigen, ungummierten Schläger. Sie schlägt auf, der leichte, hohle Plastikball hüpft übers Netz und kommt flach und hart zurück. Vera konzentriert sich, lange Ballwechsel sind schön aber langweilig, sie schmettert plötzlich mit Lust – über die Platte hinweg. Aber auch der kleine Pingpongball kann hier nicht abhauen.

Das Geklacker der Holzschläger lockt sogar den dürren, griesgrämigen Gerhard aus seinem Zimmer, von dem Vera noch kein Wort gehört hat. Die Töne, die von ihm kommen, stammen aus dem Kofferradio unter seinem Arm, mit dem er seine Runden dreht. Wie ein trainierter Vereinssportler steht er plötzlich an der Tischtennisplatte Vera gegenüber. Hoppla! Er beherrscht das Spiel, auch mit raffiniertem Anschneiden. Fast kommt der Ball wie ein Bumerang zu ihm zurück. Seine Tricks zaubern sogar ein kleines diabolisches Lächeln auf sein mit Heftpflaster verklebtes Gesicht. Er war wohl nicht sehr treffsicher beim Rasieren gewesen.

Die fromme Hiltrud beobachtet das Spiel aus gehöriger Entfernung. Sie sitzt oder steht meist in der Nähe der verschlossenen Glastür, um den Moment abzupassen, in dem sie nach draußen entwischen könnte. Dazwischen dreht sie ihre Runden um das Loch, sprich Atrium, manchmal in ihrem langen Nachthemd. Es wirkt gespenstisch. Vera kennt ihr Einzelzimmer, in dem sie einen Altar aufgebaut hat. Mit Kruzifix und Madonnenfigur und einem Mobile, an dem fünf Engel schweben. Es fehlen nur ein paar Kerzen, doch die sind an diesem Ort verboten. Hiltrud hatte Vera eingeladen, mit ihr ein Ave Maria zu beten. Vera fiel keine bessere Ausrede ein als „Ich bin nicht katholisch" zu murmeln. Das galt nicht. Vera musste nachlegen, dass sie nicht nur den Text gar nicht kenne, sondern auch einfach kein Ave Maria beten *wolle*. Seitdem ist Hiltrud sauer auf sie und versucht bei ihren Spaziergängen auf der Station, durch sie hindurchzugehen. Vera muss Kompromisse schließen mit ihrem langsam erstarkenden Selbstbewusstsein, das ihr zuflüstert, einfach stehenzubleiben, und geht ihr stattdessen aus dem Weg. Als Hindernis stehenbleiben würde vielleicht zum Katastrophenfall führen, bei dem die Sirene losheult.

Neuaufnahmen von „draußen" passieren oft während der Nacht. So steigt um zwei Uhr morgens eine junge Frau ins freie Nachbarbett in Veras Zimmer, die bis zum Morgen vor sich hin schluchzt. Doch am nächsten Abend ist das Bett wieder leer, frei für Jane. Die Amerikanerin war von zwei Polizisten gebracht worden, und da die Pflegerinnen gehört hatten, wie sich Vera auf Englisch mit ihr unterhielt, haben sie sie in ihrem Zimmer einquartiert. Die handfest und robust wirkende Jane bringt eine Menge Krempel mit, den sie rund um ihr Bett verstreut oder darunter schiebt. Sie hat die Idee, mit einigen Dingen, die für sie wohl Schlüsselobjekte sind, ein Happening zu veranstalten. Direkt vor dem „Empfang", wie man in einem Hotel sagen würde. Damit sich dort alle eine Message abholen können, die Jane inszeniert. Figürchen, Socken, Schreibwerkzeug, eine Zeitung, Briefe, Fotos – all das hat sie mit Bedacht vor dem weißen Tresen angeordnet, leise vor sich hin fluchend. *Asshole! Fuck you!* Zwischen grimmig hervorgestoßenen Ausrufen fällt der Name Thomas. Der symbolischen Wirkung dieser Aktion kann sich Vera nicht verschließen, auch wenn ihr eine solche Reaktion fremd ist. Verkorkstes Leben umsetzen in eine Performance ...

Schließlich starrt Jane mit einem zufriedenen Gesicht auf ihr Werk und seufzt: Jetzt geht es mir schon etwas besser. Happening makes happy, so erscheint es Vera.

Später erzählt Jane ein Stück ihrer Geschichte, während sie auf dem Bettrand sitzend ihre Augenbrauen zupft. Vera erhält Einblick hinter die Kulissen der noblen Bayerischen Staatsoper. Janes Mann, ein bekannter Dirigent, hatte sich mit einer Sängerin eingelassen. Man hatte die beiden nach einer Opernprobe kopulierend im Souffleurkasten entdeckt, so jedenfalls das Gerücht, von dem Jane Wind bekam. Sie war explodiert vor Wut, hatte ihr Ehebett demoliert und den Sperrmüll samt der Bettwäsche in ihren Vorgarten geworfen. Dann hatte sie sich in sein Auto gesetzt und Gas gegeben. Der Wagen heulte mit ihr um die Wette, bis sie auf einer Landstraße aus einer Kurve herausgetragen wurde und in einem Heuschober landete. Die blaue Limousine und sie selbst hatten nur ein paar Schrammen davongetragen. Da sie hysterisch schrie, als die Polizei kam, um den Unfall aufzunehmen, hat man ihr die Arme auf den Rücken gedreht und sie im Streifenwagen in die Psychiatrie gebracht. Von ihrem Bett aus versucht sie nun, die Unfallfolgen zu managen.

Am „normalsten" unter den Mitpatientinnen erscheint Vera die Buchhändlerin Lore, die immer in einem bequemen, dunkelblauen Trainingsanzug herumläuft. „Im Vertrauen" erzählt sie Vera von ihrem tragischen Schicksal, in dem ihr Vater eine ungute Rolle spielte.

Und warum bist du hier? Sollte nicht eher dein brutaler Vater hier zur Räson gebracht werden?, wundert sich Vera.

Ich habe einen furchtbaren Tick entwickelt, erklärt Lore. Ich verletze mich selbst, indem ich meinen Kopf an die Wand schlage.

Vera schaut sie ungläubig an. Doch zwei Tage später steht sie direkt neben Lore, als diese anfängt zu wimmern, immer lauter, und dann mit ihrem Kopf einen Wandpfeiler rammt. Einmal, zweimal, dreimal. Schockiert holt Vera eine Pflegerin, die den Alarm auslöst, eine heulende Sirene, bei deren Ton alle Pflegekräfte, die ihre Arme frei haben, zur Notfallstelle gerannt kommen. Sie halten Lore fest und fixieren die heftig um sich Schlagende auf ein Krankenbett, das zur Beobachtung in den Gang geschoben wird. Nach einer Stunde hat sich Lore beruhigt, und Vera nähert sich ihr vorsichtig. Sie will Lore trösten, die mit weit offenen Augen auf dem Bett liegt, und greift nach ihrer Hand. Lass mal, bittet Lore, die sich nicht bewegen kann. Alles in Ordnung. Ich kenne das, es geht wieder vorbei.

Monatelang hatte Vera kaum ein Wort herausgebracht, doch hier auf dieser Station, auf der es anderen noch schlechter zu gehen scheint als ihr selbst, wird Kommunikation zu einer neuen Herausforderung. Vera bekommt sogar Lust, ihre Fremdsprachenkenntnisse einzusetzen. Sie spricht nun täglich etwas englisch mit Jane. Und dann taucht Herr Dimitriou auf, der immerzu auf und ab geht, die Arme auf dem Rücken verschränkt – mit starrem Blick unter seinen schwarzen, buschigen Augenbrauen. Dimitriou, ob er griechisch spricht? Vera kennt ein paar Worte, darunter die Begrüßungsformeln, die sie bei Reisen nach Griechenland – oder beim Griechen um die Ecke – immer gerne eingesetzt hat. An einem Abend, als sie sich noch spät in der Halle herumdrückt, kommt er ihr entgegen, und sie will ihm eine gute Nacht wünschen – testweise auf Griechisch: *Kali nichta!*

Überrascht hebt er seinen Kopf und entgegnet heftig und laut: *Kali nichta* – es gibt keine Lichter! Ödipus hat sie ausgelöscht!

Er ist kein richtiger Grieche, vermutet Jane. Er hat wohl in Amerika gelebt. Mit mir hat er amerikanisches Englisch gesprochen.

Die Tischtennisplatte ist verschwunden. Nun hört man das Ping-Pong von unten herauf. Die Raffinesse der Architektur dieser psychiatrischen Klinik besteht darin, dass es zwar geschlossene Bereiche gibt, aber eine „offene" Architektur. Alle Stationen sind durch ein großes Loch miteinander verbunden, die Architekten haben es Atrium genannt. Von oben schaut der Himmel rein durch eine Glaskuppel. Man kann an einem Geländer stehen und hinauf- oder hinunterschauen. Springen würde nichts nützen, weil große Netze gespannt sind, wie für die Seiltänzerinnen und Akrobaten unter einem Zirkuszelt. Das wäre doch eine geniale Hängematte, denkt Vera. Und ein großer Zirkus. Unvernünftig waghalsig, so war ich doch – früher!

Niemand hier hat in solch bodenlose Abgründe geschaut wie ich. Magische Tiefen. Wer von euch könnte sich einen glutrot brodelnden Lavasee vorstellen – und die fast übermenschlichen Anstrengungen, zu diesem gewaltigen Naturschauspiel vorzustoßen, sich hunderte von Metern vom Kraterrand abseilen zu lassen, um ihm noch näher zu kommen, dem fauchenden Ungeheuer. Und ich bin sicher, dass niemand den Namen der Südsee-Insel kennt, auf der sich dieser Lavasee verbirgt. Vera hat den freigewordenen einzigen hohen Lehnsessel der Station erobert und kauert mit angezogenen Beinen auf seinem roten Polster, um sich ihren Erinnerungen hinzugeben. Va-nu-a-tu murmelt sie beschwörend. *Damals* muss ich verrückt gewesen sein. Nicht hier und jetzt.

*

Stundenlang hatte sich Vera zurechtgelegt, was sie bei der Visite sagen würde, um ihre Aufnahme auf der Geschlossenen ad absurdum zu führen. Aber während sie auf einer braunen Kunstleder-Couch in der Nähe des Stationszimmers auf ihr Dransein wartet und immer nervöser wird, geschehen merkwürdige Dinge.

Vera hat plötzlich das Gefühl, hellseherische Fähigkeiten zu haben. Sie schaut auf eine Tür und *weiß*, dass Pflegerin Moni herauskommen wird. Die Tür öffnet sich, und Moni kommt heraus.

Vera betrachtet die alte Frau Konrad in ihrem verkehrt herum angezogenen lila Pullover, die ihr gegenüber auf einem der

Cocktailsessel sitzt. Der Pullover war in einem Koffer, mit dem Frau Konrad nachts mitten auf der Hauptstraße stand, weil sie verreisen wollte. Die Reise ging dann ohne Umwege in die Psychiatrie.

Vera *weiß,* dass die verwirrte Seniorin demnächst aufstehen wird. Im nächsten Moment stützt sich Frau Konrad auf den Sessellehnen auf und kommt schwankend zum Stehen.

Vera schaut sich nach Hiltrud um in der Erwartung, dass sie in ihrem langen, weißen Rock auftauchen würde. Hiltrud erscheint in ihrem langen, weißen Rock, der ihre üppigen Hüften umspannt, und schreitet mit ruckartigen Bewegungen mitten durch die Sesselgruppe. Vera beginnt zu schwitzen, was ist hier los? Wer steuert diese Ereignisse? Sie sieht Herrn Dimitriou auf sich zukommen, unter dem Wildwuchs seiner schwarzen Augenbrauen heraus trifft sie sein Blick, noch düsterer als sonst. Er pöbelt herum, es klingt obszön, ist aber unverständlich. Er wird mich schlagen, er hat es vor. Vera fühlt die drohende Gewalt und hält die Hände vor die Augen. Aber Herr Dimitriou … geht vorbei, langsam, mit schleppendem Schritt.

Das kann Vera dem Visite-Team nicht erzählen. Sie will ihr Hellsehen – mit Erfolg und Misserfolg – erst nochmal überprüfen. Doch mit dieser Gedankenflut bleibt sie nun einsilbig, fast stumm während der Sprechzeit der Ärztin. Nur Frieda macht sie später eine Andeutung, als die Schwester sie besuchen kommt mit ihrem Motorradhelm unter dem Arm. Frieda ist aufgebracht, als sie Vera in der Geschlossenen wiederfindet. Niemand hat mich benachrichtigt, das können die doch nicht einfach so machen! Sie würde der Ärztin gehörig Bescheid sagen.

Dafür musst du einen Termin bekommen, meint Vera sarkastisch. Aber sie freut sich, dass es einen Menschen gibt, dem es nicht völlig egal ist, was mit ihr passiert. Die Kleine ist jetzt die Große. Auch vom Längenmaß her. Sie hat die Größe und die Figur der Mutter erreicht. Die war einst schlank und elegant, heute ist sie dürr und zäh. Zart aber hart, so Friedas Wahlspruch. Das trifft es ganz gut, denkt Vera. Zumindest ist die Schwester zartfühlender, als sie es ihr zugetraut hatte. Und recht energisch, wenn es darum geht, Vera anzuschubsen, sie zu motivieren, sei es zu Spaziergängen oder zu einer Fahrradtour, wenn sie an den Wochenenden bei ihr zu Hause ist.

Nach einer Woche wird Veras Ausgangssperre gelockert, und sie darf für eine Stunde alleine in den Garten. Am Kräuterbeet, das eine Patientengruppe angelegt hat, trifft sie die wortkarge Maria. Mit Liebstöckel, Rosmarin, Thymian und Salbei kennt sich die Bauerntochter aus. Diese Küchenkräuter erkennt sie auch ohne Schildchen. Neben Schnittlauchhalmen entdeckt Vera ein zartes Kräutchen, das ihr Maria als Petersilie verkaufen will. Nein, das ist Koriander! Vera ist sich sicher, pflückt eines der zarten Blätter und zerreibt es mit den Fingern. Riech mal, Maria.

Oh, seltsam. Maria kannte bis dahin nur Korianderkörner im Gewürzbrot. Das frische Kraut ist ihr fremd. Für Vera ist es der Duft des *Tianguis*, auf jedem mexikanischen Markt wird Koriander in dicken Büscheln verkauft. *Cilantro!* Er darf nicht fehlen in der *Guacamole*, die Vera löffelweise in sich hineinschaufeln konnte, wenn Lupita eine Tonschale mit der grünen Avocadosoße auf den Tisch stellte. Lupita! Was würdest du sagen, wenn du mich so sehen könntest? Vielleicht würdest du mir eine Zimtschokolade für die Seele kochen. Vera setzt sich zu Maria auf das Bänkchen im Bauerngarten, und sie schweigen noch ein bisschen zusammen.

Von da an scheint Maria sie abzupassen, auf ihren Gartenrundgang zu warten. Seite an Seite dehnen sie ihn aus bis zum Waldrand. Von hier oben haben sie das Klinikgelände im Blick. Graue, quadratische Flachdächer mit Glaskuppeln und auf einem Dach der kreisrunde Hubschrauberlandeplatz.

Vera sieht sich fliegen, mit wirbelnden Rotoren über dem Krater des Popocatépetl. Ein Kontrollflug mit dem Militärpiloten Jorge. Wir

schauen in dich hinein, wir vermessen dich, was geht in dir vor?
Jorge flog mehrere Runden um den Krater, wie ein Urweltdrache
spuckte Don Goyo der fliegenden Mücke Dampf und Rauch zugleich
entgegen, Vera notierte sechs Exhalationen in zehn Minuten.

Nach zwei Wochen darf Vera wieder zurück auf die offene Station. Wegen guter Führung vorzeitig begnadigt. Die sommerliche Hitze macht ihr zu schaffen. Nachmittags ist dieser Psychiatriebereich fast leer, weil alle irgendwo draußen sind. Wie gerne würde Vera schwimmen gehen, aber dazu müsste sie das richtige Ticket am Fahrkartenautomaten ziehen, mit der Bahn bis zum See fahren, dann achthundert Meter zur Badeanstalt laufen. Das schaffe ich nicht, meint Vera, als Frau Hofer am Pflegestützpunkt sie ermuntert, sich doch mal was Gutes zu tun.

Dann machen Sie sich ein schönes Duftbad, die Badewanne ist frei.

Ein warmes Wannenbad an einem Hochsommertag? So ein Quatsch! Sie liegt auf ihrem Bett und schwitzt hinter heruntergelassenen Jalousien.

Maria wird gesprächiger bei ihren kleinen Rundgängen. Sie ist aufgewachsen auf einem alten Bauernhof. Auf dem Balkon müssten jetzt die roten Geranien leuchten, die ihre Mutter immer nach den Eisheiligen an die Brüstung hängt, nachdem sie in ihren Kästen im Keller überwintert hatten. Ihre Mutter sei eine Blumenkünstlerin. Nirgendwo sonst blühten die Geranien im Sommer so üppig wie an ihrem dunklen Holzbalkon. Bei diesem Stichwort verstummt sie. Erst nach einer Weile murmelt sie vor sich hin: Sie haben mir mein Kind weggenommen, mein Dorle.

Aber warum?, fragt Vera vorsichtig.

Maria schaut traurig in die Ferne, wo auf einem grünen Hügel eine kleine Andachtskapelle thront.

Ich habe sie über den Balkon gehalten. Meine Schwester kam dazu und hat wohl gedacht, dass ich sie runterwerfen wollte. Dabei wollte ich sie doch nur Gott zeigen! Ich hätte doch meine kleine Tochter im Leben nie da runtergeworfen! Wie konnten sie das von mir denken? Aber jetzt trauen sie mir nicht mehr und haben mich hierher gebracht. Meine Mutter passt auf das Kind auf, ich darf sie nur manchmal am Wochenende besuchen.

Maria hat Tränen in den Augen, als sie von ihrer Misere spricht. Aber Tatkraft hat sie noch und einen Sinn fürs Praktische.

Gehst du mit schwimmen?, fragt sie Vera.

Wo denn?

Na, im See!

Vera lässt sich mitreißen, zu Fuß zum See zu wandern, das Eintrittsgeld für die Badeanstalt zu sparen, sich hinter einem Busch umzuziehen und über den Kieselstrand in das verführerisch glitzernde Wasser zu balancieren, wo Maria schon plantscht.

Baden ist hier verboten! Vera zeigt auf ein Schild an der Promenade.

Und wenn schon, ruft Maria unbekümmert. Was soll uns noch groß passieren? Wir sind doch schon eingelocht!

Klar! Ganz klar ist das Wasser, Vera sieht jeden einzelnen Stein unter ihr. Endlich wirft sie sich in den Bergsee und schwimmt. Ein paar Stöße nur, das Wasser ist kälter als gedacht. Aber sie empfindet Befriedigung.

Lebhafte Träume besuchen sie in der Nacht. An einen kann sie sich ausnahmsweise sogar nach dem Aufwachen erinnern: Sie ist die Niagara-Fälle heruntergesprungen – aus Lust! – und durch gewaltige Schaummassen geschwommen.

Es tut sich etwas unter der Oberfläche. Ein Wochenende steht an, an dem Frieda nicht kommen kann, sie hat zu viele Gäste. Vera bittet Maria, mit ihr zur Zughaltestelle zu gehen, um ihr beim Ziehen einer Fahrkarte zu helfen, das tückische Eigenleben des Automaten auszutricksen. In der sonntagsvollen Bahn steht sie zwischen Wanderern mit derben Bergstiefeln, eingeklemmt zwischen dicken Rucksäcken. Ihr wird schwarz vor Augen, sie hält sich krampfhaft an einer Stange fest, und das Bitzeln im Kopf lässt nach.

Sie sieht wieder klarer. Vor ihr steht eine junge Frau mit Nasenring und Piercing an der Unterlippe. Gehört das zur Kategorie Selbstverletzung? Vera hat viele Jahre für sich ausgeschlossen, ihre Ohrläppchen durchstechen zu lassen. Bis sie in Mexiko wunderbare Ohrringe entdeckte, aus Silber, mit aztekischem Design und mit einem Bernsteinauge. Dafür lohnte sich der kurze Schmerz.

Auch ihr durchstochenes Gegenüber hält sich fest, aber der flackernde Blick der jungen Frau verrät, dass sie sich im Gedränge genauso unwohl fühlt wie Vera. Der Zug bummelt langsam um den See, und der Lokführer macht sich wohl einen Spaß daraus, Spaziergänger auf dem Weg entlang der Bahnlinie mit lautem Signal zu erschrecken. Nein, er soll sie natürlich warnen mit dem schrillen Pfeifton. Wie viele Lebensmüde haben die Warnung auf dieser Strecke missachtet? Darüber schweigt die Presse, damit nur ja keiner auf die Idee käme, es ihnen gleichzutun.

Beatrice sitzt auf der Bank vor dem Haus, ihrem gewohnten Beobachtungsposten, und lächelt erstaunt, als sie Vera auf sich zukommen sieht. Sie lässt ihren Blick nicht wie früher von Veras Kopf bis zu ihren Fußspitzen wandern, um ihren Auftritt zu begutachten. Wie gerne hat sie für ihre Töchter geschneidert und sie auch als erwachsene Frauen noch mit Röcken und Pullovern nach ihrem Gusto beglückt (dachte sie). Bis sowohl Vera als auch Frieda solche Geschenke im Stil der Mutter entschieden ablehnten.

Frieda und die Kinder freuen sich ebenfalls über Veras überraschenden Besuch. Vera spielt eine Stunde Tischtennis mit ihnen, bevor sie in die Klinik zurückfährt. Ihr Lachen hat sie in sich gespeichert – und das Bild des vom Wind gekräuselten Sees, auf dem eine „Optimisten"-Flotte schaukelt. Die von Kindern manövrierten

Minijollen folgen einem Motorboot wie Entenküken ihrer umsichtigen Mama.

In den nächsten Tagen fühlt sich Vera wie aus einem Schwarz-Weiß-Film in einen Farbfilm versetzt. Das Leben erscheint ihr wieder multicolor. Und sie selbst kommt sich vor wie ein Grashüpfer in den satt-grünen Almwiesen. Nicht nur die Stationsärztin, sondern auch die Mitpatienten sehen und spüren ihre Verwandlung. Sie wird gesprächiger in der Gruppentherapie, und manchmal blitzt sogar ihr Humor auf. Abseits der Therapiestunden nutzen sie nun einige als Kummerkasten. Vera hört gerne die Storys der anderen. Antonia aus dem Nachbarzimmer kündigt ihr an: Meine Geschichte erzähle ich dir, wenn du entlassen wirst.

Frieda ist erstaunt. Wie kommt es, dass es dir in so kurzer Zeit auf einmal besser geht, will sie wissen. Vera zuckt mit den Achseln.

Dr. Neuner hat mir immer gesagt: Das dauert nicht ewig. Sie werden wieder gesund.

Ja, aber so plötzlich, nach so vielen Monaten ... Frieda klingt argwöhnisch.

Ich kann es nicht erklären, sagt Vera. Ich fühle mich fast wieder normal und kann wieder denken.

Wie soll es weitergehen?, fragt Frieda.

Bevor man entlassen wird, muss man eine Nacht bei sich zu Hause verbringen, erklärt Vera.

Dann könnte ich dich ja gleich mitnehmen, oder?

Nein, nicht bei euch, stellt Vera klar. Im eigenen Zuhause sollte ich es wieder aushalten können.

Aber du wirst doch nicht fünf Stunden Bahnfahrt in Kauf nehmen, um eine Nacht in deiner Wohnung zu verbringen?, wundert sich Frieda.

Doch, so ist es mit Dr. Popova besprochen. Ich darf übers Wochenende einen Heimaturlaub machen.

Frieda will mit der Ärztin sprechen, aber die ist schon nach Hause gegangen.

Sie traut es mir zu, sagt Vera trotzig.

Ich finde diese Idee ziemlich verrückt, wendet Frieda ein.

Dann passt sie doch zu mir, oder? Corinna wird mich am Bahnhof abholen, ich habe schon mit ihr telefoniert, sagt Vera, um ihre Schwester zu beruhigen. Doch Frieda kann diese abrupte Wendung nicht einfach herunterschlucken, noch mehr Fragen stoßen ihr auf.

Willst du denn zurück in deine Wohnung, um dort wieder alleine zu leben?

Ich möchte gerne *mein* Leben weiterleben, sagt Vera.

Nun bekommt Frieda einen echten Schluckauf, und ein Satz entweicht ihr, den sie am liebsten gleich wieder zurückgenommen hätte: Die letzten Monate haben auch mich ganz schön fertig gemacht.

Eben drum, sagt Vera. Ich will euch nicht mehr zur Last fallen.

Als Vera die Regionalbahn besteigt, kommt ihr diese Fahrt noch wie ein großes Abenteuer vor. Der Zug entfernt sich von den Bergen und läuft nach einer Stunde ein im Münchner Hauptbahnhof. Vera hat Zeit zum Umsteigen und schlendert die Gleise entlang zu den Fernzügen. Damit ist sie ein Hindernis für hetzende, rempelnde Menschen. Stimmengewirr, Lautsprecherdurchsagen, quietschende Zugbremsen, Reizüberflutung. Wahrscheinlich fühlt sich so ein Siebenschläfer beim ersten Ausflug aus seiner Erdhöhle, in der er den Winter verpennt hat. Ich habe den Sommer verpennt, denkt Vera mit Bedauern.

Es bleibt Zeit für eine Cola und einen Bummel durch die Shoppingcity im Hauptbahnhof. Geruchswolken vereinigen sich zu einer wilden Melange: Pizza, Döner, Kaffee, frische Croissants und frisch Gedrucktes. Vera fühlt sich reingezogen in den Presseladen, blättert in Büchern und Zeitungen. Schlagzeilen schreien sie an. Die Welt ist nicht stehengeblieben, nur sie hat verharrt. Was hat sie verpasst?

Nicht den „Hitzerekord im Juli", aber „Ein Sommermärchen!", „Die Nation im WM-Taumel".

Vor dem Public Viewing in der Psychiatriestation hat sie sich gedrückt. Die deutschen Tore konnte sie auch in ihrem Zimmer zählen, denn das Torgebrüll hallte durchs Atrium von unten nach oben und von oben nach unten. „Wir machen weiter: schwarz-rot-geil!" titelt die Bildzeitung nach dem verlorenen Titel für das deutsche Team, das sich mit dem dritten Platz begnügen musste, aber doch „so sympathisch rüberkam".

„Kofferbomben in Regionalzügen – nicht explodiert!" Es ist nicht das Bedrohliche des fehlgeschlagenen Terroranschlags, der Vera erschreckt. Das Wort Kofferbombe entsichert eine Erinnerung.

Wenn sie früher nach München fuhr, hatte sie selbst Bomben im Gepäck. Vulkanische Bömbchen, Auswurfmaterial vom Popocatépetl, mit dem die Münchner Vulkanologen experimentierten. Die ehrwürdige Ludwig-Maximilians-Universität und ihr dynamischer Professor für Mineralogie und Petrologie, Dr. M. Anderson, der sich ihr mit amerikanischer Lockerheit als Mitch vorstellte. Mitch brauchte Material für seine Maschinen im Keller, mit denen er es krachen lässt. Unter der Oberfläche von München simuliert er mit seinem Team Vulkanausbrüche, um besser zu verstehen, wie und warum die Feuerberge ausbrechen. Mitch führte Vera stolz in sein Labor. Hier bauen wir Vulkane im Kleinformat, erklärte er. Uns interessiert vor allem die letzte Phase vor einem Vulkanausbruch. Was macht aus zähflüssigem Magma dieses explosive Gemisch, das sich als Eruption entlädt. Dieser Frage gehen wir nach, indem wir Materialien in unterschiedlichen Mengen mischen und sie in diesem dickwandigen Stahlzylinder bei Temperaturen von weit über 1000 Grad Celsius unter Druck setzen – um dann zu beobachten, was passiert.

Mit diesem Gerät imitieren Sie einen Vulkanausbruch?, fragte Vera perplex.

Genau, und die bei der Explosion entstandenen Partikel werden sorgfältig analysiert. Mit Laserlichtmessungen können wir selbst kleinste Teilchen nachweisen.

Vera konnte nur staunen. Eine spannende Methode, dachte sie. Und Mitch stellte die Verbindung her zu ihrer Feldforschung am Popocatépetl.

Sehr wertvoll ist für uns das bei Vulkanausbrüchen freigewordene Material, das wir auf seine Zusammensetzung und sein Verhalten hin untersuchen, erklärte er Vera, um sie bei ihrem ersten Besuch schließlich zu fragen: Könnten Sie uns Material vom Popocatépetl liefern?

Das mache ich gerne, antwortete sie.

Im Münchner Hauptbahnhof hatte er sie einmal persönlich empfangen, um ihr den Gepäckwagen mit dem Metallkoffer voller schwarzer Brocken abzunehmen und ihn zum Ausgang zu schieben. Kofferbomben. Bombenkoffer. Unwillkürlich schaut Vera sich um, ob Mitch plötzlich auftauchen würde. Er wird sich gewundert haben, warum ich kein Material mehr geliefert habe und ohne weitere Nachrichten in meinem Krater verschwunden bin. Doch jetzt hängt sie am Rand des Depressionslochs und fühlt sich, als ob sie nur noch ein Bein über den Rand schwingen müsste, um sich zu befreien. Die Zugfahrt ist schon wie ein Ritt auf dem Wulst einer Caldera.

Auf Bahnschienen ist sie herausgerollt aus den Bergen, die nicht nur schroffe Schönheit, sondern auch Enge bedeuten. Die Weite des Flachlands, aus der keine barocken Zwiebeldächer, sondern schmale, spitze Kirchtürme aufragen, empfängt sie. Corinna wird am Bahnhof stehen und auf sie warten. Vera freut sich darauf, die Freundin nach so vielen Monaten wiederzusehen.

Doch von Corinna keine Spur am Bahnsteig, auf den sie ihre Reisetasche gestellt hat. Sie steht dort ganz alleine, so einsam wie an einem Gleis im Wilden Westen, es fehlt nur der lauernde Klang einer Mundharmonika. Erst nach der Abfahrt des Zuges wird ihr klar, dass sie eine Haltestelle zu früh ausgestiegen ist. Vera schlägt sich auf die Stirn, als ob sie damit ihr Hirn auf Zack bringen könnte. Corinna ... Sie muss sie anrufen, sie wartet doch am Hauptbahnhof. Corinna, ich stehe leider ... – ein ICE braust lautstark an ihr vorbei. Aber Corinna hat schon begriffen. Das gibt's doch nicht, wundert sie sich. Ich komme mit dem Auto und hole dich dort ab.

Veras Wohnung ist ausgekühlt und wirkt abweisend. Noch immer ruht ihr Hab und Gut in Umzugskisten. Die Regale warten auf ihre Bücher, die Wände auf Bilder und Fotos. Die Bettwäsche riecht nicht mehr nach ihr, aber auch nicht waschmittelfrisch. Was soll's, sagt sich Vera, es ist ja nur für eine Nacht, und sie kuschelt sich in ihr klammes Federbett.

Ihr Versuch, ohne Schlaftablette durchzuschlafen, geht schief. Ihre Sinne bleiben wach und werden alarmiert durch nächtliches Getrappel auf der Holztreppe, die an ihrer Wohnung vorbei in die oberen Stockwerke führt. Als ob jemand zu dieser Stunde ein- oder ausziehen würde, denkt Vera verärgert.

Der Übernachtungstest in ihrer Wohnung beschert ihr keine Vorfreude aufs Heimkommen. Aber immerhin: Sie hat durchgehalten. Durchgefallen ist sie durch diese Prüfung nicht. Das kann sie ihrer Klinikärztin Dr. Olga Popova berichten. Die Details wird sie für sich behalten. Der falsche Bahnhof, der verschwundene Schlüsselbund ... Vera ist kurz vor Geschäftsschluss noch in ihren Supermarkt geeilt, um sich etwas fürs Abendessen und Proviant für die Rückfahrt in den Süden zu besorgen. Doch als sie wieder vor ihrer Haustür steht, findet sie ihre Schlüssel nicht. Sie kramt in ihrer Handtasche, im Mantel, in ihren Hosentaschen, nirgendwo klimperndes Metall. Sie muss zu Corinna laufen, die einen Ersatzschlüssel hat. Aber Corinna ist nicht zu Hause, sie hat wohl einen Abendtermin, denkt Vera enttäuscht. Sie muss warten und auf Corinnas Treppe mit ihren Einkäufen picknicken, bis die Freundin bei ihrer Heimkehr erschrocken auf sie stößt und sie erlöst.

Ihr Schlüsselbund hat in einem Einkaufswagen im Supermarkt übernachtet, wo sie ihn am nächsten Morgen entgegennehmen kann. Der Filialleiter bittet sie um ihren Ausweis, sie muss ihre Adresse hinterlassen und ihre Telefonnummer. Dass sie die nicht auswendig weiß, erstaunt den Mann. Vera drückt auf ihr Handy, die ist da drin, sagt sie fummelnd. Hier ist sie doch, sie liest sie vor.

Ihren fest gebuchten Zug kann sie wegen dieses Missgeschicks nicht mehr erreichen. Zitternd greift Vera nach ihrem Autoschlüssel, der seit fünf Monaten unberührt am Haken hängt. Fünf Stunden Fahrt. Das wäre die wahre Feuerprobe. Wenn ich das schaffe, denkt sie, müssten sie mich sofort aus der Psychiatrie entlassen.

Sie eilt ins Parkhaus, startet ihren alten Fiat, der sich gehörig räuspert, bevor der Motor rund läuft. Dann bugsiert sie ihn vorsichtig rückwärts aus der engen Parklücke. Das Gittertor öffnet sich auf ihren Knopfdruck. Der Fiat schnuppert Freiheit, sie dreht ein paar Runden mit ihm durch die Straßen ihres Viertels und entscheidet sich dafür, die Autobahnfahrt zu wagen.

Es gibt keinen Grund zu rasen wie die vor Eifersucht tobende Jane. Vera nimmt sich Zeit und macht Erholungspausen. So braucht sie sieben Stunden für die fünfhundert Kilometer und ist sehr erleichtert, als sie das Auto auf dem Klinikgelände abstellen kann. Sehr müde ist sie, aber auch sehr stolz. Ein großes Stück Normalisierung scheint ihr geschafft.

*

Mit dem Wutausbruch von Dr. Popova hat Vera nicht gerechnet.

Wie konnten Sie diese Strecke mit dem Auto zurückfahren? Das war so nicht abgemacht, Frau Krüger! Ich hatte die Verantwortung für Ihren Belastungstest. Wenn Ihnen etwas zugestoßen wäre und damit vielleicht auch anderen Menschen! Wie konnten Sie mein Vertrauen so enttäuschen? Sie nehmen doch noch eine ganze Reihe von Medikamenten!

Der Schreck über die Reaktion der Ärztin fährt Vera in den Magen, ihr wird flau, und Frau Dr. Popova muss das Fenster ihres Büros öffnen. Vera versucht eine Entschuldigung, erklärt die Umstände, die zu ihrer Autofahrt geführt hatten. Aber die Ärztin lässt sich durch das Geständnis der Schlüsselaffäre nicht besänftigen. Im Gegenteil.

Die Popova glaubt wohl, dass ich noch nicht alle Tassen im Schrank habe, denkt Vera. Als ob sie meine Umzugskisten und die leeren Schränke sehen könnte ...

Wir werden Sie noch eine Woche zur Beobachtung hierbehalten, sagt Dr. Popova. Für Vera klingt es wie eine Bestrafung, aber sie sagt nichts mehr.

Und Sie werden erst entlassen, wenn Sie mir glaubhaft versichern können, dass Sie nicht selbst Ihr Auto nach Hause fahren!, fügt die verärgerte Ärztin hinzu.

Vera zuckt zusammen, ein Aber liegt ihr auf der Zunge. Doch der strenge Blick der Popova lässt es nicht zu. Für den Moment ist sie in Ungnade entlassen, aus dem Besprechungszimmer der Ärztin.

Ihr nächstes Geständnis fällt ihr sehr schwer. Sie muss Frieda Bescheid geben, wie das Wochenende verlaufen ist. Frieda, die vernünftige Schwester, die nicht mit der Fahrt einverstanden war, gibt einen tiefen Schnaufer am Telefon von sich. Dann sagt sie nur: Gut dass nix Schlimmes passiert ist. Ich werde dich mit deinem Auto nach Hause fahren.

Das würdest du tun?, fragt Vera beschämt.

Ja, wer denn sonst? Ich habe dich auch hierhergeholt. Frieda lässt keine Diskussion zu diesem Thema zu.

Einen Tag vor Veras Verlassen der Klinik steckt Antonia ihren aschblonden Kopf durch einen Spalt ihrer Zimmertür. Von der Haarfarbe her könnten sie Schwestern sein. Aber neben Veras wieder lockigem Bubikopf wirken Antonias Haare saft- und kraftlos, hängen ihr glatt und strähnig auf die Schultern.

Ich wollte sehen, ob du alleine bist. Mit einem kleinen roten Pappkoffer in der Hand kommt sie herein und setzt sich auf Veras Bettkante. In der Depressionsgruppe war die zierliche Frau, deren Alter Vera auf irgendwo zwischen dreißig und vierzig schätzt, genauso still wie sie selbst gewesen.

Erinnerst du dich?, fragt sie, ich wollte dir meine Geschichte erzählen, kurz bevor du gehst.

Ja, sagt Vera und schaut auf das Köfferchen. Willst du dich mit mir aus der Klinik herausmogeln?

Antonia bleibt ernst, schließt den mit einem Schloss gesicherten Koffer auf und öffnet ihn. Hier drin sind wichtige Dinge meines Lebens. Die habe ich immer bei mir. Sie holt eine Perlenkette heraus.

Vera erinnert sich: Perlen bedeuten Tränen, sagte meine Mutter immer.

Die Kette ist ein Geschenk meines Vaters. Antonia zeigt Vera ein heiteres Familienfoto, auf dem sie mit einer braven Haarspange inmitten von vier Geschwistern zu sehen ist, hinter ihnen die Eltern. Wir waren viele, aber ich war sehr alleine, sagt sie. Sie greift nach einem Jungmädchentagebuch mit Schmetterlingsmotiven auf dem Cover und blättert kurz darin. Ich hatte es gut versteckt, denn nur in diesem Heft konnte ich alles aufschreiben, was mir passiert ist. Und hier ist mein Beweisstück. Zitternd hält sie einen Mädchenslip in die Höhe, der mit altem, braunem Blut verschmiert ist. *Er* war es, sie deutet auf ihren Vater auf dem Foto. Und danach immer wieder.

Vera muss schwer schlucken. Ihr Mund ist so trocken wie nach einem Staubsturm. Ihre Zunge klebt am Gaumen.

Du musst nichts sagen, sagt Antonia. Ich war erst neun beim ersten Mal, und ich habe es niemandem erzählt und ihn auch später nie angezeigt, weil ich dachte, dass mir das niemand glauben würde. Er ist Beamter im Finanzamt, und einen öffentlichen Skandal in unserem Städtchen hätte ich nicht verkraftet. Aber es tut mir gut, wenn ich es anderen Menschen, denen ich vertraue, erzählen kann. Das erleichtert mich jedes Mal ein kleines bisschen.

Vera schaut auf den roten Koffer, der von Antonia wieder zugeklappt und verschlossen wird. Auch eine Art Bombenkoffer, denkt sie erschüttert. Behutsam legt sie eine Hand auf Antonias Schulter, und Antonia legt ihren Kopf darauf. Mein Vater hat unsere Familie verlassen und lebt nun fröhlich mit einer jüngeren Frau zusammen, während ich hart arbeiten muss, hier, an mir und meinen Erinnerungen.

Immer wieder schuldhafte Verstrickungen, geht es Vera durch den Kopf. Mit Langzeitwirkung. Manche nehmen ihre Schuld auf die leichte Schulter, sind sich ihrer vielleicht gar nicht bewusst, obwohl sie großes Leid verursacht haben. Und ich trage immer noch das Gefühl einer schweren Schuld in mir, weiß aber nicht, woran ich schuld sein könnte. Als ob ein Schlagbaum heruntergeschwenkt wäre, der mir den Zugang zu meiner Erinnerung versperrt. Der mich vor ihr schützt?

Mit dem Fliegen warte, bis dir Flügel wachsen!

(Sorbisches Sprichwort)

4. Kapitel – Draußen

Die Schlaufe knarzt im Haken bei jedem noch so sanften Schwung. Vera hat ihre bunt gestreifte *Hamaca* in ihrem Schlafzimmer aufgehängt – schräg über dem Bett, so dass sie beim Rauskippen im Schlaf weich fallen würde. Wenn sie die dicht gewobenen, feinen Sisalstränge der Hängematte über ihrem Bauch zusammenzieht, fühlt sie sich wie eine Raupe in ihrem Kokon und fragt sich, was herauskommen könnte bei einer Entpuppung.

Wie die Mayas in ihren Hütten schaukelt sie im luftigen Netz ohne Laken und Bettdecke und schwitzt dennoch. Der späte Sommer wehrt sich gegen den lauernden Herbst. Als ob sie im Inneren eines Heißluftballons schweben würde, so fühlt sich Vera in ihrer Dachwohnung, trotz neuer Jalousien. Einen Balkon hat sie nicht, sie muss raus an den See, um sich abzukühlen.

Der Wald hat den hartnäckigen Sommer satt. Wenn sie könnten, würden seine Bäume nach Wasser schreien. Aber sie lassen nur ihre Zweige schlapp nach unten hängen. Bei jedem Windstoß taumeln gelbe Blätter in der Luft, und Eicheln plumpsen in den trüben See. Die Kastanien halten sich noch zurück. Zum Glück, denkt Vera beim Hochschauen. Auf Stachelbomben kann ich verzichten.

Wie könnte sie den Schmerz vergessen, als sie voller Staunen und Bewunderung mit ihren Kinderhänden nach den knallroten Früchten eines Feigenkaktus' griff, die in ihrer Höhe an den stachligen Blättern der Opuntie lockten. Der Familienausflug zu den Pyramiden von Teotihuacán war damit beendet, zumindest der vergnügliche Teil. Sie sieht Claudio vor sich, wie er versuchte, mit der Pinzette aus seinem Taschenmesser die winzigen Dornen aus ihrer Hand herauszuholen, die sich mit ihren noch winzigeren Widerhaken dagegen wehrten. Ihre erste OP, ohne Narkose, in der Hitze zu Füßen der Sonnenpyramide.

Der Waldsee, der still und kühl im Abendschatten liegt, hätte ihre brennenden Schmerzen damals gelindert, so wie er auch jetzt großzügig ihren Schweiß aufnimmt und sie freundlich mit kleinen Wellen anstupst. Ein Fisch sendet Luftblasen aus der Tiefe, die an der Oberfläche zerplatzen. Vera sprudelt ihren verbrauchten Atem aus nach unten und hebt rhythmisch den Kopf, um frische Luft in sich einzusaugen. Kratzbürstige Ranken, die vom Seegrund heraufwachsen, umschlingen ihre Fußgelenke, versuchen sie zu fesseln. Vera streift sie ab, ohne in Panik zu geraten.

Sie dreht sich auf den Rücken, breitet die Arme aus und spielt tote Frau. Ohne Bewegung bleibt sie liegen und zählt die Sekunden. Einundzwanzig, 22, 23, 24, 25, 26, 27, 28, ein Bein sinkt langsam nach unten, 29, nun auch das andere Bein. Untergang – aber erst nach zehn langen Sekunden. Niemand sorgt sich um sie, niemand umfasst ihren Kopf, um sie abzuschleppen, keine Hände, denen sie sich anvertrauen könnte, nur eine kurze Vision. Sie rudert mit den Armen rückwärts, mit leichtem Beinschlag, bis sie ihre Füße wieder in den Uferschlamm setzen kann.

Die beim Schwimmen aufgeblitzte Erinnerung verfolgt sie wie ein Scheinwerfer, als sie durch die Dämmerung nach Hause radelt. Das Licht fällt auf anderes, kristallklares Wasser.

Vera, die Studentin, war frühmorgens aus ihrem Zelt gekrochen und von einem Bootssteg ins fast kreisrunde, grüne Pulvermaar gesprungen. Am Ufer von großen, in der Luft kopulierenden Libellen umzuckt, ist sie ihnen davongeschwommen bis in die dunkle Mitte des Sees. Dieses Vergnügen konnte sie sich nicht entgehen lassen bei der geologischen Exkursion in die Eifel. Am Abend zuvor hatte die Gruppe noch oben am Kraterrand gestanden, ins Wasser geschaut und Professor Kern zugehört.

Wir haben hier einen Vulkan, der nicht aus dem Gelände emporgewachsen ist, sondern sich nach einer gewaltigen Explosion wie ein Trichter rund 70 Meter von der Erdoberfläche in die Tiefe gesenkt hat, hatte er erklärt. Geologisch gesehen ist er ein junger Typ, nur etwa zwanzig- bis dreißigtausend Jahre alt. Deshalb gibt es hier so viele Zeugnisse seiner Entstehungsgeschichte, die wir uns anschauen wollen. Der heute mit Buchenwald bewachsene Tuffwall rundherum hat sich aus Auswurfmaterial gebildet.

Ein jugendlicher Typ ist auch der Prof, zumindest schaut er so aus, hatte Vera gedacht. Auf seinem feldforschungsgebräunten Gesicht saß eine verspiegelte Sonnenbrille, sodass niemand sehen konnte, wen er im Blick hatte, wenn er vor der Gruppe sprach. Zu Veras Glück konnte er damit keine Gedanken lesen. Denn sie stellte sich vor, mit ihm in einem Ballonkorb über der Vulkaneifel zu schweben, ganz langsam, und dabei dem Maar tief ins grüne Auge zu blicken.

Beim Schwimmen konnte sie tatsächlich von der Wasseroberfläche weit in die Tiefe schauen, wo ein Schwarm kleiner Fische vorbeizog. Wie eine Nixe in einem Aquarium fühlte sie sich. Die Stille des noch schlafenden Morgens wurde plötzlich unterbrochen durch einen lauten Platsch. Sie drehte sich um, sah aber nur Ringe im Wasser. Ob ein dicker Karpfen hochgesprungen war? Plötzlich tauchte ein Kopf auf, wenige Meter vor ihr. Der Prof! Mit Wassertröpfchen in seinem schwarzen Bart, die in der Sonne blinkten.

Hab ich's mir doch gedacht, sagte er spöttisch. Wie heißt es in unseren Sicherheitsbestimmungen für die Exkursionen? Gehen Sie nicht alleine ins Gelände.

Ob er das ernst meint?, überlegte Vera.

Ich bin ja nicht gegangen, nur geschwommen – und vor dem offiziellen Tagesprogramm, verteidigte sie sich.

Noch schlimmer! Sein Lachen schepperte über den See und brach sich an den steilen Wänden des Tuffwalls. Sie schwimmen in einem Vulkan! Ich habe die Verantwortung, er wurde ernst. Ich begleite Sie zurück ans Ufer.

Das klang noch seriös, aber dann wurde der Prof albern. Er legte sich auf den Rücken, hielt einen Finger vor den Mund und blies eine Fontäne hoch. Ich muss für meine Kinder immer Walfisch spielen, erklärte er schelmisch.

Selber großes Kind, dachte Vera in diesem Augenblick, während sie ihre Ohren auf taub stellte bei diesem Warnsignal. Doch gegen magnetische Anziehungskräfte ist mit Vernunft wenig auszurichten. Das weiß sie heute.

Ich habe mir nichts vorzuwerfen, murmelt sie vor sich hin, während ihr Fahrrad auf nassen Buchenblättern kurz ins Schleudern kommt. Er hat mich am Fuß festgehalten und mich unter einen Busch am Ufer gezogen. Er hat mich in seinen Bus eingeladen. Aber erst wenn alles still ist, wenn die Lichter in den Zelten der anderen ausgeknipst sind, dann viermal klopfen. (Dreimal klopfen, das könnte sonst wer sein.)

So begann diese Geschichte der Heimlichkeiten. Niemand durfte davon wissen. Seiner Familie wollte Berthold nicht wehtun, seinen akademischen Ruf wollte er nicht gefährden. Aber dem Reiz verbotener Früchte war er wohl schon öfter erlegen. Ein echter Adam, tuschelten die drei anderen Studentinnen in der Exkursionsgruppe, aber Vera hatte dafür kein Ohr. Ihre Beziehung zu Berthold war etwas ganz Besonderes, dachte sie. Er würde sich für sie entscheiden. Tagsüber konzentrierte sie sich mit Ernsthaftigkeit, wenn er über den Vulkanismus der Eifel dozierte, und ließ sich von seiner Begeisterung anstecken, wenn er seinem studentischen

Gefolge die Ablagerungen in Steinbrüchen erklärte, Schicht um Schicht, zu lesen wie ein Bilderbuch, sagte er, während die Teilnehmer, mit Schutzhelmen, Geologenhammer und Lupe bewaffnet, darauf warteten, ins Detail zu gehen.

Steinwände abklopfen, Proben sammeln und analysieren. Von Berthold lernte Vera das geologische Handwerk. Im Liebemachen war er auch erfahren. Eine explosive Mischung. Phreatomagmatisch. So sind die Maare entstanden, beim explosiven Zusammentreffen von Magma und Wasser, das waren seine Worte am Rand des Pulvermaars. Der Prof, der Wissende, der Überlegene, der Souveräne. Doch als Liebhaber wurde er bald zum Zauderer. Dass nicht sein kann, was nicht sein darf, erklärte er ihr entschuldigend. Ich liebe meine Zwillinge. Er zeigte ihr ein Familienfoto. Er links, an seiner Hand seine kleine Tochter mit Pferdeschwanz, an ihrer Hand der gar nicht ähnliche Bruder, der an der Hand seiner Mutter hing. Sie kamen lachend auf Vera zu, verbunden durch eine starke Girlande aus Armen und Händen. Vera sah, dass dieses Band nicht zu durchbrechen war, und nebenher laufen wollte sie nicht. Leicht und schwerelos wie im klaren Wasser des Maars fühlte sie sich mit Berthold bald nicht mehr. Sie wechselte die Uni.

Die Bäume schauen durstig auf den See, und ich bin ausgehungert, weil das Leben an mir vorbeigerauscht ist, so viele Monate lang. Wie komme ich wieder in Fluss?, fragt sich Vera, als sie ihr Rad neben der Haustür abstellt.

*

Mit zusammengefaltetem Verdeck gleitet das dunkelrote Cabrio über die Landstraße. Bisher war Vera immer bescheidene, praktische Kleinwagen gefahren oder die Pickups des internationalen Volcanoteams. Spaßautos fand sie immer unsinnig. Aber jetzt hat sie sich ein

Cabrio gegönnt, das in ihrer Straße stand mit einem Schild an der Scheibe: Ich bin zu haben! Der Verkauf des Elternhauses hatte sie traurig gestimmt, er hatte ihr aber auch eine größere Summe Geld eingebracht. Damit spendierte sie sich das dunkelrote Cabrio als Trostkarosse.

Der offene Wagen rumpelt über die Holzbrücke an den Fischteichen, passiert ein Schild „Achtung Flugverkehr", und Vera schaut unter ihrer Schildkappe in den Wölkchenhimmel, bevor sie am Rand der Flugwiese parkt.

Lange nicht mehr in die Luft gegangen, denkt sie. Der Helikopterflug, bei dem sie dem qualmenden Krater des Popocatépetl so nahe kam, dass sie meinte, ihre Füße zu verkokeln, erscheint ihr manchmal im Traum, kurz vor dem Aufwachen. Ein Abenteuer aus einer anderen Zeit, bei dem sie einen Blick in Don Goyos aufgebrochenen Nabel werfen durfte.

Über ihr plötzlich ein schwirrender Schatten. Ein Segelflieger mit weitgespannten, schaukelnden Schwingen landet mit drei Hopsern auf der Wiese. Ein Mann und ein Junge steigen aus der kleinen Kapsel. Kinder rennen auf die Landebahn und ziehen den leichten Vogel zurück zum Start. Vera hört sie fachsimpeln mit dem vielleicht Fünfzehnjährigen, der gerade auf dem Vordersitz geflogen war. Eine Superlandung war das, Heiko, sagt ein Mädchen. Bestimmt kannst du nächstes Jahr deinen Schein machen.

Vera wundert sich. Wenn Teenies schon fliegen, bevor sie Auto fahren können … Das müsste ich doch auch schaffen, überlegt sie. Sie geht zum „Tower", der aus einem Glaskasten auf einem gelb-schwarz-karierten VW-Bus besteht, und fragt den Flugleiter: Ob ich einen Probeflug machen könnte? Der bartstoppelige Mann nimmt das Fernglas von den Augen. Na klar, kein Problem. Wir haben heute einen sehr erfahrenen Piloten hier, mit dem Sie einen Schleppstart machen können. Das ist sanfter als mit der Seilwinde, sagt er grinsend.

Alles easygoing. Paul stellt sich vor, der Schulungsflieger „Albatros", der alle Instrumente doppelt hat, steht bereit. Ein Motorflugzeug wartet auf seinen Einsatz als Zugmaschine. Vera wird instruiert, wie sich der Fallschirm im Notfall öffnet, den Paul ihr anlegt.

Mit Paul gibt's keinen Notfall, sagt der Flugleiter.

Vera zwängt sich ins enge Cockpit, und Paul erklärt ihr die Instrumententafel. Den Fahrtmesser, der die Geschwindigkeit misst, den Höhenmesser, den Variometer, der anzeigt, ob das Flugzeug steigt oder sinkt, und den Kompass. Kein Problem, denkt Vera, sie ist doch mit viel komplizierteren Messgeräten vertraut. Aber ob sie ein Gefühl für die Winde bekommt, auf denen das Segelflugzeug dahingleitet, für die Aufwinde, in denen es sich höherschrauben kann? So wie Frieda beim Paragliding. Die Schwester braucht kein Motorflugzeug, um sich in die Lüfte zu schwingen. Sie hat die Berge, von denen sie mit ihrem Schirm herunterschwebt. Vera hat sie voller Bewunderung von ihrem Startplatz aus beobachtet.

Paul schließt die Plexiglashaube. Seid ihr startklar?, fragt der Flugleiter per Sprechfunk. Paul hebt seinen rechten Daumen, und der Motorflieger setzt sich brummend in Bewegung. Der Segler ruckelt am Seil auf der Graspiste hinterher und hebt vom Boden ab, während die Piper noch auf der Piste beschleunigt. Am Ende der Startbahn geht auch sie in die Luft, und das Gespann gewinnt an Höhe. Das Duo fliegt eine große Runde über dem Platz, bevor Paul das Seil ausklinkt und der Schlepperpilot winkend nach unten abtaucht.

Stille, nur das Surren der Flügel am Wind, der Albatros gleitet dahin wie sein lebendiger Namensvetter. Vera genießt ein Hochgefühl, sie empfindet Frieden und Freiheit zugleich. Wie armselig dagegen der Flug im Kettenkarussell, das ihr als Kind auf Jahrmärkten den größten Spaß gemacht hat. Immer im Kreis, mit Geschrei neben, vor und hinter ihr und mitten durch die Bratwurst- und Zuckerwatte-dunstwolken, die von unten hochwaberten.

Auf Wolkenhöhe kommt der Segelflieger nicht. Paul zeigt ihr einen Bauernhof, dessen Silo wie ein Burgturm in die Höhe ragt, und sagt Klingenfeld, als ein Dörfchen mit Spielzeughäusern um eine Kirche herum unter ihnen vorbeizieht. Über grau-gelben Maisfeldern führt Paul ihr vor, was er mit dem Steuerknüppel bewirken kann. Er drückt ihn langsam nach vorne, der Albatros geht mit der Nase nach unten und wird dabei schneller. Wenn er den Hebel zu sich zieht, nimmt der Vogel die Nase hoch, wird dabei aber auch langsamer.

Willst du eine Kurve fliegen, musst du den Steuerknüppel in die Richtung drücken, in die du fliegen möchtest, ruft er nach hinten.

Na klar doch, denkt sie.

Aber du musst auch auf der gleichen Seite ins Pedal treten und damit das Seitenruder betätigen, fügt Paul hinzu, der mit diesen Aktionen den Segler in eine elegante Linkskurve zieht.

So einfach ist das, meint Vera. Doch schon wird sie gefordert, weil Paul vor ihr die Arme hochhebt und ruft: Probier mal! Wir haben noch genug Höhe.

Vorsichtig tritt Vera auf ihr rechtes Pedal und bewegt den Steuerknüppel sanft nach rechts. Genauso sanft wird die Kurve, in die sich der Flieger legt. Paul schaut zurück, nickt und lächelt. Er überlässt ihr die Gewalt über den „Albatros", korrigiert, wo es nötig wird. Und so kommt der Boden allmählich wieder näher. Den Landeanflug übernimmt Paul und setzt den großen weißen Vogel gefühlvoll auf die kurzgemähte Wiese, die seinen Bauch bürstet.

So schwindelig wie nach drei Margaritas, aber euphorisch steigt Vera aus dem engen Cockpit. Davon will ich mehr, Paul! Wie kann ich das lernen? Am besten bei dir, denkt sie. So ein freundlicher Mensch ist ihr lange nicht begegnet. Sie fühlt sich zu dem jungenhaften Piloten hingezogen, dem der Schalk aus den Augen blitzt. Dicke Jumbos hat er früher gesteuert, doch Segelfliegen sei das wahre Fliegen, sagt er. Ohne Motorkraft sich dem Wind hinzugeben, ihn trickreich auszunutzen, das sei seine Leidenschaft.

Er lädt Vera ein. Zum Kaffeetrinken in seinem Campingbus, der am Rand des Flugfelds steht. Dort wartet seine Frau Carola mit einem selbst gebackenen Käsekuchen. Behaglichkeit auf kleinstem Raum. Schmerzlich spürt Vera, was sie seit Jahren vermisst. Eine vertraute Zweisamkeit, einen Partner, mit dem sie ihre Verrücktheiten teilen und ein ganz stinknormales Leben führen könnte. Mal so, mal so.

*

Vera hebt ab. Endlich wieder denken und agieren können. Ich bin wieder ganz die Alte oder vielleicht sogar eine ganz Neue, verkündet sie froh, als sie bei Corinna im Garten sitzt, in deren Gesicht Freude mit Besorgnis zu kämpfen scheint.

Vera ärgert sich. Was schaust du so skeptisch?

Was macht dein Buch?, erkundigt sich Corinna. Ich könnte deine Texte redigieren, bietet die Journalistin an.

Vera denkt an den Materialberg auf ihrem Schreibtisch. Der Quax-Jugendbuchverlag hatte bei ihr angefragt, ob sie die Texte zu einem Kinderlexikon über Vulkane schreiben könne. Locker und spannend sollten sie formuliert werden. Fotos und kindergerechte Grafiken seien bereits vorhanden. Sie sei doch Expertin, man zähle auf ihre Erfahrungen „mittendrin". Das angebotene Honorar winkte, die Aufgabe lockte. Und schließlich sollte die geplante Auflage wesentlich höher werden als die Stückzahlen, die ihre wissenschaftlichen Veröffentlichungen erreicht hatten. Sie konnte nicht widerstehen, auch wenn ihr klar war, dass sie sich dabei die Finger verbrennen könnte. In den akademischen Kreisen der Geowissenschaften wurden populärwissenschaftliche Werke genauso hochnäsig betrachtet wie U-Musik von den Vertretern der E-Musik. Aber das Schwere leicht zu machen, leicht lesbar in diesem Fall, das passte doch. Klang es nicht geradezu therapeutisch? Vera hatte den Vertrag angenommen.

Ich habe schon einige Stichworte geschrieben, antwortet Vera.

Wie viele Seiten hast du inzwischen?, hakt Corinna nach.

Ich weiß nicht, ich gehe alphabetisch vor und bin jetzt beim Buchstaben K – wie Krater und Katia Krafft. Hast du von dem Elsässer Ehepaar Krafft gehört, die an mehr als 300 Vulkanen weltweit geforscht haben? Katia war mein Vorbild. Eine zierliche, aber sehr mutige Frau.

Nein, ich kenne sie nicht. Was ist aus den beiden geworden?, fragt Corinna.

Vera ereifert sich: Die Vulkane waren ihr Leben. Sie waren mit ihnen auf Du und Du, haben ihre Ausbrüche aus nächster Nähe fotografiert und gefilmt. Auch einen Lehrfilm über vulkanische Gefahren haben sie gedreht. Aber schließlich haben sie sich doch einmal verschätzt. Dem Unzen in Japan sind sie zu nahe gekommen, er hat sie unter einer glühenden Schlammlawine begraben, zusammen mit vierzig weiteren Forschern, Journalisten und Taxifahrern, die sie an den Beobachtungspunkt gebracht hatten.

Oh, wie schrecklich! Corinna hält die Hand vor den Mund. Wann war das, Vera?

Das war am 3. Juni 1991.

Bist du ihnen begegnet?

Nein, leider nicht. Aber ich hatte Katia eine Nachricht geschickt, dass ich gerne in ihrem Team mitarbeiten möchte. Das war einige Wochen vor ihrem Tod. Da betrieb sie mit ihrem Mann Feldforschung an einem Vulkan auf der Insel Martinique, und sie hat meine Mail wohl nicht empfangen oder nicht gelesen.

Aber Vera! Dann wärst du vielleicht auch an diesem Vulkan in Japan dabei gewesen?

Ob ich so viel gewagt hätte, weiß ich nicht. Aber wahrscheinlich hätte ich den beiden erfahrenen Vulkanfreaks vertraut. Sie haben mich immer fasziniert, gesteht Vera.

Vielleicht hast auch du zu viel gewagt am Popodingsbums? Corinna ist es, die nun eine Mutmaßung wagt.

Für die Kraffts war das Risiko der Motor ihres Lebens. Wenn man keine Risiken eingeht, ist es so, als sei man bereits gestorben, wenn das eigene Leben an einem vorbeirauscht, hat Katias Mann Maurice gesagt. Ich habe auch einiges riskiert, aber ob ich mich selbst verrechnet habe am Popocatépetl, das weiß ich noch immer nicht.

*

Lustvolle Leichtigkeit empfindet Vera beim Schweben im Wasser und beim Dahingleiten in der Luft. Eingesperrt war sie lange genug. Hinter verschlossenen Türen, „beschützt vor sich selbst". Und ihr Selbst hatte sich in ihr Innerstes zurückgezogen. Essen, Trinken, Schlafen – alles andere war ihr in der Klinik zu viel gewesen. Sprechen, lesen, malen, zuhören – zu mühsam für ihren dumpfen Kopf. Es war ihr manchmal vorgekommen, als ob ihr System in einen Energiesparmodus geglitten wäre.

Doch nun ist alles wieder hochgefahren. Vera läuft auf Hochtouren. Und damit stellen sich Hunger und großer Durst ein, wie nach einer beschwerlichen Wanderung in schwarzem Vulkansand. Jetzt ist Vera begierig nach Seelennahrung. Nach Musik, Theater, Kino, Kunst. Sie tankt Kultur, als ob sie nicht nur einen leeren Kanister wieder auffüllen, sondern auch einen Vorrat für später anlegen müsste.

Von Corinna begleitet, besucht sie ein Open-Air-Konzert der Amigos del Caribe. Die Salsa-Rhythmen lassen ihre Beine kribbeln und zucken. Und als die Band den Mutigen, die es wagen würden, auf der Bühne einen Tanz hinzulegen, eine CD verschenken möchte, ist sie nicht mehr zu halten. Der Hüftschwung liegt ihr doch im Blut, wenigstens in der mexikanischen Hälfte ihres Blutes. Sie springt auf die Bühne und sieht sich einem jungen Mann gegenüber, mit dem sie sich in den Rhythmus fallen lässt. *La vida es un carnaval,* das Leben ist ein Karneval, singt die Sängerin im schwarzen Glitzerkleid, das so aufreizend eng wie kurz ist. Trompeten blasen Fanfaren in den Nachthimmel, Bongotrommeln erzittern unter braunen Händen. Wie Schokolade, erinnert sich Vera an einen Satz ihrer Kindheit im Pedregal. Aber dann sieht sie nichts mehr, die Köpfe der Menge unter ihr sind verborgen im Dunkeln.

Vera gibt sich der Musik hin, die nicht enden zu wollen scheint. Und dann kommt doch der Schluss, abrupt, mit einem harten Bongoschlag.

Applaus aus dem ausgeblendeten Publikum, der Bandleader überreicht ihr eine von den Musikern signierte CD, und Vera taumelt von der Bühne. Stolz nimmt sie ihren Platz neben Corinna wieder ein, deren spöttischer Blick sie etwas abkühlen lässt. Du musst es immer übertreiben, sagt die Freundin.

Ach, pustet Vera erschöpft, hier in Deutschland sind alle immer so lahm. Bis sich jemand auf eine Tanzfläche traut, ist jede Party fast rum. Das ist in Mexiko anders.

Mag sein, sagt Corinna trocken. Aber wir sind hier. Und ich muss hier neben dir sitzen.

Sag bloß, du schämst dich wegen mir, empört sich Vera. Alle anderen haben geklatscht! Du könntest auch mal etwas weniger steif sein.

Und du etwas weniger verrückt, mahnt Corinna.

Manchmal denkt Vera selbst an Übertreibung, wenn sie noch spät am Abend Ideen ausbrütet und zu Papier bringt. Im Kinderlexikon ist das L dran, L wie Lava.

Lava war das Thema ihres allerersten Referats – noch in der Primaria, der Grundschule des Colegio Humboldt. Herr Bamberg, ihr Klassenlehrer, wollte seine Zehnjährigen ermutigen, einen kleinen Vortrag zu halten, fünf Minuten lang.

Vera, du wohnst doch im Pedregal? Dann sind Magma und Lava das richtige Thema für dich, meinte er. In der Tat war das Thema schon damals genau richtig für Vera, aber bei ihrem Auftritt vor der Klasse schnürte ihr das Lampenfieber die Kehle zu, sie schaute unter sich und musste ihren Text ablesen. Der Lehrer konnte seine Enttäuschung nicht verbergen. Das Thema war ihm eigentlich egal. Er wollte das freie Sprechen vor der Klasse fördern.

Damals hat sie ihr Kinderwissen vorgetragen, alles was sie wusste von den Wanderungen mit Claudio im Pedregal. Doch nun soll sie selbst ein Lexikon für Kinder schreiben, und dabei ist zu viel Wissen eher im Weg. Sie soll flüssig und lebendig formulieren, also muss sie Lava zum Fließen bringen. Das schönste Bild, das ihr dazu einfällt, ist der Lavastrom am Vulkan Mauna Loa auf Hawaii. Spektakulär, vor allem nachts, bahnt sich die rotglühende Lava ihren Weg bis zum Meer hinunter, um zischend und dampfend im Wasser zu versinken. Sie sucht nach einem Foto dazu.

*

Mitten in der Nacht wacht Vera auf, aber nicht um sich von links nach rechts zu wälzen, sondern sie ertappt sich dabei, wie sie um sich schlägt, als ob sie Träume und neue Gedanken mit einem Schmetterlingsnetz einfangen könnte. Bevor sie ihr entwischen, springt sie aus dem Bett, um sich ihre Einfälle zu notieren. Singen würde sie gerne wieder – wie damals zur Gitarre von Claudio. Doch wenn ihr Vater sie vor Gästen dazu aufforderte, fühlte sie ihr Gesicht schamrot und heiß werden. Sie roch den Schweiß, der sich unter ihren Achseln sammelte und ihre Bluse nässte, und schon war sie davongerannt.

Aber die Freunde der Familie klatschten sie wieder herbei, also musste es doch gut geklungen haben?

Vera probiert ihre Stimme aus, indem sie bei Songs im Radio mitsingt. Aber ihr heller Sopran von einst ist in die Alt-Stimmlage gesackt. Beim Tiefsingen fühlt sie sich wohl. Sie entdeckt in ihrem Musikregal eine CD von Mercedes Sosa. Eine kräftige, rebellische Stimme, aber lyrische Texte! Vera singt beim Autofahren laut im Duett mit der Argentinierin. Im privaten Musikzelt, wenn das schwarze Verdeck geschlossen ist. *Todo cambia*. Alles ändert sich, und wenn sich alles ändert, warum sollte nicht auch ich mich ändern? Sie spielt das Lied im Autoradio immer wieder, bis sie es auswendig kann. Mit diesen Melodien im Kopf kann Vera jeden Tag freudig begrüßen.

Wer würde ihr einen Musikteppich ausbreiten, auf dem sie ihren Gesang fliegen lassen könnte?, überlegt sie. Als Kind hatte sie sich vor Publikum geschämt, aber heute hätte sie gerne Zuhörerinnen, Bewunderer. Auf einer Kleinkunstbühne sieht Vera die Gitarristin Marilu sitzen, die mit weichen Saitenklängen den Auftritt eines schwarz gekleideten Pantomimen untermalt. Nicht seinen wortlosen Bewegungen und Gesten folgt Vera, sondern den Händen der Gitarristin, die improvisiert. In der Pause traut sie sich, sie anzusprechen. Ob sie Interesse hätte an einem Gesangs-Gitarren-Duo?

Mit wem?, fragt Marilu.

Mit mir. Ich möchte lateinamerikanische Lieder singen, kann aber nicht selbst Gitarre dazu spielen, sagt Vera.

Marilu hat als Hebamme Marie-Luise einen ehrbaren Beruf, der sie ernährt, die Musik ist ihr Hobby. So kann sie sich auf das Experiment einlassen, und sie treffen sich zum Üben. *Gracias a la vida*, danke dem Leben, das mir so viel gegeben, singt Vera euphorisch, nachdem Marilu die passende Tonart für sie gefunden hat.

Ihr Repertoire erweitert sich von Mal zu Mal. Und Marilu hat eine Idee. Ich habe einen guten Draht zur KM, wir könnten dort auftreten.

KM?

In der „Klapsmühl", so heißt das kleine Theater, erklärt Marilu grinsend.

Vera muss lauthals lachen: Eine Wahnsinnsidee ist das!

Eine Bühne in einer anderen Stadt, eine intime Atmosphäre. Eine Blamage würde sich in kleinem Rahmen halten, überlegt sie. Lass es uns probieren, Marilu!

Vera wundert sich darüber, was ihr plötzlich alles zufliegt und was aus den Tiefen ihrer Vergangenheit eruptiv nach oben drängt. Verschüttete Talente. Beim Auftritt einer Volkstanzgruppe erinnert sie sich an ihre Altflöte, die in einer Kommodenschublade ruht. Dunkles Jacaranda-Holz. Das musste damals sein. Der Klang erschien ihr wunderschön, weil sie dabei an die lila Blütenwolken der Jacaranda-Bäume an der Plaza von Morelia dachte. Und damit an Mateo.

Die Flöte hat sie durchs Studium begleitet, aber nicht mehr auf ihren Forschungsreisen. Sie klingt etwas heiser, als Vera hineinbläst. Aber sie findet die Griffe für fast vergessene Melodien. Die Folkloregruppe freut sich über die neue Mitspielerin. Doch ihr Repertoire – alte französische Lieder – ist Vera fremd. Sie bekommt die Noten und muss zu Hause üben, um das Ensemble nicht durcheinander zu bringen, wenn es beim Tanzabend aufspielt.

*

Endlich wieder aufleben! Vera brennt wie ein Feuer, das von unten nach oben und in alle vier Ecken eines Holzstapels lodert. Sie freut sich über den Kraftschub. Endlich ist sie raus aus dem Loch, in dem sie so viele Monate gefangen saß. Wie es da unten war in ihrem persönlichen Lavatopf, das ist für sie kaum noch vorstellbar. So vieles kann sie nun wieder genießen. Doch regt sich dabei auch ein Bedauern. Vera würde gerne ihr neues, aktives Leben teilen. Es fehlt ihr ein Mensch zum Anfassen und Berührtwerden. So selbstbewusst sie sich wieder fühlt, so sehnt sie sich doch nach Geborgenheit. Bei den Stichworten mit M in ihrem Kindervulkanbuch driftet sie ab und beginnt im Internet nach Männern zu recherchieren. Partnerschafts-börse, wie schrecklich das klingt. Ein Marktplatz menschlicher Eitelkeiten öffnet sich. Wie könnte sie sich selbst anpreisen, um sich auf diesen Markt zu werfen?

Vera versucht es noch einmal mit einer Liste guter Eigenschaften, die ihr in der Bergklinik nicht eingefallen sind. Abenteuerlustig … Nein, das klingt, also ob sie vor allem auf sexuelle Abenteuer aus sei. Sportlich, vital – ja, jetzt wieder. Humorvoll – auch wieder. Zärtlich – geht nur, wenn ich verliebt bin, stöhnt Vera, als sie versucht, sich ins beste Licht zu setzen. Den richtigen Ton hat sie wohl nicht getroffen, denn ihr Profil als Akademikerin interessiert nur wenige Männer, die wiederum Vera kalt lassen. Für drei Monate hat sie die Nutzung des Portals bezahlt. Nach zwei Wochen meldet sie sich selbst bei einigen Männern, die sich in diesem Katalog zeigen und kein Problem damit haben, sich in die Brust zu werfen – auch auf ihren Fotos. Fünfzig Kilometer im Umkreis hat Vera als Radius angegeben. Sie verabredet sich, und schon schlägt das alte Lampen-fieber in ihr zu. Vor jedem Blind Date muss sie Beruhigungstropfen nehmen, um nicht vor Nervosität zu zittern.

Auf der Stadtkirchentreppe, dem vereinbarten Treffpunkt, steht Herbert. Architekt hatte er angegeben. Alleinerziehend, wie er nach einigen Sätzen der Begrüßung hinzufügt. Ein kleiner Sohn wartet auf ihn zu Hause, den er ausnahmsweise nicht mitgenommen hat. Ihre Unterhaltung kommt flott in Gang, er findet Veras Vulkan-leidenschaft interessant, aber mit diesem Beruf sei sie wohl viel unterwegs? Das war einmal, sagt Vera, wobei sie selbst nicht weiß, ob es jemals wieder so sein wird. Ein freundlicher Mensch, ein nettes Gespräch. Aber sie spürt keine Anziehungskraft. Der glitzernde Ohrring, mit dem er sich schmückt, hat sie geblendet. Herbert scheidet aus.

Nächster Versuch: Axel, ein Holzdesigner, attraktiv, kreativ, mit spannenden Geschichten, die er locker im Eiscafé zu erzählen weiß. Sie tauschen Adressen aus, doch Axel meldet sich nach dem ersten Beschnüffeln nur noch einmal: Er habe sich für eine andere Frau entschieden.

Der, der auch gerne auf Berge wandert, beschert Vera ein peinliches Abendessen. Helmut ist ein ganz Verdruckster, Verlegener. Er ist so steif wie seine Krawatte, mault es in ihr. Wieso hat sie sich auf ein Essen eingelassen beim ersten Zusammentreffen? Ein Café oder eine Bar als Treffpunkt ist besser. Ein Cappuccino, eine Cola, und danach kann ich schneller abhauen, sagt sich Vera. Sie geht wieder ins Internetportal und schaut nach neu aufgetauchten Profilen.

Ein Ingenieur hat sich bei ihr gemeldet und ein Gesicht mit dunklem Vollbart freigegeben. Aufs Brückenbauen verstehe er sich. Vera betritt die Brücke, die er zu ihr schlägt. Sie verabreden sich auf dem Eisernen Steg in Frankfurt. Willi weiß, was die griechische Inschrift auf dem Portal am Altstadtufer bedeutet: „Segelnd auf weindunklem Meer hin zu anderen Menschen". Aus der Odyssee, sagt er. Sie segeln aufeinander zu, einen Abend lang. Sie spazieren über die Brücke, die über und über mit Liebesschlössern in allen Farben behängt ist. Irgendwann wird der Steg zusammenkrachen, meint Willi lachend. Sie lachen zusammen beim Apfelwein in Sachsenhausen und können sich beide eine Fortsetzung der im World Wide Web geknüpften Beziehung vorstellen.

Sie wird privater. Vera lädt Willi zu sich nach Hause ein zu einem von ihr zelebrierten Abendessen. Nach einem feurigen Chili con Carne und mexikanischem Bier wird offenbar, dass beide noch nicht satt sind. Ausgehungert sind beide nach Nähe und Ekstase. Veras

Eisdessert schmilzt ungelöffelt in den Glaskelchen auf dem Tisch dahin.

Doch ihre sonstigen Leidenschaften gehen in sehr unterschiedliche Richtungen – mit einem schwarzen Verbindungsfaden: Willi liebt Dampflokomotiven, die er in seiner Freizeit repariert und in Gang bringt. Die alte Berta qualmt auf ihrer historischen Bahnstrecke so heftig und so dunkel wie ein ausgebrochener Vulkan. Stolz beugt sich Willi aus dem Führerstand mit rußgeschwärztem Gesicht zu ihr herunter. Doch die Verbindung zu Willi verdampft, als sie ihn besucht und er ihr in seinem Garten eine Minibahnstrecke vorführt mit offenen Wägelchen, in denen er selbst sitzen und damit seinen Rasen umrunden kann. Gut zu wissen, denkt sie.

Wahrscheinlich geht es einigen Männern ähnlich mit ihr. Vera versucht, sich in ihre Gesprächspartner hineinzudenken: So eine Verrückte, kraxelt auf feuerspuckenden Vulkanen herum, springt über Lava-Bäche, schaut in Höllenkrater hinein, hüllt sich in Schwefeldunst. Zum Teufel … Vielleicht kommt es bei dem einen oder anderen so rüber, wenn sie sich als Vulkanologin vorstellt. Sie ändert ihr berufliches Profil in Geologin und Autorin. Aber Ebbe im Briefkasten des Internetportals. Als sie sich frustriert abmelden will, blinkt eine Nachricht auf. Ein Anton meldet sich. Romanist an der Uni, „geschieden, sportlich, humorvoll, natürlich, warmherzig, zuverlässig". Im Wasser sei er in seinem Element, beim Paddeln und Segeln. Aber auch Wandern steht bei seinen Hobbys. Vera entfährt ein Pfeifen, als sie ein „Matching" von 89 Prozent mit ihrem eigenen Profil sieht. Große Übereinstimmung, sagt das Datingportal, natürlich nur theoretisch.

Ich wohne in der Nähe, schreibt er. Da könnten wir uns doch mal zum Kaffee treffen?

Vera hat keine Beruhigungstabletten mehr zu Hause. Stattdessen nimmt sie diesmal Frau Kreuzers Dackel mit zu ihrem Treffen.

Anton hat im Bistro Chat Noir auf sie gewartet und überragt Vera um einen Kopf, um einen grau-melierten Wuschelkopf, als er aufsteht. Ein Anstandswauwau?, fragt er lachend. Da hätte ich wohl meinen Kater mitbringen sollen.

Er ist erleichtert, dass Max, der ungeniert auf der gepolsterten Bank von Veras Lieblingscafé Platz genommen hat, nicht in fester Bindung zu ihr gehört. Ob sie auch sonst ungebunden sei, will Anton wissen. Check, sie stellt dieselbe Frage. Nur kein kompliziertes Kuddelmuddel. Das erste Gespräch, ein vorsichtiger Tanz umeinander herum, wie immer beim Blind Date. Ist das nicht das größte Abenteuer, aufregender noch als vulkanische Eruptionen und Turbulenzen in der Luft?, fragt sich Vera. Die ersten Punkte hat Anton schon bei ihr gesammelt: kein Bart, keine Glatze, kein Ohrring. Nur wenig älter, natürlich und humorvoll – ja doch. Er bringt sie zum Lachen. Vera fühlt, wie sich ihre Nervosität in Luft auflöst und angenehmer Entspannung weicht.

Als Romanist hat sich Anton auf Französisch und Spanisch spezialisiert. Ach, dann könnten wir auch … Sein Spanisch klingt andalusisch, er hat vier Semester in Sevilla studiert. Vera lauscht dem harten Klang und dem gezischten Z und setzt ihr Spanisch à la mexicana dagegen. Anton kann sich nicht satthören an der für ihn fremden Sprachmelodie und an den „Aztekismen", den Wörtern der Azteken, die sich in die Sprache der Eroberer eingeschlichen haben. *Tianguis* sagt ihr für Markt? Für ihn sind die indianischen Einsprengsel im mexikanischen Spanisch eine Art gewaltloser Widerstand der indigenen Bevölkerung, und er amüsiert sich. Ich habe ein dickes Wörterbuch mit *Mexicanismos*, sagt Vera. Du kannst es dir gerne mal anschauen. Sie wundert sich über sich selbst. Das klingt nach einer voreiligen Einladung zu ihr nach Hause. Aber ihre Unterhaltung dauert schon länger als alle anderen Schnuppertreffen zuvor. Er schlägt fürs Erste eine Radtour vor. Vielleicht weil er den Dackel damit aus dem Rennen schlagen könnte?, überlegt Vera. Sie sagt zu, ohne den Hunde-Radkorb zu erwähnen, in dem Max manchmal majestätisch thront und seine Ohren im Wind schlappern lässt.

*

Zu allem, was Vera angezettelt hat, kommen nun die Verabredungen mit Anton hinzu. Sie ist froh, dass er sie überallhin begleitet und sie sogar bei ihren Aktivitäten unterstützt. Er baut die Mikrofonanlage auf für Veras ersten Auftritt mit Marilu. Sie sieht ihn mitten im Publikum im Klapsmühl-Theater und singt für ihn: *Gracias a la vida*. Ja, das Leben hat ihr wieder viel zu geben. Mit ihren Augen kann sie wieder klar sehen, *die Sterne am Himmel und den Geliebten im Menschengetümmel*. Anton erscheint ihr wie eine Sternschnuppe, die für sie vom Himmel gefallen ist. Dabei wird doch ein Wunsch frei? Sie wünscht sich, ihn behalten zu können.

Erst nach ihrem Gesangsdebüt, für das sie freundlichen Applaus geerntet hatte, erzählt Anton, dass er als Schüler und Student Frontman einer Rockband war. Du warst gut, sagt er ihr. Aber du könntest noch besser werden. Er spendiert ihr zehn Gesangsstunden bei einem Profi.

Seine Mutprobe kommt auf dem Segelflugplatz. Ein Probeflug – ob er sich trauen würde? Er lässt sich überreden. Und Vera bekommt ein schlechtes Gewissen, als der Albatros mit Pilot und Anton an Bord an einer Seilwinde in die Höhe katapultiert wird. Anton lässt sich nichts anmerken, als er nach kurzem Rundflug wieder auf festem Boden steht. Abenteuerlich, sagt er nur.

Aber Vera muss nun auch den Windenstart probieren. Der ist unkomplizierter und billiger als ein Schleppflug, so Paul, der ihr die Haube des Albatros aufhält. Und der Motorflieger müsse repariert werden.

Das lange, ausgerollte Seil liegt vor ihnen. Die Winde wird angeworfen, das Seil rollt sich auf, und Vera spürt einen Ruck. Sie fühlt sich wie ein Stein, der in den Himmel geschleudert wird und schließt verkrampft die Augen – Überlebensstrategie wie bei der Höllenfahrt auf der gigantischen Achterbahn im Vergnügungspark von Mexiko-Stadt, zu der sie sich von Mateo überreden ließ.

Nach der langen Auffahrt auf der hölzernen Achterbahn, die der Volksmund Montaña Rusa, *„Russisches Gebirge", getauft hatte, sauste der Zug über Berg und Tal. Sie hat sich an Mateo festgekrallt und nichts mehr gesehen von den rasanten Schleifen, durch die die Wagen rumpelten. Das Rumpeln setzte sich fort in ihrem Magen, der bei jedem Abwärtsdonnern weit über ihr zu schweben schien. Die Süßigkeiten, die sie vorher auf der Feria genascht hatte, rebellierten in ihr. Trotz High Speed kam ihr der Drei-Minuten-Ritt auf der* Montaña Rusa *wie ein unendlich langes Sterben vor. Damals hat sie Mateo gehasst, vor allem sein unbekümmertes Lachen. Wie konnte er ihr das antun?*

Doch jetzt ist sie für sich selbst verantwortlich. Sie hört, wie das Seil ausgeklinkt wird und öffnet wieder die Augen. Hoffentlich hat Vordermann Paul nichts gemerkt. Wie sollte sie einen solchen Hau-Ruck-Start mit einer Beschleunigung von null auf hundert Kilometer Stundenkilometer in zwei Sekunden selbst bewältigen – mit geschlossenen Augen? Als Pilotin müsste sie sich beim Aufstieg höllisch konzentrieren, um den richtigen Moment für das Ausklinken des Seils nicht zu verpassen. Und wie sollte sie selbst das Flugzeug zum Kreisen im Aufwind bringen, wenn sie sich dabei wie in einer Windhose nach oben gesogen fühlt und vor Schwindel keinen klaren Gedanken fassen kann?

Mit mürben Beinen stolpert Vera nach diesem Härtetest vom Platz und hakt sich bei Anton unter. Du bist mir eine, sagt er. Es klingt nach Bewunderung. Doch Veras Übermut ist verdampft. Ich habe etwas herausgefunden, sagt sie.

Was denn?, fragt Anton.

Ich werde keinen Segelflugschein machen können. Vor dem ersten Alleinflug bräuchte ich ein medizinisches Tauglichkeitszeugnis. Und wenn der Fliegerarzt erfährt, dass ich in der Psychiatrie war ... Das war's dann wohl, meint Vera kleinlaut.

Du warst in der Psychiatrie?, fragt Anton ungläubig.

Hatte ich dir nicht erzählt, dass ich schwere Depressionen hatte?, stottert Vera.

Doch, das schon. Aber nicht, dass du deswegen in einer Klinik warst.

Ich weiß sicher auch noch nicht alles von dir, verteidigt sich Vera.

Da hast du Recht, lacht Anton.

Vera ist stolz auf ihn. Sie geht oft mit ihm aus, zeigt sich gerne mit ihm und freut sich darüber, dass selbst die kritische Freundin Corinna ihr anerkennend zunickt bei einem gemeinsamen Abendessen. Nach einigen Monaten möchte sie ihn auch ihrer Mutter, Frieda und ihrer Familie vorführen. Anton ist neugierig, Veras Familie kennenzulernen – und Veras Lieblingswege zu Almhütten. Sie fahren zusammen in die Berge. Ein Urlaub zu zweit: für Vera ein ganz neues Erlebnis. Sie ist es gewohnt, alleine zu reisen, alleine auf Berge zu steigen, seien sie lavaschwarz, felsengrau oder wiesengrün. Und dabei mit sich selbst zu reden oder vor sich hin zu singen.

Diesmal singen sie im Duett: *Gracias a la vida*, dem Leben sei Dank. Es hat mir so viel gegeben, auch meine Füße zum Laufen über Berg und Tal. Anton hält mit, beim Wandern wie beim Spanischsingen.

Passt scho!, raunt Veras Schwager Xaver ihr zu – beim ersten gemeinsamen Abendessen, bei dem Beatrice wohlgefällig in die Runde guckt. Vergessen die Beklemmungen im Kreis der Familie, die Ratlosigkeit zwischen Mutter und Tochter, die sich nur noch über

Kreuzworträtsel austauschen konnten, und die Enttäuschung der Mutter: Du kümmerst dich nicht um mich. Ich bin dir egal. Zu diesem Schluss war Beatrice gekommen, als sich Vera Monat um Monat nach jedem Wochenende in Friedas Haus in die Bergklinik zurückzog.

Vera stellt fest, dass die Mutter unbeweglicher geworden ist. Sie geht nur noch wenige Schritte nach draußen – am verhassten Rollator. Ihr Lieblingsplatz ist auf der Bank vor dem Haus. In Friedas Familienleben mischt sie sich nicht ein. Sie ist dankbar, ein Teil davon zu sein. Warum ihre ältere, neunmalkluge Tochter Vera schon zweimal in einer Psychiatrie gelandet war, hat sie nicht verstanden. Aber sie spürt, dass es ihr nun gut geht und freut sich darüber.

Ich glaube, ich habe einen guten Eindruck bei deiner Familie hinterlassen, meint Anton schmunzelnd, als er Frieda und die Kinder im Rückspiegel mit weißen Laken winken sieht. Vera lacht. Das machen sie immer, wenn Gäste abreisen. Aber weißt du, was mir Frieda eben noch ins Ohr geflüstert hat? Ein Pfundskerl!, hat sie gesagt. Aber das hätte ich dir vielleicht nicht verraten sollen.

Was sie Anton zunächst nicht verrät, ist, dass Frieda sie darum gebeten hat, die Mutter zu sich zu holen. Es wird schwierig für mich in der Pension, hatte Frieda gesagt. Sie kommt in den Frühstücksraum und begrüßt die Gäste im Morgenmantel. Sie verirrt sich in den Nebenstraßen, wenn ich sie zum Spazierengehen losschicke. Ich kann nicht den ganzen Tag auf sie aufpassen. Kürzlich hat sie gelacht, als Annalena erzählt hat, wie sie mit dem Fahrrad gestürzt ist. Das können die Kinder nicht verstehen.

Vera hat der Schwester zugenickt. Natürlich bin ich jetzt mal dran. Du hast dich lange genug um Beatrice gekümmert. Ich bin dir sehr dankbar dafür. Aber du weißt, dass ich sie nicht zu mir in die Wohnung nehmen kann. Sie liegt im zweiten Stock und ist zu klein. Ich werde einen Platz in einem Altenheim für sie suchen müssen.

Das wird ihr nicht gefallen, aber ich werde sie, so oft ich kann, besuchen.

In dieser Zeit, in der Vera alles, was sie sich vornimmt, zu gelingen scheint, findet sie innerhalb von drei Wochen einen Platz für ihre Mutter in der gepflegten Seniorenresidenz am Park, nur fünf Minuten von ihrer Wohnung entfernt. Ein schmales Zimmer, aber mit Blick auf knorrige Platanen, unter deren grünem Dach sie im Frühjahr spazieren gehen könnten. Doch als sie das Heim mit Beatrice betritt, stockt der Schritt der Mutter.

Das ist nicht mein Zuhause, sagt sie.

Ich bin ganz in der Nähe und werde jeden Tag zu dir kommen, versucht Vera sie zu beruhigen. Aber der widerstrebende Schritt der Mutter lässt sie stolpern an Veras Arm, der den Sturz nicht aufhalten kann. Eine Pflegerin eilt herbei, und zu zweit können sie sie wieder aufrichten. Humpelnd und jammernd betritt Beatrice ihr Nicht-Zuhause.

*

Das Buch ruft. Der Verlag mahnt. Noch vier Wochen bis zur Abgabe des Manuskripts. Aber Vera hängt beim Buchstaben P. P wie Pompeji, das geht noch. Nach Familie Krügers Rückkehr aus Mexiko nach Deutschland hatte Claudio ihr zum 16. Geburtstag eine Reise nach Neapel mit dem Besuch von Pompeji geschenkt. Er alleine mit seiner großen Tochter, die Mexikos Vulkane vermisste. Die aus ihrem Aschemantel herausgeschälte Stadt, die mitten in ihrem Alltag vom Ausbruch des Vesuvs überraschten Menschen, in Lavablasen gefangen und als Skelette konserviert – diese Bilder hatten sich in Veras Gedächtnis eingebrannt.

Vera sieht ihren lebhaften Neffen Magnus und ihre eher scheue Nichte Annalena vor sich. Vor ihrer Abreise ist sie mit ihnen in einem Tretboot auf dem Bergsee gefahren. Beide kräftig in die

Pedale tretend und abwechselnd stolz mit den Händen am Lenker. Das Schaufelrad des Boots drehte sich so stetig wie ein Mühlrad, doch sie kamen nur langsam voran. Mit Tante Vera allein auf dem See. Frieda hatte ihr die Kinder anvertraut.

Sie schreibt weiter, als ob sie sich an die beiden wenden würde und stellt ihnen den italienischen Archäologen Giuseppe Fiorelli vor. Seine geniale Idee, die Hohlformen, die die Leichen in der erhärteten Asche hinterlassen hatten, mit Gips auszufüllen. So entstanden Skulpturen von Menschen auf der Flucht oder vor Schrecken zusammengekauert, mitten im Schrei überwältigt. Vera war bei ihrem ersten Besuch vor allem von den Tieren beeindruckt, die dem Untergang der antiken Stadt nicht entkommen konnten. Sie denkt an den versteinerten Hund, in sich zusammengerollt, als ob er sich in den Schwanz beißen wollte und dabei von der mörderischen Lawine überrollt wurde. Viele hundert Jahre später erst wurde er bei den Grabungen aus seinem Gefängnis befreit. Dieses Foto muss rein ins Buch, sagt sie sich. Es berührt sie noch heute.

Was sie selbst damals überwältigt hatte, versucht sie nun, anschaulich zu beschreiben. Sie schildert die Asche- und Glutwolken, die vor bald 2000 Jahren unaufhaltsam auf die Stadt zurasten – pyroklastische Ströme. Kinder lieben Fremdworte durchaus, das weiß sie von Annalena und Magnus. Sie hätte ihnen aus ihrem Manuskript vorlesen sollen. Aber sie hat bei ihrem Familienbesuch nicht daran gedacht – zu verliebt, zu abgelenkt. Jetzt drängt die Zeit.

P wie Popocatépetl. Ein Heimspiel, denkt Vera. Aber sie sitzt vor ihrem Bildschirm und wendet Sätze hin und her. Sie könnte mit der Legende anfangen, kindgerecht. Vom Krieger und der Prinzessin, die sich in Vulkane verwandeln. Aber sie möchte die jungen Leser und Leserinnen ernst nehmen und ihnen Fakten vermitteln, die sind doch spannend genug, meint Vera. Die Vulkane als Gucklöcher ins Innere der Erde. Und diese höllische Schönheit! Vera fühlt einen Riss in ihrem Inneren. Eine Kruste bricht auf, was quillt heraus?

Noch immer keine weiße Fahne an Clemencias Haustür, die verschlossen ist. Vera hatte noch ihr Nunca im Ohr, mit dem sie sich am Tag zuvor geweigert hatte, ihr Haus zu verlassen. Nunca, nie und nimmer! Die Heilerin wollte doch nicht etwa Don Goyo Opfer bringen, um ihn zu besänftigen? Seit gestern hatte der Popocatépetl zugelegt. Die Vulkanampel, mit der die Gefahren angezeigt wurden, war auf gelb gesprungen. Und wer sie nicht sehen konnte, wurde durch die Lautsprecherdurchsagen aufgeschreckt, die das ganze Dorf beschallten. Vera musste Clemencia warnen. Sie griff nach Helm und Gasmaske und sprang in ihren Pickup, aber sie war nicht alleine. Wer ist das Auto gefahren wie ein Rasender? Es hüpfte über dicke schwarze Brocken und ließ eine Aschewolke hinter sich. Sie kann den Fahrer nicht sehen.

Vera scheint es, als würde sie selbst von nun an auf der Bremse stehen. Sie wird langsamer beim Schreiben, es geht ihr nicht mehr so flott von der Hand. Sie überspringt den Buchstaben P, lässt den Popocatépetl übrig für den Schluss. Das Q steht für heiße Quellen. Davon gibt es viele, auch in Deutschland. Nicht so aufregend. Aber bei Rotorua auf Neuseelands Nordinsel hatte sie staunend an dem kochenden Fluss gestanden, der sich dampfend durch das grüne Tal von Waikite zieht. Sie könnte den Kindern von glucksenden, schmatzenden Schlammgeistern erzählen. Aber nein, bei den Fakten bleiben! Dass die Maoris das heiße Wasser aus der Erde zum Kochen nutzen, ist doch verwunderlich genug.

Vera fällt ein, dass sie Anton zum Abendessen eingeladen, aber noch nichts eingekauft hat. Sie lässt den Bildschirm schwarz werden und beeilt sich, in ihren Supermarkt zu kommen. An der Fleischtheke muss sie sich am Einkaufswagen festhalten, weil ihr schummrig wird. Sie umklammert den roten Griff. Kein Menüplan, kein Einkaufszettel. Was könnte sie auftischen? Anton kocht gut und gerne. Sie möchte sich nicht vor ihm blamieren. Keine Gefrierpizza.

Das wäre lieblos. Aber ihr fällt nichts ein, was lecker und zugleich einfach zuzubereiten wäre. Ratlos lässt sie ihren Blick wandern über die Salat- und Gemüsestiegen. Er bleibt hängen an grün glänzenden Zucchini. *Calabacitas* à la Lupita! Sie wird Zucchini in eine scharfe Tomatensauce schnippeln und dazu Reis servieren. Der kocht von alleine. Das ist zu schaffen. Gerettet! *Gracias Lupita!*

Als Anton zur Wohnungstür hereinkommt – er hat inzwischen einen Schlüssel –, fuhrwerkt Vera hektisch in der Küche herum. Ich bin noch nicht fertig, ruft sie ihm über die Schulter zu. Er überrascht sie von hinten und umarmt ihre Taille. Sie lehnt sich an, und er fühlt sie vibrieren.

Was ist los?, fragt er sie. Mach dir doch keinen Stress!

Ich mache ihn nicht, er ist einfach da, schon den ganzen Tag, gesteht Vera. Ich hänge fest mit dem Buch, kann mich nicht mehr darauf konzentrieren.

Aber das ist doch normal, meint Anton. Schreibblockaden hast nicht nur du. Mach' einfach ein paar Tage Pause.

Das geht nicht. Ich habe nur noch zwei Wochen bis zum Abgabetermin, und den habe ich schon herausgeschoben. Ich hänge am Popocatépetl, er macht mich wieder fertig. Anton bietet seine Hilfe an, aber Vera lehnt ab. Sie will es weiter versuchen, es muss doch zu schaffen sein, sagt sie. Tränen laufen ihr übers gerötete Gesicht. Sie hat sich beim Kosten an der Tomatensauce verbrannt, in die sie zu viele Chileschoten geschnippelt hat. Dafür gibt es in Mexiko sogar ein eigenes Verb: *enchilarse,* erklärt sie Anton. Es kann auch bedeuten, außer sich zu sein, verrückt zu werden, sagt sie mehr zu sich selbst.

Was ist noch zu schaffen? Im Gesangsunterricht bei Peter Jacobsen überspringt sie das Stimmtraining und singt ihr Repertoire fürs nächste Konzert mit Marilu durch. Kein Lied klingt perfekt. Und sie kann die Texte nicht auswendig. Ich werde sie mir auf einen

Notenständer stellen und ablesen. Es ist mir zu riskant, frei zu singen. Ich würde sicher hängenbleiben, befürchtet Vera.

Du hast Angst vor Lampenfieber?, fragt Peter.

Ja, das überfällt mich immer, wenn ich vor anderen Menschen etwas präsentieren soll, sagt Vera.

Vielleicht nur, wenn du etwas nicht richtig kannst, vermutet der Stimmtrainer lächelnd. Du musst dir mehr Zeit zum Üben nehmen. Aber ich verrate dir meinen Trick gegen das Lampenfieber, von dem ich natürlich nicht frei bin. Ich wackele mit den großen Fußzehen. Dabei wird Energie vom Durcheinander im Kopf in die Füße gelenkt, und die Muskelstarre löst sich. Natürlich auch die tiefe Bauchatmung nicht vergessen, bevor es losgeht!

Durcheinander im Kopf? Vera erscheint es eher so, also ob der Inhalt ihres Gehirns vorübergehend gelöscht wäre, wenn sie vor anderen Menschen steht, um etwas zu präsentieren.

Nur noch der nächste Auftritt, den habe ich Marilu versprochen. Dann werde ich langsamer machen, verspricht sie Anton, und sie verspricht es sich selbst. Aber jetzt gilt es, mit Marilu zu proben, so oft wie möglich, und Reklame zu machen für das Konzert im Vorstadtsaal.

Wir brauchen einen Namen für unser Duo, sagt Marilu. Sie hat Bühnenerfahrung und mag es nicht, vor einem leeren Saal zu spielen. Da die beiden vor allem Lieder aus Lateinamerika vortragen, fällt ihnen „Las Musas" ein. Sie lassen sich fotografieren und kreieren eine Las-Musas-Visitenkarte und ein Plakat. Und sie machen erfolgreich Pressearbeit, der Stadtanzeiger kündigt das Konzert an mit dem Foto der beiden. Marilus schwarzer Zopf kringelt sich um ihren Hals, daneben Veras blonder Wuschelkopf. Mit Marilus Gitarre in der Mitte sind sie ein Trio, das neugierig macht.

Der Abend ist da, der Raum füllt sich. Beatrice sitzt im Rollstuhl am Rand der ersten Reihe neben Anton. Die Gitarre steht schon auf der Bühne, einer richtigen großen, schwarzen Bühne. Marilu und Vera warten hinter dem weinroten Vorhang, hören das Stimmengewirr und versuchen, sich Mut zu machen.

Wir kriegen das hin, sagt Marilu.

Wir müssen, sagt Vera. Jetzt gibt es kein Zurück mehr.

Der Veranstalter kündigt Las Musas an. Sie klopfen sich auf die Schultern und gehen ins Rampenlicht.

Gracias a la vida, singt Vera. Auch die Strophe mit dem klopfenden Herz, das zum Leben dazugehört. Danke, auch dafür. Es wäre ihr aber lieber, wenn ihr Herz weniger klopfte und ihre Hände lockerer wären für untermalende Gesten beim Singen. Sie beneidet Marilu. Sie kann ihre Gitarre umarmen, die auf ihren Oberschenkeln ruht. Vera steht vor ihrem roten Notenständer, der keine Noten trägt, sondern nur die Texte ihrer Lieder und ihrer Moderation zwischendurch. Diese Sicherheit braucht sie. Und den unsichtbaren Draht zu Anton, zu seinem Ruhe ausstrahlenden Gesicht – neben dem stolzen Lächeln der Mutter in der ersten Reihe. Vera hält durch bis zum Schlussapplaus. Aber mit letzter Kraft, wie ihr scheint.

*

Auch die Kräfte von Beatrice scheinen zu schwinden. Sie freut sich über die Besuche von Vera und Anton, besonders von Anton. Wenn er sie mit einem spanischen *Hola Señora!* begrüßt, strahlt sie und beachtet ihre Tochter kaum noch. Vera lässt ihre Augen wandern, von einem zum andern in der Runde am großen Tisch im Speisesaal, und es ist ihr klar, dass ihre Mutter den Wechsel vom Leben in einer Familie in diese Ansammlung pflegebedürftiger, kaum noch ansprechbarer Menschen mit all ihren Fasern ablehnt. Sie spürt ihre trotzige Abwehr. Wahrscheinlich würden ihre schütteren, weißen Haare zu Berge stehen, hätte sie nicht ihre Perücke auf, stellt sich Vera vor.

Sie organisiert einen festlichen Geburtstagskaffee für Beatrice in einem mit Antiquitäten und Zwiebelmustergeschirr ausgestatteten Salon des Heims. Dieser Raum macht dem Namen Seniorenresidenz alle Ehre. Mitten auf dem ovalen, mit weißem Leinen bedeckten Tisch erhebt sich nun eine vielschichtige Schwarzwälder Kirschtorte mit einer 80 auf der Sahnehaube. Zu ihrem runden Geburtstag trägt Beatrice ihre schönste Seidenbluse. Zwei ihrer ehemaligen Canasta-Freundinnen hat Vera eingeladen. Und Anton sitzt inmitten der Frauen als Hahn im Korb. Wann feiern wir das nächste Fest?, fragt Beatrice freudestrahlend, als Vera das Geschirr abräumt.

Doch danach überstürzen sich die Ereignisse. Beatrice rutscht aus und fällt erneut, diesmal beim Ankleiden durch eine Pflegerin. Oberschenkelhalsbruch, sagen die Ärzte der Klinik, in die sie gebracht wurde, und überlegen, ob Beatrice noch zu operieren sei. Vera ist empört. Ich dachte, sie sei hier gut aufgehoben, beschwert sie sich bei der Heimleitung. Und warum wollen Sie sie nicht mehr operieren?, fragt sie die Ärzte. Sie will nicht, antwortet Oberarzt Molnar. Sie will auch weder essen noch trinken. Wir müssen ihr eine Magensonde einsetzen.

Auf keinen Fall!, ruft Vera entsetzt. Ich weiß, dass sie bei unserem Notar war und eine Patientenverfügung aufgesetzt hat. Und darin steht ausdrücklich: Keine Magensonde.

Bitte bringen sie die mit, sagt der Oberarzt. Wir werden ein Konsil einberufen für diese Entscheidung, morgen. Aber jetzt will ich es nochmal probieren. Seine weißen Schuhe quietschen auf dem grauen Fußboden des langen Gangs, als er vor Vera mit einem Becher Milchkaffee ins Zimmer ihrer Mutter eilt. Guten Morgen, Frau Krüger, ich habe Ihnen etwas mitgebracht. Sie trinken doch gerne Kaffee? Und schon hält er den Becher an den schmalen Strichmund von Beatrice. Er schafft es, ihr einen Schluck einzuflößen. Doch im nächsten Augenblick spuckt sie ihn wieder aus, ein brauner Springbrunnen spritzt auf ihre Bettdecke und seinen blütenweißen Kittel. Dr. Molnar flucht und flüchtet.

Vera hat ihre Schwester alarmiert. Die in Windeseile angereiste Frieda sitzt neben ihr bei der Besprechung mit zwei Ärzten, darunter Dr. Molnar, zwei Krankenpflegerinnen und der Leiterin des Altenheims. Es geht um eine schwierige Entscheidung, es geht um Leben oder Tod. Die Patientenverfügung wird herumgereicht.

Der Wille, den die Patientin vor einiger Zeit bekundet hat, ist eine Sache. Aber Sie beide als Töchter tragen auch eine Verantwortung. Wollen Sie denn Ihre Mutter verhungern und verdursten lassen?, fragt der Oberarzt, jetzt wieder in frisch gewaschenem und gebügeltem Kittel, mit bohrender Eindringlichkeit.

Ich weiß, sagt Frieda, wieso unsere Mutter so bestimmt eine künstliche Ernährung abgelehnt hat. Sie hat eine gute Freundin schwerkrank dahinvegetieren gesehen. Eine per Gerichtsbeschluss eingesetzte Magensonde hat ihr Sterben um drei Jahre hinausgezögert. Aber was für ein Leben war das? Nach einem Besuch bei dieser bettlägerigen, wortlosen Freundin ist sie sofort zum Notar gegangen, um ein solches Ende für sich selbst auszuschließen.

Es geht doch um ihren Willen, nicht um unseren, pflichtet Vera der Schwester bei. Und Sie haben doch selbst gesehen, dass sie auch Ihnen zuliebe nichts mehr zu sich nehmen will.

Die Leiterin des Altenheims sichert eine sorgfältige Palliativbehandlung zu.

Mit einer verärgerten Geste löst Dr. Molnar die kleine, entscheidungsschwere Versammlung auf und überweist seine eigensinnige Patientin zurück in die Seniorenresidenz.

Vera und Frieda wechseln sich ab an ihrem Bett. Wenn Frieda das Zimmer betritt, sagt Beatrice „Schätzchen". Nach wenigen Tagen sagt sie nichts mehr, sondern dämmert vor sich hin mit leisem Stöhnen. Was geht in ihr vor, welche Bilder sieht sie vor sich?

Vera erzählt ihr von Mexiko, vom Leben im Pedregal. Weißt du noch, wie wir sonntags nach Xochimilco gefahren sind? Du hast die Bootsausflüge auf den Kanälen geliebt, und wir erst recht. Die buntgeschmückten Stocherkähne, die Blumenfrauen, die auf uns zu paddelten und ihre Sträuße anboten, die Mariachi-Boote, die neben uns anlegten, um uns ein Wunschkonzert zu spielen. Und immer hast du dir von den Musikgruppen *La Llorona* gewünscht. Frieda und ich, wir haben dieses Lied gerne mitgesungen. Bis uns Lupita die Sage erzählt hat, die dahinter steckt. Sie handelt von einer weinenden Frau, die ihren Mann in flagranti mit einer Anderen erwischt. In ihrer Verzweiflung ertränkt sie ihre beiden Söhne in einem Fluss, bevor sie selbst ins Wasser geht. Da ihr als Mörderin und Selbstmörderin die Himmelspforten verschlossen blieben, muss sie nun als Geist herumirren, auf der Suche nach den Seelen ihrer Söhne. Wusstest du das? Warum hast du dieses Lied so sehr gemocht, Mutti? Hat Claudio dich betrogen? Ich hätte dich früher danach fragen sollen.

Frieda bestellt Grüße von ihren Kindern, Annalena und Magnus vermissen dich. Und sie berichtet vom frischen Schneefall in den Bergen. Jetzt könntest du gar nicht auf deiner Lieblingsbank vor dem Haus sitzen, sagt sie der Mutter, die sich hinter ihren geschlossenen Lidern mehr und mehr zurückzieht. Ein Haufen Schnee sitzt jetzt auf der Bank. Xaver ist den ganzen Tag am Schaufeln und Fegen rund ums Haus. Und er muss auch aufs Dach, um es von der schweren Schneelast zu befreien. Damit unsere Gäste nicht von Dachlawinen verschüttet werden. Die Mutter brummt leise. Ob es das letzte Bild war, das sie noch in sich gesehen hat?

*Am Morgen seiner Abreise brachte er seinen Planeten schön in
Ordnung. Sorgfältig fegte er seine tätigen Vulkane. Er besaß zwei
tätige Vulkane, das war sehr praktisch zum Frühstückkochen. Er
besaß auch einen erloschenen Vulkan. Da er sich aber sagte: Man
kann nie wissen!, fegte er auch den erloschenen Vulkan. Wenn sie
gut gefegt werden, brennen die Vulkane sanft und regelmäßig, ohne
Ausbrüche. Die Ausbrüche der Vulkane sind nichts weiter als
Kaminbrände. Es ist klar: Wir auf unserer Erde sind viel zu klein, um
unsere Vulkane zu kehren. Deshalb machen sie uns so viel Verdruss.*

(Aus Antoine de Saint-Exupéry: Der kleine Prinz)

5. Kapitel – Drinnen

*Allgemeine äußere Erscheinung: 1,78 m groß, kräftiger Körperbau,
gepflegt, blonde Kurzhaarfrisur, leicht ergraut, kein Make-up, un-
auffällige Kleidung (Jeans und Sweatshirt).*
*Haltung/Gestik: macht einen leicht gebeugten Eindruck, richtet sich
manchmal bewusst auf. Wirkt nervös und fahrig.*
Gang: gerader Gang (lacht + fragt: soll ich Ihnen etwas vortanzen?)
*Gesichtsausdruck: Augen stumpf, Blick starr, Mimik stark ein-
geschränkt.*
Stimmung: verzweifelt, panisch, ratlos
*Persönliche Geschichte: Nicht verheiratet, lebt alleine. Ist „mit
Beruf verheiratet" (Vulkanologin!). Keine Kinder.*
*Wahrnehmungsstörungen, Illusionen: Schuldgefühle, Angst vor
totaler Abhängigkeit von anderen Menschen.*
*Selbsteinsicht: fühlt sich nicht mehr in der Lage, sich alleine „über
Wasser zu halten". Entscheidungsnöte, Handlungsblockaden, auch
in alltäglichen Dingen wie einkaufen, kochen, telefonieren. Es ist ihr*

klar, dass sie zurzeit nicht mehr selbstständig in ihrer Wohnung leben kann.

Der Fragebogen füllt sich, und die Aufnahmeärztin fasst zusammen:

Anamnese: Wache, bewusstseinsklare Patientin, in allen Qualitäten voll orientiert – aber mit reduzierter Aufmerksamkeits- und Konzentrationsleistung.

Formalgedanklich verlangsamt, umständlich, weitschweifig, Grübeln, kein Anhalt für Ich-Störungen oder Sinnestäuschungen. Inhaltlich wahnhaft anmutende Überzeugung der Hoffnungslosigkeit, schuldhaftes Erleben. Im Affekt niedergedrückte Stimmung, verminderte Schwingungsfähigkeit. Insuffizienzerleben, vermindertes Selbstwertgefühl. Im Antrieb stark reduziert. Schlafstörungen. Zum Aufnahmezeitpunkt keine akute Suizidalität.

Es handelt sich um eine rezidivierende depressive Störung, die sich nach einem traumatischen Erleben bei einem Vulkanausbruch vor drei Jahren eingestellt hat. Sie glaubt sich schuldig am Tod mehrerer Menschen, weiß aber nicht mehr, was genau passiert ist. Noch immer anhaltende Amnesie.

Nach weiterer Erhebung der Anamnese ist die Depressions-Diagnose zu diskutieren. Es gab wohl auch Phasen von gesteigerter Aktivität und Selbstbewusstsein. So ist eine bipolare Störung nicht vollständig auszuschließen und sollte auch im Hinblick auf weitere medizinische Behandlungen mit berücksichtigt werden.

Maßnahmen: Frau Dr. Krüger ist ratlos, teilweise desorientiert und psychomotorisch unruhig. Ferner fiel ein stark verlangsamtes Denken auf. Die Patientin selbst bagatellisiert ihre kognitiven Einschränkungen und versucht eine Fassade aufrechtzuerhalten. Aufgrund ihrer psychiatrischen Erkrankung ist die Patientin derzeit nicht steuerungsfähig. Eine medikamentöse Therapie mittels

Neuroleptika und Antidementiva erscheint zwingend notwendig. Hierzu wird sie stationär auf unserer offen geführten Station der Psychiatrie aufgenommen.

*

Aus Antons Notizbuch:

Wie eine Bruchlandung des Albatros auf einem aufgepflügten Acker. Ich kann es nicht begreifen. Als ich Vera kennenlernte, war ich fasziniert von all ihren wagemutigen, abenteuerlichen Aktivitäten. Und ich habe versucht mitzuhalten. Jetzt scheint mir, dass sie sich übernommen hat. Zu viel des Guten, mir selbst wurde es manchmal schwindlig – nicht nur beim Segelfliegen.

Dann war sie gefordert mit der Betreuung ihrer Mutter, die den Umzug ins Altenheim nur wenige Monate überlebt hat. Ihr Dahinsiechen und ihr Tod haben Vera schwer belastet, sie fühle sich schuldig, hat sie mir gesagt. Sie habe zu wenig für Beatrice tun können.

Bei der Beerdigung erschien mir Vera schon völlig verändert. Wie versteinert. Ich hatte sie untergehakt bei der Prozession hinter dem Sarg zum Grab, und sie hat mir zugeflüstert, dass sie nicht weinen könne: Sie schäme sich so sehr. Was werden die Leute von mir denken?, hat sie mich gefragt.

Ihre anderen Pflichten hat sie bei all dem vernachlässigt. Die Arbeit an ihrem Kinderlexikon stockte, sie konnte den Abgabetermin nicht einhalten, dem Verlag nichts mehr liefern. Das hat sie fertiggemacht. Ich konnte ihr nicht helfen, und es hat mich fertiggemacht, sie so verzweifelt zu sehen.

Als sie mich in meinem Büro im Institut anrief – aus dem Supermarkt –, bin ich erschrocken. ES kommt wieder auf mich zu, sagte sie mit panischer Stimme. Sie könne es nicht aufhalten. Schon beim Einkaufen fühle sie sich kopflos, orientierungslos im eigentlich

154

vertrauten Laden. Dann hat sie wohl noch versucht, einen Termin bei ihrem Therapeuten zu bekommen, aber der war nicht zu erreichen. Und am Nachmittag ließ sie sich von ihrer Freundin Corinna in die Klinik bringen. Sie hat nicht mal abgewartet, bis ich aus der Uni kam.

Meine ersten Besuche in einer Psychiatrie! Ich versuche, täglich nach meiner Arbeit hinzufahren, sie rauszuholen zum Spaziergang. Und sie scheint dafür dankbar zu sein. Aber sie ist so anders! Ich erkenne sie kaum wieder. Wenn ich sie umarme, scheint sie sich zu versteifen wie ein Stock. Und sie ist verstockt. Sie spricht kaum, vielleicht ist sie durch Medikamente sediert? Ich weiß es nicht.

*

Die Visite in der Psychiatrie besucht nicht, sie empfängt. Die Patienten können laufen und im Gang sitzend oder stehend darauf warten, bis sie dran sind. Vier Leute sitzen im Halbkreis um Vera herum in dem kleinen Besprechungsraum. Ein Gerichtssaal sieht anders aus, aber auch wenn Professor Krossmann keine schwarze Robe trägt, kommt er Vera vor wie ein Richter. Er sammelt Erkenntnisse – aus der Akte, aus den Aussagen von Oberärztin und Stationsärztin und Herrn Kunz vom Pflegeteam – und aus ihrem Schweigen. Kunz spielt den Gerichtsschreiber. Was notiert er im Protokoll? Was wird über sie befunden und festgehalten? Vielleicht: *Patientin antwortet einsilbig. Keine Einsicht in Medikamentenwechsel. Sie ist aufgebracht, möchte entlassen werden.*

Eine Entlassung ist noch nicht möglich, sagt der Boss. Die Ärztinnen sitzen daneben mit undurchdringlichen Mienen und sagen nichts. Wenn er dabei ist, hat er das Sagen, und sie assistieren nur, obwohl sie am Fall näher dran sind.

Aber ich bin doch freiwillig gekommen, dann muss ich doch auch jederzeit wieder gehen können, oder nicht?

Die Antwort ist ein vierfaches Schweigen, ohne Nicken.

Hab' ich hier keine Rechte mehr? Ich glaube, ich muss meinen Anwalt einschalten!, trumpft Vera auf, auch wenn sie in diesem Augenblick nicht weiß, wer das sein könnte.

Es ist besser, wenn Sie noch etwas bei uns bleiben. Oder meinen Sie, dass Sie nun zu Hause alleine zurechtkommen?, fragt der Klinikdirektor.

Veras Aufmüpfigkeit schnurrt in sich zusammen wie der Spannbettbezug, den sie nur mit Mühe auf ihrem Bett fixieren kann. Sie beißt die Zähne zusammen, ihre Anhörung ist beendet. Beim Verlassen des Raums hört sie noch, wie Prof. Krossmann dem Mitschreiber diktiert: XY ausschleichen, YX einschleichen.

Die alten Buchen und Eichen im Park sind winterkahl. Vera wundert sich über Antons Geduld, wenn sie während ihres Ausgangs am späten Nachmittag wortkarg neben ihm her trottet. Sie fühlt sich wie in einem Schraubstock, wenn er sie unterhakt, und bittet ihn, nur ihre Hand zu nehmen. Die ist kalt und steif und kann in seinen kräftigen, warmen Fingern etwas auftauen.

Wenn Corinna zu Besuch kommt, merkt sie, dass das Mitgefühl der Freundin schrumpft, weil ihr Verständnis für Veras Rückfall den Bach runtergeht. Nur noch ein kleines Papierschiffchen, das in aufgebrachten Wellen verschwindet. Sie sagt nicht mehr: Das wird schon wieder, sondern: Allmählich müsste es dir doch wieder besser gehen. Kannst du dich nicht mal zusammenreißen? Ich habe selbst so viele Probleme, ich muss doch auch damit klarkommen.

Und Frieda? Bei ihrem letzten Anruf hat sie geseufzt und gefragt: Kannst du nicht einfach wieder damit aufhören? So wie du bei uns nach monatelangem Herumhängen in der Bergklinik innerhalb von wenigen Tagen wieder „normal" geworden bist?

Vera schämt sich. Offensichtlich hat sie keine richtige Krankheit, da ihr nichts wehtut. Kein Krebs, keine OP, keine Wunde, kein Blut, kein Verband. Sie klammert sich an das Bild eines gut gebauten

Marokkaners, an Werner Fassbenders Ali und seine Worte unter der Dusche: *Angst essen Seele auf.* Vielleicht ist eine Depression eine Autoimmunerkrankung, und die Seele frisst sich selber auf?, überlegt sie.

Mit ihrer angefressenen Seele beobachtet Vera ihre Zimmergenossin. Freunde und Freundinnen kann man sich aussuchen. Verwandte und Bettnachbarinnen in der Klinik sind ungeplante Schicksalsgemeinschaften. Jetzt ist da die burschikose Gisela, die ihren Haarschnitt mit glatt abgeschnittenem Pony wohl selbst zu verantworten hat. Sie mustert Vera durch die dicken Gläser ihrer Kaufhausbrille mit schwarzem, eckigem Gestell und breitet sich auf dem Tisch aus. Du brauchst ihn doch nicht, oder? Ihre Zunge kreist auf ihren Lippen, während sie Grußkarten mit blumigen Collagen beklebt. Die Karten bietet sie auf der Station zum Verkauf an. Sie braucht das erbastelte Taschengeld. Sie lebt schon lange von Stütze und kann sich wohl nicht mehr alleine in ihrer Wohnung halten, erzählt sie. Es graust ihr vor der anstehenden Entscheidung, ob sie in einer betreuten Wohngemeinschaft untergebracht werden soll.

Welche Diagnose schleppt Gisela mit sich herum? Anscheinend steht Vera diese Frage auf der Stirn geschrieben, denn Gisela sagt: Borderline. Also immer auf der Grenze, übersetzt sich Vera, und sie erinnert sich an die roten Narben am Arm, die sie bei einer anderen Patientin gesehen hat. Sich selbst mit einem Messer ritzen, bis über die Schmerzgrenze hinaus. Wie hoch muss der Leidensdruck sein, dass die Grenze der inneren Abwehr gegen eine Selbstverletzung überschritten wird? Schnitte in die Haut als Ventil?, fragt sie sich.

Gisela stellt keine Narben zur Schau. Die Ärmel ihres selbstgestrickten bunten Pullovers, in dem sich eine Laufmasche selbstständig macht, reichen bis zu den Handgelenken. Aber sie zeigt Vera lachend ein Paket in ihrem Schrank, ein zusammengewickeltes Tuch voller Messer. Wenn die das hier sehen würden ... Gisela scheint sich über ihr eingeschmuggeltes Mitbringsel zu freuen wie über einen gelungenen Streich.

Warum wurde ihre Tasche nicht kontrolliert, als sie in der Psychiatrie aufgenommen wurde? Hält man sie für harmlos-verrückt? Vera fühlt sich in der Bredouille. Droht Harakiri-Gefahr? Müsste sie die Messer melden, bevor Gisela Hand an sich legt? Gisela verpfeifen beim Pflegepersonal? Schon wieder eine Entscheidung, die sie nicht fällen kann. Ihre innere Blockade lässt es nicht zu.

Gisela erweist sich als robust. Sie kennt sich auf der Station aus, kennt die Abläufe, kennt das Personal. Und sie ist praktisch veranlagt. Sie beschäftigt sich, lässt sich nicht hängen, sondern lacht lauthals über sich selbst und andere: Ich glaub', ich spinne! Oder: Die spinnen doch! – sind ihre Lieblingssätze. Nur ganz hinten in ihren Augen, irgendwo hinter den Pupillen, kann Vera ihre Not erkennen.

War jemals alles gut bei ihr? Wird es vielleicht nie gut werden? Entscheiden kann auch Gisela nichts, zumindest nicht alleine. Ihre gesetzliche Betreuerin holt sie ab zum Gespräch.

Ich muss meine Wohnung räumen, sagt Gisela bei ihrer Rückkehr ins Zimmer, und der Knoten in ihrem Hals, über den sie ihre Worte zwängt, ist hörbar.

Vielleicht ist die WG okay, versucht Vera sie zu trösten.

Ja, vielleicht, sagt Gisela und schenkt Vera eine ihrer beklebten Karten zum Abschied.

*

Wir treffen uns heute im Chat Noir, sagt Anton. Und seine Stimme klingt sehr bestimmt aus Veras Handy, das lange dumpf klingeln musste, bevor sie es unter ihrer Bettdecke entdeckt. Vera sieht den schwarzen Kater vor sich, der das Schild über dem Eingang zum

Bistro ziert, in dem sie sich zum ersten Mal getroffen haben. Ein schwarzer Kater. Er erscheint ihr wie ein Sinnbild für ihre Beziehung. Hat er ihren Weg gekreuzt und Unglück gebracht?

Wir treffen uns heute im Chat Noir, das hatte wie ein Befehl geklungen, der keine Widerrede zuließ. Und das an ihrem Geburtstag. Vera kommt ins Schwitzen. Sie weiß nicht, was sie anziehen soll, hat das Gefühl, in Lumpen herumzulaufen. So nutzt sie den Beginn ihres Ausgangs, um in einem Secondhand-Laden zu stöbern und findet ein dunkelblaues Cordjackett in ihrer Größe, das ihr gefällt, bequem ist und spottbillig dazu. Sie lässt es gleich an, und die Befriedigung zaubert ihr ein Lächeln ins Gesicht. Äußerlich fühlt sie sich nun gewappnet für das Treffen im Bistro.

Doch auf dem Weg dorthin schwindet ihr Mut, ihr Schritt wird zögerlicher, und sie will Anton anrufen, dass sie doch lieber nicht in ein Lokal gehen würde. Aber sie möchte ihn nicht enttäuschen, also gibt sie sich einen Ruck und betritt das Chat Noir. Anton sitzt in einer Ecke an einem runden Tisch für zwei, aber er kommt erst hinter einem üppigen Strauß roter Rosen zum Vorschein, als er aufsteht. Herzlichen Glückwunsch, Vera! Gut siehst du aus heute, freut er sich.

Vera ist zunächst sprachlos, aber heilfroh, dass sie nicht gekniffen hat.

Du bist verrückt, entfährt es ihr dann.

Nein, ich nicht, entgegnet Anton grinsend.

Er hat eine Karte zu der Vase gestellt, aus der sich die Rosen recken. Die Karte „Für Vera" ist weiß, schmucklos. Farbe kommt ihr erst beim Aufklappen entgegen. *True Colors*, die Verse eines Popsongs, handgeschrieben mit rotem Stift. Der Text spricht von der Dunkelheit, die sich in einem Menschen ausbreitet, ihn ganz klein macht. *But I see your true colors*, aber ich sehe deine wahren Farben, die durchschimmern, verkündet das Lied. Kennst du den Song?, fragt Anton.

Ich weiß nicht, Vera räuspert sich. Das Sprechen fällt ihr schwer, diesmal vor Rührung. Anton summt den Refrain.

Ja doch, die Melodie kenne ich, meint Vera, ein wunderschönes Lied, ich hatte nur bisher nicht auf den Text geachtet. Vielen Dank.

Der Text ... *I see your true colors*. Er meint, mich zu kennen, geht es Vera durch den Kopf. Aber was ist *true*? Wie ist die wahre Vera? Sie ist doch wahrhaftig nur noch ein Stück *mierda*. Immerhin ein Miststück, das noch Mitleid empfinden kann. Mitleid mit Anton.

*

Ein Zimmer und ein Bad zu teilen, bringt Intimität mit sich, zwangsläufig. Keine der Bettnachbarinnen ist wie die andere. Die nächste, Marga, ist kräftig und hat einen energischen Ton. Jeden Morgen nach dem Duschen trägt sie ihren üppigen Busen nackt und würdevoll vor sich her bis zu ihrem Bett am Fenster, wo sie sich einbalsamiert und beim Anziehen ganz unglaubliche Geschichten erzählt. Sie behauptet stolz, dass sie mit einem prominenten Musiker liiert gewesen sei, dessen Namen sie aber nicht nennen könne. Und nebenbei gibt sie an, dass sie ein privates Altenheim leite.

Was macht sie hier, und was machen die Alten jetzt?, fragt sich Vera. Vielleicht tanzen sie auf den Tischen? Sie sieht den ausgelassenen Tanz der Skelette vor sich, mit dem in Mexiko an Allerseelen der Tod veräppelt wird. Totenfest in den Häusern, auf den Straßen, auf den Friedhöfen.

Ein Souvenir zwinkert Vera zu, das bei ihr zu Hause auf sie wartet: eine *Calavera*, ein Totenschädel aus purem Zucker mit pink funkelnden Augen aus Stanniolpapier, gedacht für einen Hausaltar, auf dem die Geister bewirtet werden, wenn sie einmal im Jahr zu Besuch kommen. Für sie wird alles aufgetischt, was sie zu Lebzeiten gerne mochten. Hühnchen in schwarzer Molesoße, Tortillas, Bier,

Tequila oder Cola für die Frauen. In Mexiko sind alle verrückt, vielleicht hätte ich dort bleiben sollen, denkt sie.

Auf das forsche Busenwunder folgt das krasse Gegenteil, Marlene, eine scheue, wortkarge Frau, die morgens mit ihrem türkisgeblümten Bademantel und ebenso geblümten Kulturbeutel ins Bad geht und komplett angezogen wieder herauskommt. Abends in umgekehrter Weise. Da sie sich offenbar nicht nackt oder halbnackt zeigen will, ist sie für Vera eine Heimlichtuerin und damit Hauptverdächtige in ihrer Vision, dass man sie, Vera Krüger, des Versicherungsbetrugs überführen wolle. Diese Idee braut sich nach einigen Klinikwochen in ihrem Kopf zusammen.

Ich bin doch nicht ernsthaft krank, denkt sie. Bisher dachten das nur andere. Sie meint, diesen Gedanken in den Gesichtern von Freundinnen und selbst im Pokerface von Pfleger Kunz gelesen zu haben. Habe ich nur auf ein mir bereits vertrautes Muster reagiert?, fragt sie sich. Trauma – Überforderung – Schuldgefühle – Panik – Systemcrash – Depression. Und jetzt wieder Woche um Woche in einer Klinik. Wer weiß, wie lange das meine Krankenversicherung noch mitmacht. Sie hat sicher Agenten auf mich angesetzt, die mich bespitzeln sollen. Vielleicht ist Anton von ihr angeheuert? Wieso besucht er mich jeden Tag? Ein Verdacht regt sich in ihr.

*

Aus Veras Krankenakte:
Krakelschrift: Patientin verbringt viel Zeit außerhalb der Station. Schöpft ihren zweistündigen Ausgang voll aus. Sucht keine Nähe zum Personal. Wirkt noch unsicher.
In akkurater Druckschrift: P. sagt, sie habe totale Blockaden. Sie wolle gerne beim Stationsprogramm mitmachen, könne aber nicht. Sie sei verkrampft.
Krakelschrift: P. entschuldigt sich oft bei Mitpatienten über ihr Verhalten. Sie komme mit den Aufgaben hier nicht zurecht. Sie meldet,

dass sie zittrig ist. Will über ihre Medis Bescheid wissen, fragt nach Reduzierung.

Nach rechts neigende, enge Schrift: *P. erscheint wahnhaft. Fragt, was gespielt wird. Befinde sich in unserem Spiel. Ist misstrauisch auch gegenüber dem Lebensgefährten. Macht total dicht.*

Sehr gerade, steife Schulschrift: *Frau Krüger wirkt in der Mimik lockerer, sucht aber fast keinen Kontakt zu Psychiatriepfleger. Lächelt PP mal an während des gemeinsamen Abendessens.*

*

Der Aufenthaltsraum mit Küchenzeile, langem Esstisch, schwarzer Couchecke und großem TV-Bildschirm ist Treffpunkt der wild zusammengewürfelten Schicksalsgemeinschaft auf Zeit. Vera kommt der Haufen vor wie ein Konglomerat aus bunten Kieseln, von dem immer wieder etwas abbröckelt. Aber sie selbst fühlt sich inzwischen als Urgestein, seit Monaten fest verbacken mit dieser Station, mit diesem Krankenhaus am Rande der Stadt.

Das Tagesprogramm dient als Kitt, der das Geröll zusammenhält. Die von Woche zu Woche neu verteilten Gemeinschaftsaufgaben sollen für Kooperation sorgen, bringen aber auch Zwist, bis hin zu Handgreiflichkeiten, so dass das Pflegeteam manchmal dazwischengehen und schlichten muss. Wer sich drückt oder einfach nicht funktioniert, erntet Empörung. Das bringt die Morgenrunde in Schwung.

Sie war mit Spülen dran, aber sie ist einfach abgehauen!

Er sollte die Pflanzen gießen, aber er hat sie vertrocknen lassen!

Die Küche wurde nicht aufgeräumt nach dem Kochen, wer war dran?

Hilfsbereitschaft gibt es auch, gelegentlich. Als Vera ihren Menüteller nicht aufbekommt, weil sich unter dem Deckel ein Vakuum gebildet hat, ist das ein Fall für die energische Gisela, die nach einer Woche „draußen" wiedergekommen ist. Gib mal her! Sie hat mehr Kraft, so viel Kraft, dass der Deckel aus angeblich unzerbrechlichem Kunstporzellan zerbirst und Tomatensoße über den Tisch spritzt. Gisela ist mehr erschrocken als Vera und schämt sich. Sie überreicht Vera später eine Tafel Schokolade aus ihrem Depot im abgeschlossenen Spind.

An einem langweiligen Nachmittag bildet sich im Flur eine Pfütze, die immer größer wird, gespeist von Wasser, das unter der Tür von Anjas Einzelzimmer hervorquillt. Auf Veras Klopfen reagiert Anja nicht, die Tür ist verschlossen. Wie ist das möglich?, überlegt Vera. Wir haben doch gar keine Zimmerschlüssel. Hat sie die Klinke blockiert? Vera alarmiert das Pflegeteam.

Frau Keller löst sich von der Kaffee trinkenden Gruppe im „Stützpunkt" und spricht mit Anja durch die Tür hindurch, versucht, sie zu beruhigen und bittet sie, ihre Tür aufzumachen. Als sich nach einer längeren Weile der Schlüssel im Schloss dreht und sich die Tür einen Spalt weit öffnet, flutscht die Pflegerin ins Zimmer und schließt die Tür wieder hinter sich und damit vor einer kleinen Schar Neugieriger. Sie bleibt lange drin. Das Wasser, das aus dem Zimmer geflossen war, wird zum Rinnsal und verebbt. Waschzwang, sagt Gisela. Anja muss sich sehr schmutzig fühlen, meint sie nachdenklich.

Die Männer der gemischten Station sieht Vera beim Frühsport – sprich Spaziergang, bei der Morgenrunde, in der Gruppengymnastik, im Aufenthaltsraum, beim Essen, oder sie begegnen ihr im Gang. Eines Tages hockt dort ein Neuer auf dem Boden. Sein Zimmer betreten will er anscheinend nicht. Wie ein Vogel, der seinen Hals zum Schlaf im Gefieder versteckt, hat er seinen Kopf im Schoß vergraben. Vera muss immer mal wieder nach ihm schauen, aber auf ihr Hallo reagiert er nicht. Er verharrt stundenlang unbeweglich. Plötzlich ist er verschwunden.

Der Ganghocker entpuppt sich als Ruck-zuck-Aufstehmann. Schon nach drei Tagen ist er ansprechbar, stellt sich als Sanjo vor und lächelt freundlich. Als er das Kochen fürs allwöchentliche Patientenmenü am Donnerstagabend übernimmt, verwandelt sich die Küchenzeile in ein Haute-Cuisine-Labor. Sanjo lässt Hähnchenschenkel in der zerkratzten Pfanne langsam und sorgfältig goldbraun brutzeln, dazu rührt er eine exotisch gewürzte Sauce an. Vera hat das Tischdecken für die gemeinsame Mahlzeit übernommen, doch sie sieht sich bei dieser Aufgabe behindert durch den Umstand, dass ein Teil des erforderlichen Bestecks und der Teller noch in der rauschenden Spülmaschine umhergerüttelt wird. Ein älteres Modell, der Spülgang dauert zwei Stunden. Der Koch wird nervös. Sanjo will alles auf den Punkt bringen. Er schaut sich Veras Werk an, geht von Platz zu Platz und rückt an Messern und Gabeln, an der Position der Teller. Für ihn muss alles akkurat sein, wie mit dem Lineal ausgerichtet. Servietten! Haben wir keine Servietten? Doch, da sind welche, rote Papierservietten. Er übernimmt es selbst, sie rechts von den Tellern, ordentlich zu Dreiecken gefaltet, zu platzieren. Er kann an diesem Abend nicht nur sein eigenes Essen, sondern auch seinen Erfolg bei der Stationsgruppe genießen. Für Vera setzt er ein Sahnehäubchen auf ihre Scham. Sie hatte die Aufgabe des Kochens für knapp zwanzig Leute eine Woche zuvor nur mit Hilfe einer süßlich schmeckenden Tomatensoße aus der Tüte zu pappig-weich gekochten Spaghetti bewältigt.

Anton kocht an den Wochenenden bei sich zu Hause, einfach aber gut. Vera liebt sein Kartoffelgratin, das er brutzelnd heiß aus dem Ofen holt. Aber auch wenn Liebe sprichwörtlich durch den Magen geht, köchelt ihr Gefühl für ihn auf Sparflamme, es fühlt sich für Vera flau an. Anton spürt ihre Zurückhaltung und fragt sie, ob es ihr denn recht sei, wenn er sie so oft besuche und an den Wochenenden zu sich nach Hause hole. Sie versucht, sich ihr Dasein in der Psychiatrie ohne seinen Beistand vorzustellen und erschrickt. Natürlich ist es mir recht, beeilt sie sich zu antworten. Ich freue mich, wenn du kommst. Was denkst du bloß?

Sie denkt daran, dass es ihr für eine Weile gut geht, wenn sie vor dem Einschlafen und nach dem Aufwachen an seiner Schulter liegen darf. Darauf möchte sie nicht verzichten.

*

Nach rechts neigende, enge Schrift: *Frau Krüger heute Vormittag aus der Beurlaubung zum Wochenende zurückgekommen. Sie sagt, sie habe gar keine Depression, sei deshalb zu Unrecht hier. Es sei „Betrug" am Sozialsystem. Betrug an allen, die dafür die Kosten tragen. Patientin darin nicht korrigierbar. Wahnhaftes Schulderleben. P. sagt nach langem Zögern, zusichern zu können, sich nichts anzutun → für mich akute Suizidalität. Kurzschlussreaktion im weiteren Verlauf nicht mehr auszuschließen. Schließlich Überbringung auf die geschlossene Station B5 (gegen den Willen der Pat., unter hoher Personenpräsenz ohne körperl. Gegenwehr).*

Aus Antons Notizbuch:
Was für ein Sonntag! Der Chefarzt persönlich hat mich angerufen und mir erklärt, dass Vera in die geschlossene Abteilung gebracht werden musste – zu ihrer eigenen Sicherheit. Sie habe wahnhafte Ideen und sei sehr durcheinander gewesen. Ich habe ihn gefragt, ob ich sie dort besuchen könne, und er meinte, ja, das sei möglich. Ich habe alles stehen und liegen gelassen und bin sofort hingefahren. Die Station ist im Altbau untergebracht, einem düsteren Backsteingebäude. Ich musste klingeln an der verschlossenen Glastür, und tatsächlich wurde ich eingelassen.

Im Gang saßen stumpf vor sich hinblickende oder auch brüllende Patienten. Eine Pflegerin schloss mir Veras Zimmer auf und schloss mich mit ihr ein. Mir sackte das Herz in die Hose, als ich sie auf dem Bett sitzen sah. Sie summte vor sich hin, die Melodie von *„Gracias a la vida",* dem Leben sei Dank. Und da überkam es mich, ich musste schluchzen und vergrub meinen Kopf in ihrem Schoß. Hoffentlich ging das Guckloch nicht gerade auf. Es gibt in diesem Raum nur das Bett, einen Tisch und einen Stuhl. Und eine Klappe, die sich jede halbe Stunde für ein Augenpaar öffnet, zur Sichtkontrolle. Ich sah die Staubflusen auf dem Boden, die verriegelten Fenster, die so verschmutzt sind, dass sie nicht viel Durchblick gewähren. Auch die Toilette, die ich benutzen musste, erschien mir schmuddelig.

Du musst so schnell wie möglich hier wieder raus, sagte ich zu Vera. Aber sie meinte, dass sie in diesem Zimmer wenigstens ihre Ruhe habe.

Hast du gesehen, was auf dem Gang los ist?, fragte sie mich.

Und dann hat sie so lebhaft mit mir gesprochen wie schon lange nicht mehr. Eine wahre Flut an Sätzen. Fast hätte ich mich darüber gefreut, wenn das, was sie erzählte, mir nicht einen gehörigen Schrecken eingejagt hätte.

Stell dir vor!, Anton, empörte sie sich. Zwei Polizisten sind wegen mir gekommen! Sie haben mich über das Gesetz belehrt, nach dem ich hier gegen meinen Willen festgehalten werden kann. Wegen „Gefahr in Verzug" … Ich hatte mich dagegen gewehrt, hierher gebracht zu werden. Aber plötzlich waren eine Menge Leute in meinem Zimmer. Man hat mir die Arme auf den Rücken gedreht, und dann haben sie mich zu fünft über den Hof hierhergeschoben. Ich habe mich mit den Beinen dagegen gestemmt, aber das war zwecklos. Menschen saßen am Springbrunnen und haben das beobachtet. Es war mir schrecklich peinlich.

Wie lange sollst du hier bleiben?, habe ich sie gefragt.

Erstmal vierundzwanzig Stunden, haben sie mir gesagt. Dann würden sie weitersehen.

*

Mitten in der Nacht darf Vera aus ihrer Einzelzelle in ein Zwei-bettzimmer ziehen. Aber das Zimmer ist eng und schmal, und die im

Nachbarbett liegende Mitpatientin hängt an einem Gerät, dessen Schlauch sie immer wieder abreißt. Ansprechbar ist sie nicht, sie stöhnt nur. Vera drückt mehrmals auf ihren Klingelknopf, um Hilfe zu holen. Nach dem dritten Mal kommt niemand mehr. Schlafen kann Vera nicht neben der Schlauchkämpferin. Das zögerliche Morgengrauen kommt wie eine Erlösung. Nach einer Katzenwäsche am Waschbecken hinter einer spanischen Wand setzt sie sich als oberstes Ziel: Wieder raus hier.

Am Nachmittag wird sie zum Arztgespräch gebeten. Eine Ärztin und ein Pfleger, die sie beide nicht kennt, erwarten sie. Ob sie noch immer glaube, dass sie zu Unrecht in der Klinik sei? Vera, die nun weiß, wohin Ehrlichkeit führen kann, überlegt nicht lange. Nein, natürlich nicht, sagt sie mit so viel Bestimmtheit wie möglich. Mir ging es gestern nicht gut. Ich war durcheinander.

Und jetzt geht es Ihnen besser?, wird sie gefragt.

Ja, jetzt fühle ich mich wieder ganz gut. Und das ist eine ehrliche Antwort.

Die vierundzwanzig Stunden der „Ingewahrsnahme" sind abgelaufen. Vera darf wieder auf die offene Station umziehen. Aber nun in ein anderes Zimmer, ihr bisheriges Bett ist bereits wieder belegt. Vera ist irritiert.

Sie glauben doch sicher nicht, dass sie in der Klinik zwei Zimmer in Anspruch nehmen können, spottet Pfleger Elmar Kunz. Er händigt ihr einen blauen Müllsack aus, in den man ihre Sachen aus dem Nachttisch und im Bad hineingestopft hatte. Vera schaut hinein. Ist tatsächlich nur Müll, denkt sie. Aber inmitten von Zahnbürste, Armbanduhr, Gesichtscreme und einem alten Geo-Heft über Neuseeland entdeckt sie ihren Obsidianring, den ihr Claudio bei den Pyramiden von Teotihuacán gekauft hatte. In Silber gefasstes ovales Vulkanglas. Sie hat das Geschenk des Vaters immer in Ehren gehalten, aber nun seit Monaten keinen Schmuck mehr getragen. Sie wendet den schwarz-glänzenden Ring in ihrer Hand und versucht, ihn über ihren rechten Ringfinger zu streifen. Doch er bleibt stecken vor dem Gelenk. Ihre Finger sind dicker geworden, der Ring passt nicht mehr.

Krakelschrift: Patientin bemüht sich um freundliche Fassade. Lächelt jedes Mal, wenn sie am Stationszimmer vorbeigeht. Ist aber weiterhin misstrauisch. Weicht Fragen aus. Zeigt keine Krankheitseinsicht. Option: Entlassung gegen ärztlichen Rat, wenn weiterhin keine Compliance.

Morgen und übermorgen bei Freund. Kontakt zu ihm gut. Weiterhin psychotisch anmutend. Suizidalität wird von ihr verneint. → Wenn Pat. verschwunden, dann Fahndung notwendig.

*

Sport kann vielerlei sein. Anton spielt Tennis. Er fragt Vera, ob es ihr etwas ausmache, wenn er am Wochenende an einem Turnier teilnimmt. Du könntest zuschauen, schlägt er vor. Vera mag nicht mit den Frauen der anderen Spieler sprechen, die auf der Tribüne sitzen. Was machen Sie so? Was soll sie darauf antworten?

Anton wird unsicher. Ich soll gut auf dich aufpassen, haben Sie mir in der Klinik gesagt. Kannst du mir versprechen, dass du bei mir zu Hause keinen Unsinn anstellst? Ja, sagt Vera. Ich verspreche es.

Sie ist froh, dass sie auf Antons Couch ungestört abhängen kann. Aber Anton ruft sie vom Tennisplatz aus an. Um ihr sein Matchergebnis durchzugeben, wie er sagt. Stell dir vor, ich habe den jungen Miroslav besiegt. Er war wohl nicht gut drauf.

Sport kann vielerlei sein. Für den Frühsport als Pflichtprogramm in Veras Therapiepass braucht sie keine Joggingschuhe. Ihre Schnürstiefel tun es auch für den Gruppenspaziergang. Manche gehen aufreizend langsam. Andere scharen sich um den Bewegungstherapeuten, Herrn Sauer, der in der Mitte der Truppe läuft und immer freundlich und gesprächsbereit ist. Andere wiederum nutzen seine Gutmütigkeit aus, lassen sich ihre Teilnahme im Therapiepass ab-zeichnen und kehren drei Straßen weiter heimlich um. Sauer kennt seine Pappenheimer. Falls er mal strenger war, ist ihm die Strenge im Dauerlauf zur Rente abhanden gekommen. Er habe nur noch ein Jahr in der Klinik zu arbeiten, erzählt er Vera. Sein Endspurt habe begonnen.

Sport kann vielerlei sein. Die Visite mit Chef beschert Vera ein Extratraining. Prof. Krossmann will von ihr wissen, ob sie ihre Wut rauslassen könne. Welche Wut?, fragt Vera. Auf wen sollte ich wütend sein?

Vielleicht sind Sie wütend auf sich selbst?, hakt der Chefarzt nach. Ich verordne Ihnen ein Boxsacktraining.

So ein Quatsch, denkt Vera. Aber sie ist zu verblüfft, um sich gegen diese Maßnahme zu wehren. Und Pfleger Kunz achtet darauf, dass sie sich nicht davor drückt.

Für die Durchführung ist Herr Sauer verantwortlich. Er wartet auf sie in einem Raum, in dem ein Sandsack an einer Stahlkette von der Decke hängt. Das Kunstleder ist abgewetzt von vielen Wutschlägen, die an dieser schwarzen Wurst abgeprallt sind.

Keine Sorge, sagt Sauer, während er ihr ein paar Boxhandschuhe mittlerer Größe in die Hand drückt. Ich will Sie nicht zum Box-Champion machen. Aber vielleicht haben Sie Spaß daran, dem Ding hier ein paar Schläge zu verpassen. Sind Sie Rechtshänderin, ja? Dann ist das ihre Schlaghand. Stellen Sie das linke Bein leicht nach vorne, also diagonal zur schlagenden Hand, und dann probieren sie mal zuzuschlagen. Nach Lust und Laune. Ganz locker, nicht verkrampfen.

Déjà-vu: Claudio konnte boxen, und er wollte, dass seine Töchter es lernen, um sich im Falle eines Falles selbst verteidigen zu können. Mexiko ist ein gefährliches Land, meinte er. Ich möchte nicht, dass ihr wehrlos seid, wenn ihr angegriffen werdet. Sein Sandsack hing im Keller des Hauses im Pedregal, der mit seinen Basaltwänden wie eine Höhle wirkte. Hier zeigte er Vera und Frieda, wie sie in Stellung gehen müssten – Konzentration und Spannung, Mädels! – um Attacken zu parieren. Er führte ihnen Seithaken und Aufwärtshaken vor und wie man mit einer energischen Geraden auf kürzestem Weg ins Schwarze treffen kann. Vera war froh, dass sie nie mit ihren Fäusten in Schutzstellung gehen musste, um sich gegen einen Aggressor zu verteidigen. Aber durch Claudios Training brachte sie ein gewisses Grundwissen mit zu einem irrwitzigen Erlebnis in Mexiko, das vor ihr auftaucht – aus dem glasklaren, türkisfarbenen Meer an der Halbinsel Baja California, wo sie das schwarze Geröll und den dunklen Staub des Popocatépetl für eine Weile vergessen wollte.

An der Hotelbar saß ein freundlicher, dickbäuchiger Mexikaner in den Fünfzigern, der sie zu einem Boxkampf einlud.
Zu einem Boxkampf?, fragte Vera erstaunt.
Ja, ich bin selbst eingeladen in ein Dorf hier in der Nähe, erklärte er. Das wird sicher wie ein kleines Volksfest.
Veras Neugierde war geweckt. Auf diese Weise würde sie ins Hinterland der weißen Hotelburgen kommen. So stieg sie in der Nachmittagshitze in einen Jeep und fuhr mit Señor Dickbauch über sandige Pisten, neben denen hohe Kandelaberkakteen in die Dämmerung ragten.
Es wurde kein kleines, sondern ein großes Volksfest, als sie in Miraflores ankamen und die Gastgeber voller Respekt Don José Sulaimán begrüßten. Immer wieder entschuldigten sie sich, dass sie es gewagt hatten, ihn zu so einem bescheidenen Boxkampf in ihren kleinen Ort einzuladen. Heimlich fragte Vera einen jungen Mann, ob ihr Begleiter prominent sei. Aber natürlich!, antwortete er lachend. Er ist doch der Präsident vom World Boxing Council! Es ist für uns eine große Ehre, dass er uns heute Abend besucht.

Für den Ehrengast und seine Begleitung wurde im Dorfrestaurant gekocht und gebrutzelt. Der traditionelle Steinherd in der Küche setzte der Wüstenhitze noch ein paar Celsiusgrade drauf. Dann ging es zum Boxring, der im Hof der Casa de la Cultura *aufgebaut war, wo sonst Fußball gespielt oder getanzt wurde. Der Patio saß schon voll, und der Ehrengast wurde gebührend bestaunt und beklatscht. Er musste den Ringrichter spielen. Vera sieht sich ganz vorne am Seilquadrat sitzen, wo ihr bei den Kämpfen der Schweiß der Boxer auf ihre Bluse spritzte. Sie konnte kaum hinschauen, wie die jungen Männer mit ihren Fäusten aufeinander losgingen, musste manchmal vor Schreck die Augen schließen.*

Der Star des Abends hatte den Spitznamen Pollito, *Hähnchen, und wurde mit lauten Kikeriki-Rufen begrüßt und angefeuert. Als er von seiner Ringecke aus Vera vor die Füße spuckte, hat sie ihren Platz gewechselt.* Pollito *hat dann trotzdem gewonnen. K.o.-Sieg in der dritten Runde.*

Aber wer ist hier der Gegner, wen soll sie sich vorstellen beim Boxsacktraining in der psychiatrischen Klinik, um ihn k.o. zu schlagen? Es ist ihr Trotz, der zuschlägt. Sie traktiert den Sandsack mit gebremster Kraft. Sie könnte sich den Chefarzt vorstellen, aber sie will ihm nicht den Gefallen tun, in blinder Wut auf den Sack einzudreschen, der vom geduldigen Sporttherapeuten festgehalten wird. Er will vermeiden, dass eine schlagkräftige Patientin vom zurückschwingenden Sandsack in die Ecke geschleudert wird. Aber Vera macht eine gymnastische Übung aus der Verordnung des Professors und schlägt in gleichmäßigem Rhythmus auf den Sack ein. Pause, sagt Sauer, so vorsorglich wie José Sulaimán als Ringrichter in Miraflores. Und dann: weiter. Bis sie nach mehreren Runden wieder aus dem nicht vorhandenen Ring steigen darf. In den Seilen hängt sie trotzdem in den nächsten Tagen. Aber es ist ein anderer Kampf, den sie kämpft, ein Kampf mit sich selbst. Er kostet Kraft.

*

Enge Steilschrift: Patientin kam gegen 22 Uhr vom Ausgang zurück, meldet sich bei Pflege, schaut noch ein wenig fern, räumt Spülmaschine aus. Zieht sich gegen 22.45 Uhr zurück. Schläft bei allen Observanzen.

Schlafen. Ihr Tiefschlaf war so vertrauensselig wie der einer stachelgeschützten Igelin, als sie noch Vera, die Vulkanologin, war. Eingekuschelt in ihren Daunenschlafsack, über sich die grüne Kuppel ihres wetterfesten Expeditionszelts, konnte sie mit einem Vulkan um die Wette schnarchen. Und mit seinen Schwefeldünsten konnte sie auch konkurrieren, ohne sich schämen zu müssen. Doch jetzt ist ihr der Schlaf abhanden gekommen, kann nur noch künstlich durch Tabletten eingeleitet und nur selten über eine Nacht gehalten werden. Manchmal hört sie die Zimmertür aufgehen, wenn die Nachtwache ihren Rundgang macht. Ihr Schlaf wird belauscht. Er wird dadurch nicht besser. Einmal aufgeweckt, liegt sie stundenlang wach und muss neidisch den regelmäßigen Atemzügen der Bettnachbarin lauschen.

Diesmal schleicht sich wohl Pfleger Kunz ins Zimmer, sie hat ihn am Abend zur Nachtschicht kommen sehen. Er muss mitten im dunklen Raum stehen, sie hört ihn leise atmen, minutenlang. Es wird ihr mulmig. Ist er es? Will er sich versichern, ob sie noch lebt, oder was will er? Sie hält sekundenlang die Luft an und rührt sich nicht, bis er im schwachen Lichtstrahl, der kurz durch die geöffnete Tür dringt, das Zimmer wieder verlässt.

Für einen Moment kann sie sich in ihn hineinversetzen. Hat sie doch selbst den Schlaf des Popocatépetl bewacht. Um die Bevölkerung in der Nähe des Vulkans möglichst rechtzeitig vor einem

Ausbruch warnen zu können, hat ihr Team ein ständiges Monitoring eingerichtet. Wie mit einem Stethoskop haben sie jedes Husten des Popo abgehört. Doch ihre Instrumente waren Seismografen, die feinste Bodenvibrationen registrieren, Niederschlagsmesser, Überwachungskameras und GPS-Empfänger. Die moderne Technik hat Tag und Nacht Daten geliefert, die gesammelt und wissenschaftlich ausgewertet wurden. Vielleicht haben wir den Popo in seinem Schlaf gestört, so wie Kunz, der sich nachts in unserem Zimmer umhorcht?, fragt sich Vera. Das war jedenfalls der Vorwurf der Heilerin Clemencia, die lieber ihrer Ziege und ihren Truthähnen vertraut. Wenn sie sich merkwürdig verhalten, ist ihr das Warnung genug.

Vera lässt ihre warmen Finger ihren Venushügel erklimmen und in den ureigenen Krater krabbeln. Feldforschung am Kitzler. Er wundert sich und reagiert träge auf die ungewohnten Reize. Vera stellt die Knie auf, damit weder ihre Bettnachbarin noch ein unerwarteter Pflegebesuch die Bewegungen unter ihrer Bettdecke wahrnehmen könnte. Ihre kreisenden Finger legen an Tempo zu, sie verbeißt sich lustvolles Stöhnen, und statt eines Aufschreis beißt sie sich in die linke Hand, als ihr Körper sich aufbäumt und ihr Kopf vom Kissen hochschnellt. *Tranquila!* Zur Entspannung dreht sie ab auf ihre linke Seite und lässt die Hand auf dem Hügel liegen. Ein letzter Rest an Privatleben, privatissime unter der Bettdecke.

Wenn Vera in der Morgenrunde gefragt wird: Haben Sie gut geschlafen? Dann überlegt sie, wie hoch jeweils der Anteil an Schlaflosigkeit und an künstlichem Schlaf mit Tablettenhilfe in der vergangenen Nacht gewesen ist. In ihrem Gefühl hat die Schlaflosigkeit meist die Nase vorn. Doch nun zieht die Stationsärztin eine neue Karte in der Behandlung von Veras Depression, da die Medikamente keinen sichtbaren und keinen fühlbaren Fortschritt bringen und Vera weiterhin sehr einsilbig gegenüber dem Behandlungs- und Pflegeteam ist. Schlafentzug! Sie soll eine Nacht durchmachen, heißt es. Sich künstlich wach halten.

Auch am Morgen danach nicht ins Bett gehen! Unbedingt aufbleiben. Sie werde sehen, dass dieser Schlafverzicht einen positiven Effekt haben würde.

Die Schlaftablette wird weggelassen. Dennoch wird der Kampf gegen den Schlaf so hart wie der Kampf gegen das Wachsein, den sie seit Monaten allnächtlich kämpft. Nun geht es für Vera darum, bewusst wach zu bleiben von acht bis acht, zwölf Stunden lang. Sie sitzt alleine auf der Couch im Aufenthaltsraum, zappt die Fernsehprogramme durch, kann sich aber an keiner Sendung festhalten. Alles Mist, ärgert sich Vera. Sie versucht, in den Krimi einzusteigen, den ihr Anton mitgebracht hat, und schafft ein ganzes Kapitel. Ein kleines Hoffnungswölkchen steigt in ihr auf. Kann sie wieder lesen und das Gelesene verstehen?

Sie untersucht den Inhalt des Patientenkühlschranks. Es gibt noch ein paar Reste vom Abendbüffet, sie nascht zwei Minipackungen Streichkäse und einen Erdbeerjoghurt, den sie so langsam wie möglich löffelt, um der lavazähen Zeit etwas Masse abzutrotzen. Frau Keller schiebt Nachtwache. Sie schaut nach ihr, ob sie sich auch nicht auf der Couch ausstreckt. Die Nacht ist nicht allein zum Schlafen da, summt sie vor sich hin.

Uralter Film, mault Vera. Und passt nicht. Denn darin ging es um andere Alternativen zum Schlafen. Sich ins Nachtleben stürzen, aufleben, über die Stränge schlagen.

Vera brennen die Augen, aber nicht von einer verrauchten Kneipe. Ich weiß nicht, was ich noch tun könnte, klagt sie.

Frau Keller hat eine Idee und bittet sie ins Stationszimmer. Dort steht eine Kiste mit Medikamenten, die alphabetisch geordnet sind.

Ich bin gerade am Überprüfen, ob Haltbarkeitsdaten überschritten sind. Solche Packungen müssten aussortiert werden. Das könnten Sie doch übernehmen, schlägt die Pflegerin vor.

Vera ist perplex. Für eine Weile wird sie Herrin über den Giftschrank der Station. Frau Keller sitzt allerdings neben ihr an ihrem Schreibtisch. Vera kann sich konzentrieren und leistet diesen Hilfsjob gewissenhaft. Es entsteht sogar ein kleines Gespräch dabei. Zwei Stunden gehen rum, ohne Grübeln. Aber es bleiben noch sechs, nur die Hälfte der Nacht ist geschafft.

Vera spaziert durch den Aufenthaltsraum und macht gymnastische Übungen. Liest noch ein Buchkapitel. Nascht noch etwas Käse. Zappt durch das TV-Nachtprogramm. Quält sich, bis endlich um sieben Uhr der Frühstückswagen kommt. Seit langem hat sie sich nicht mehr so sehr über eine Tasse Kaffee und ein Marmeladenbrot gefreut. Als sie danach wieder auf ihr Zimmer geht, fühlt sie sich wie magisch angezogen von ihrem Kopfkissen. Nur einen kurzen Moment … Sie schreckt auf, als Pfleger Kunz sie weckt. Sie sollen doch heute Morgen nicht schlafen!

Zu Veras Überraschung fühlt sie sich nach dieser Nacht nicht todmüde, sondern munter, wie aufgekratzt. Sie scherzt sogar mit Sanjo, der sie erstaunt anschaut, unterhält sich mit Herrn Sauer beim Morgenspaziergang und begrüßt Anton mit einem innigen Kuss am Nachmittag. Sie kann am Abend einschlafen und muss nur einmal in der Nacht aufstehen. Doch schon am nächsten Morgen ist das Stimmungshoch verflogen, weggeschwebt wie eine schillernde Seifenblase, die im Wind zerplatzt.

Der Schlafentzug soll wiederholt werden. Aber Vera wehrt sich. Andernorts wird das als Folter eingesetzt!, beschwert sie sich. Ich kann mir doch nicht immer wieder die Nächte um die Ohren hauen, damit ich für ein paar Stunden euphorisch werde?

Aber ist es nicht wunderbar, dass Sie solche Hochgefühle noch empfinden können?, fragt die Stationsärztin. Vielleicht hält die gute Stimmung beim nächsten Mal länger an!

*

Sprechen. Sie soll sprechen in der Gruppentherapie. Aber sie meldet sich nicht zu Wort. Geht es hier überhaupt mit rechten Dingen zu?, fragt sie sich. Diese aberwitzigen Geschichten, die manche Patienten erzählen, ist das real, oder soll ich hier ganz und gar verrückt gemacht werden? Ich reagiere besser nicht darauf, wenn Olaf berichtet, wie er von seiner Chefin vergewaltigt wurde. Oder wenn Frank, der Polizist, erzählt, wie plötzlich ein Messer in seinem Arm steckte, den er aus dem Fenster des Streifenwagens gelehnt hatte. Solche Storys habe ich nicht zu bieten, sagt sich Vera. Meine Story verbirgt sich vor mir. Da halte ich doch lieber den Mund.

Da sie in der Patientenrunde schweigt, lädt sie die Klinikpsychologin, Frau Hansen, zu Einzelgesprächen vor. Einmal die Woche soll sie zu ihr kommen. Andere wären neidisch auf diese Chance. Aber Vera überlegt krampfhaft, was sie ihr sagen soll. Nichts strömt aus ihr heraus, ohne dass sie es vorher in Gedanken vorbereitet hätte. Da hilft auch der duftende Jasmintee nicht, der im Zimmer der Hansen auf einem Stövchen steht. Immerhin kann sie die Gefühle ansprechen, die sie belasten: Schuld, Scham und Neid. Den Neid lässt sie ein bisschen im Nebel, denn sie ist auch neidisch auf Frau Hansen, die immer elegante Kleider in leuchtenden Farben trägt und dazu passende Schuhe. Wie Beatrice. Vera wollte nie so sein wie ihre Mutter, aber bewundert hat sie sie manchmal doch. Sie sieht ihre gepflegten Fingernägel vor sich, auf Maniküre mit silbrig-rosa-farbenem Nagellack hat sie bis zuletzt bestanden. Vera schaut verlegen auf ihre Finger, deren weiche Nägel sie immer kurz schneiden muss, bevor sie abbrechen. Die schönen Hände der Mutter hätte sie gerne geerbt.

Auch mit dem Pflegeteam soll sie sprechen. Mehr in Kontakt gehen. Ein Gespräch von täglich zehn Minuten wird von der Visite angeordnet. Wenn man etwas zu erzählen hat, ist das kein Problem, denkt Vera. Sie ist froh, wenn Anton Ideen für ein gemeinsames Wochenende hat. Einen Spaziergang, einen Einkauf, einen Ausflug ins Grüne, ein paar Ballwechsel auf dem Tennisplatz; davon kann sie dann berichten. Dass er mit ihr auch eine kleine Radtour gemacht hat oder dass sie zusammen schwimmen waren, behält sie für sich. Beides verboten, sie hat es unterschrieben. Aber so erfährt auch niemand, dass sie sich beim Schwimmen wohl gefühlt hat. So wohl wie lange nicht mehr.

Pfleger Kunz ruft nach ihr, als sie sich am Pflegestützpunkt vorbeidrücken will. Sie haben sich heute noch nicht zum Gespräch gemeldet, hält er sie zurück. Ich habe keinen Bedarf, sagt Vera und schaut in seine kühlen, blauen Augen. Aber uns ist es wichtig, besseren Kontakt zu Ihnen zu haben, sagt er.

Ich kriege das nicht auf die Reihe, auf Kommando mit Ihnen zu sprechen, erklärt Vera.

Sie kriegen wohl zurzeit gar nichts auf die Reihe?, fragt er mit hochgezogenen blonden Augenbrauen und der leisen Ironie in seiner Stimme, die Vera nicht leiden kann. So ist es, antwortet sie nur. Aber sein Satz hockt sich auf ihre Schultern, setzt sich fest in ihrem Kopf.

Soll ich ihm sagen, dass ich selbst mit meinen Freundinnen nicht sprechen kann?, überlegt sie. Corinna hat sie kürzlich zum Kaffee eingeladen, zusammen mit Hanna, der Klavierspielerin, die bei Klassenarbeiten manchmal bei Vera abgeschrieben hat. Hanna verdrehte Corinna gegenüber erschrocken die Augen. Sie meldeten ihr: Das soll Vera sein, unsere Streberin, die sich früher im Unterricht ständig zu Wort gemeldet hat? Und jetzt so starr und stumm? Vera stieß ihre Tortengabel in Corinnas Käsekuchen und war froh, dass sich die Schulkameradinnen lebhaft unterhielten, über ihren Kopf hinweg. Aber sie zuckte innerlich zusammen, als sie über sie selbst sprachen, als ob sie gar nicht anwesend sei. Hören kann ich schon noch, knurrte sie die beiden an.

*

Ein Schutzraum soll die Psychiatrie sein. Für Menschen, die sich selbst etwas antun könnten oder die sich durch eine Sucht ruinieren.

Für Männer und Frauen, die draußen, in ihrem Alltag, nicht mehr klarkommen. Die niemand aus ihrem Umkreis mehr versteht. Die es nicht mehr aushalten, gefragt zu werden: Du kannst nicht mehr lesen? Aber du konntest doch immer lesen! Du kannst nicht mehr einkaufen? Aber damit hattest du doch sonst keine Schwierigkeiten! Du kannst nicht mehr schlafen? Aber dafür gibt es doch Tabletten. Was ist eigentlich dein Problem?

In den Schutzraum flüchten sich aber auch Menschen, die Vera Angst machen. Gisela – mit den Messern im Schrankversteck. Oder Tamara, die sich in fremden Zimmern umschaut und kürzlich abends vor dem Patientenkühlschrank hockte, ihn um- und umräumte und dabei unter ihrem kurzen Rock tiefe Einblicke gewährte.

Was sagst du denn dazu?, hat Anja Vera zugeraunt.

Vera zuckte mit den Schultern und sagte nichts, sondern dachte nur: Das kann nicht real sein. Wer inszeniert das, um mich ganz und gar meschugge zu machen?

Neu hinzugekommen ist ein Krakeeler mit einer Feder im Haar, der durch den Gang rennt und dabei ein kämpferisches Kriegsgeschrei von sich gibt. Für Vera ist er von da an „der Indianer", dem sie aus dem Weg geht, bevor er noch einen Tomahawk zückt.

*

Das Medikamentenkarussell dreht sich weiter. Die neue Stationsärztin Dr. Meerbaum bringt Lithium als „Phasenprophylaxe" ins Spiel. Das Salz könne verhindern, dass sie aus der Depression wieder in eine manische Phase gleite, wieder hyperaktiv werde wie in der Zeit vor ihrem Klinikaufenthalt. Und danach in die nächste depressive Episode abstürze.

Alter Wein aus neuen Schläuchen, denkt sich Vera. Ich habe Lithium schon probiert, sagt sie der Ärztin. Aber es hat meine Hände zum Zittern gebracht, mein ganzer Körper hat vibriert, und das war unerträglich.

Frau Dr. Meerbaum nickt verständnisvoll und gibt Vera ein kleines Buch, das Wirkungen und Nebenwirkungen von Lithium erklärt. Lesen Sie das mal, fordert sie Vera auf, denn das Medikament sollten Sie dann immer nehmen.

Es wird das erste Buch seit langem, das Vera komplett von vorne bis hinten durchlesen kann. Aber das Hinten liest sie intensiver als das Vorne. Und hinten steht, dass durch die „mitunter auftretenden Störungen des zentralen Nervensystems wie Müdigkeit, Schläfrigkeit, Schwindel oder Halluzinationen die Aufmerksamkeit und das Reaktionsvermögen beeinträchtigt" werden können. Und dann die Warnung: „Fahren Sie nicht Auto oder andere Fahrzeuge! Bedienen Sie keine elektrischen Werkzeuge und Maschinen!" Vera erschrickt. Dann wäre sie für immer *out of order*, nicht nur jetzt.

Die Liste der möglichen Nebenwirkungen ist lang und reicht von A wie Akne bis Z wie Zittern und Zuckungen der Muskeln. Ein Tremor stellt sich bei Vera schon beim Lesen ein. *Bad vibrations.* Vorausgesetzt, das Lithium hat tatsächlich eine ausgleichende Wirkung bei einer bipolaren Störung, wäre dieser Effekt auch nur eine der über 50 aufgeführten Nebenwirkungen wert?, überlegt sie und spreizt abwehrbereit ihr Gefieder.

Fliehende Schrägschrift: Pat. wirkt offener nach Schlafentzug. Sie verhält sich freundlich, jedoch ruhig und distanziert. War in der Kunsttherapie, und es habe ihr Spaß gemacht.
Krakelschrift: Pat. war beim gemeinsamen Abendessen nicht anwesend, obwohl sie vorher erinnert wurde. Konnte keine Begründung dafür angeben, warum sie nicht dazukam. Hat dann später noch etwas gegessen. Weiterhin ziemlich still.
Steilschrift: Pat. wirkt leicht irritierbar, zurückhaltend, meidet jeden Kontakt. Hat ab 23 Uhr geschlafen.

Fliehende Schrägschrift: Zu Dienstbeginn befand sich Pat. im Bad zur Körperpflege, danach gekleidet zu Bett. Verweigert Medikamenten-Einnahme. Kann auf Nachfrage keine Begründung angeben. Chefarzt gerufen. Lehnt auch bei ihm Medikamenten-Einnahme strikt ab. Bis jetzt im Bett (13 Uhr).
16 Uhr: Stiller Alarm. Patientin verweigert Essen und Trinken sowie ihre Medikamente. Extrem angespannt, wahnhaft, glaubt vergiftet zu werden. Nach längeren Gesprächen mit der Patientin wird sie wegen Eigengefahr fixiert mit leichter Gegenwehr. Danach auf die geschlossene Station B5 gebracht.

B5-Bericht:
16.30 Uhr: Übernahme der Patientin Dr. Vera Krüger von Station B3. Sediert mit Tavor.
19 Uhr: Frau Dr. K. ist im Kontakt etwas zugänglicher, nimmt etwas zum Trinken an.
20 Uhr: Pat. wurde nach mündlicher AO vom Oberarzt nach bestehender Absprachefähigkeit entfixiert. Bleibt im Beobachtungszimmer. Hatte Besuch vom Lebensgefährten. Um 21.30 Uhr auf normales Zimmer verlegt.

Veras Generalstreik hat zur Fesselung geführt. Nicht an drei, nicht an fünf, nein – an sieben Punkten wird sie am Bett fixiert. Und es ging wirklich fix. An Armen und Beinen sowie an den Schultern und Oberschenkeln festgeschnallt, bleibt ihr kein Fitzelchen mehr an Bewegungsmöglichkeit. Regungslos, wehrlos. Nur noch mit den Augen rollen kann sie. Sie könnte auch noch sprechen, aber sie ist sprachlos. Hatte sie ein aggressives Verhalten an den Tag gelegt? Hatte sie um sich geschlagen, getreten, gebissen, gespuckt? Sie kann sich im Nachhinein nicht an solche Bösartigkeiten erinnern. Aber ihre unterdrückte Wut über die zwangsweise Verkuppelung mit ihrem Bett, das in den Aufzug und dann durch labyrinthische

Kellergänge gefahren wird, über ihr vorbeisausend die blau-weißen Neonleuchten an den Decken – diese Wut wird sich in ihr einnisten. Vielleicht hätte sie keine Chance dazu gehabt, wenn Vera eine Erklärung dafür bekommen hätte, warum sie überwältigt und ihres freien Willens beraubt wurde.

Minischrift, kaum leserlich: Frau Dr. Krüger ist zurück von Station B5. Nahm am Patienten-Kaffee teil, hat dabei aber kein Wort gesprochen. Wirkt wie versteinert. Ausgang auf 2 Stunden in Begleitung beschränkt.

Fliehende Schrägschrift: Nachtdienst / Patientin V. Krüger wirkt leicht beschwingt, lebendig! Spricht von sich aus nicht über die Situation (Verlegung auf Station B5), tut, als sei nichts gewesen, zeigt sich freundlich und angepasst. Schlief bei den Rundgängen.

Steilschrift: Patientin in der Morgenrunde sehr starr und verkrampft wirkend. Zeigt auf Themen dort keinerlei Reaktion. Scheint sehr bemüht, einen geordneten und stabilen Eindruck zu machen.

Krakelschrift: Pat. wirkt fassadenhaft. Sucht von sich aus keinen Kontakt. Auf Ansprache verzagt lächelnd. Erhielt am Abend Besuch von ihrem Lebenspartner.

*

Aus Antons Notizbuch:

Heute, nach monatelanger Krankheit von Vera, fange ich wieder an, Tagebuch zu schreiben. Den Gedanken daran hege ich schon seit Langem, es ärgert mich, dass ich eine ganze Weile lang nichts notiert habe.

Ich bin zutiefst erschüttert, traurig, fassungslos und enttäuscht darüber, dass es Vera wieder schlecht geht und wie verwirrt sie ist. Ich schlafe schlecht und habe kaum noch andere Gedanken als die an Vera. Was habe ich in den vergangenen Monaten gehofft, befürchtet, geweint, gejubelt. Immer wieder gab es neue Situationen, darunter ganz schreckliche. Aber es gab auch wunderschöne Momente, in denen ich eine intensive Nähe zu Vera gespürt habe. Immer hatte ich das Bedürfnis, sie zu sehen, mit ihr zu reden. Selten waren die Begegnungen schwierig, nur zwei- oder dreimal konnte ich ihr gegenüber meine Enttäuschung nicht unterdrücken.

Mehrmals wurde sie von der offenen in die geschlossene Station verlegt und wieder zurück. Rein – raus – rein – raus. Einerseits bin ich froh, dass mich das Behandlungsteam inzwischen einbezieht und informiert, wenn es kritisch wird. Andererseits ist mir bange vor abendlichen Anrufen. Vera ist sehr verwirrt, kann sich an viele Dinge nicht erinnern. Allerdings erscheint sie mir nicht mehr depressiv. Sie redet recht normal, telefoniert selbstständig, ist aktiv.

Wir hatten für heute vereinbart, zu ihr nach Hause zu gehen, damit sie sich noch ein paar Sachen holen kann. Wir gehen in ihre Wohnung, aber auf die Bitte, sich ein bisschen Wäsche zum Wechseln einzupacken, bindet sie sich nur noch zwei zusätzliche Schals um. Ich kann sie nicht dazu bewegen, noch etwas anderes mitzunehmen. Auf dem Rückweg schiebt sie mich immer wieder in eine andere Richtung, als ob sich alles in ihr gegen die Psychiatrie sträuben würde. Als wir endlich in der Klinik ankommen, setzen wir uns kurz unten in die Eingangshalle, aber dann springt sie wieder auf und will nochmal raus „an die frische Luft". Wir gehen noch ein kurzes Stück. Dann bringe ich sie auf die Station, aber sie geht nicht in ihr Zimmer, sondern läuft weiter auf dem Flur herum, als ich mich von ihr verabschiede.

Am Abend erhalte ich eine Nachricht von Frau Keller aus der Klinik. Sie teilt mir mit, dass Vera versuche, einen Pannendienst zu erreichen, der ihr Auto abschleppen oder reparieren solle. Sie bittet mich, mit Vera zu sprechen. Ich erreiche sie auf ihrem Handy. Sie hat wohl tatsächlich den ADAC angerufen, konnte aber nicht den Standort ihres Fahrzeuges nennen. Sie reagiert ungehalten und wirft mir vor, dass ich mich „auch noch in diese Angelegenheit einmische", als ich ihr erkläre, dass ihr Auto in der Garage stehe und alles in Ordnung sei. Später kommt mir der Gedanke, dass sie sich öfters darüber Sorgen gemacht hat, dass das Auto lange nicht bewegt wurde. Ich telefoniere nochmal mit Frau Keller, die mir sagt, dass sie Vera eine Tavor-Tablette gegeben hat. Sie hofft, dass Vera sich beruhigt.

Steilschrift: Patientin hat sich am Vormittag nach 23-Stunden-Urlaub am Wochenende vorgestellt. Wirkte in der Mimik lockerer und weicher, lächelte auch. Ihr wäre es schon lange nicht mehr so gut gegangen. Sie sei mit ihrem Freund auf einem Flohmarkt und in einem Restaurant gewesen. Sie beschreibt ihre bevorstehende Entlassung als „in Ordnung". Auf mich wirkt die Pat. nicht so gut, wie sie sich selbst beschreibt.

*

Aus Antons Notizbuch:
Ich sehe kein Behandlungskonzept. Sie probieren anscheinend ein Medikament nach dem anderen aus. Und sie beziehen mich nicht ein bei ihren Maßnahmen. Niemand fragt mich, wie es Vera geht, wenn sie am Wochenende bei mir ist. Niemand fragt mich nach meiner Einschätzung. Beim nächsten Arztgespräch will ich dabei sein. Ich bin zwar nicht ihr Ehemann, aber sie hat ja keinen. Und ich stehe ihr doch sehr nahe. Vielleicht würde es ihr in einem privaten Umfeld besser gehen? Ich weiß es nicht.

Sie haben mich tatsächlich zum Gespräch eingeladen. Die Stationsärztin und ein Pfleger erwarteten mich, zusammen mit Vera. Dass sich ihr Zustand nicht gebessert hat, ist offensichtlich. Ich bin weiterhin völlig blockiert, hat sie gesagt. Und ihr Schuldpaket werde immer größer. Zu dem diffusen Schulderleben am Popocatépetl – sie kann sich immer noch nicht erinnern, was genau dort passiert ist, woran sie schuld sein könnte! – fühlt sie sich nun auch schuldig am Tod der Mutter. Beatrice sei es so gut gegangen bei der Familie von Frieda. Und als sie dann von ihr betreut werden sollte, sei alles schief gelaufen. Beatrice habe das Altenheim gehasst. Vera glaubt, sie habe sich nicht genug um sie kümmern können. Und ob die Entscheidung gegen eine Magensonde wirklich richtig war, wisse sie auch nicht.

Aber Vera, habe ich eingeworfen, es war doch ihr Wille, und du hast diese schwere Entscheidung nicht allein gefällt!

Sie hat allerdings nur vor sich hin gestarrt und gesagt: Sie könnte noch leben.

Und dann hat sie gefragt, ob sie entlassen werden könnte. Sie wolle nicht weiter dem Gesundheitssystem auf der Tasche liegen.

Die Ärztin und der Pfleger sind kurz rausgegangen, um sich zu beraten. Dann kamen sie wieder rein und haben einen Belastungstest vorgeschlagen. Vera solle eine Nacht alleine in ihrer Wohnung verbringen. Und danach könne sie zum Wochenende entlassen werden – aber „gegen ärztlichen Rat", wie sie betont haben.

Mir wurde etwas mulmig dabei, aber Vera hat zugestimmt. Wenn es nicht gut geht, kann sie ja weiter in der Klinik bleiben, ist mein Gedanke.

*

Nach Hause. In die fremd gewordene Wohnung. Eine Übernachtung als Test. Routineregel. Das Tagesprogramm noch. Progressive Muskelentspannung nach Jacobsen. Eine Muskelgruppe nach der anderen anspannen und wieder entspannen. Zehn Menschen versuchen es, dicht an dicht in dem kleinen Raum am Boden. Vera gelingt heute nur die Anspannung.

Ein sonniger Frühlingstag. In der kurzen Pause vor der Ergotherapie hängt sie ihre Füße in den plätschernden Brunnen im Hof und lauscht den Gesprächen von zwei Mitpatientinnen. Nein, sie lauscht nur ihren Stimmen. Menschliche Stimmen, etwas Nähe. *Was ich noch zu sagen hätte, dauert eine Zigarette ...,* summt es in ihr.

Sie würde Anton hintergehen müssen. Sein Vertrauen missbrauchen. Heimlich, hinter seinem Rücken. Aber das erscheint ihr weniger schlimm, als ihm weiter zur Last zu fallen. So lange schon, aber nicht bis unendlich. Nicht weiter zögern. Das Mosaik drängt zur Vollendung, es fehlen nur noch wenige Steinchen. Eines fügt sich zum anderen.

Sie soll entlassen werden, ohne geheilt zu sein. Ist sie ein hoffnungsloser Fall? Sieh zu, wie du zu Hause klarkommst. Du machst nicht mit, du willst gar nicht gesund werden, oder? Gesagt hat das niemand, aber gedacht haben sie es sicher.

Immer die ernsten, fragenden Blicke in der Stationsrunde, in der Gruppentherapie, beim Arztgespräch. Aber sie kann nur kurze Aufhellungen ihrer Stimmung melden. Die ist wie ein Rauchhimmel, aus dem manchmal ein Sonnenstrahl herausblitzt.

Sie packt eine kleine Tasche, noch mehr in Zeitlupe als sonst. Sie meldet sich ab, trägt sich auf der Abwesenheitsliste aus. Bis morgen.

Der Weg zu ihrer Wohnung so nah und doch so weit. Was nimmt sie wahr? Die junge Mutter auf einer Bank, die ihren Kinderwagen ruckelnd vor- und zurückschiebt? Braun-rot verblühte Tulpen? Das in einem Kuss versunkene Paar? Die Rollator-schiebende Frau, die sich den Hang hinaufquält? Veras Schritt ist mechanisch. Schaut mich nicht an.

In ihrer Wohnung stellt sie den Fernseher an, ein Krimi läuft, es zieht sie auf die Couch. Doch sie wendet sie sich ab vom Geschehen auf dem Bildschirm, lässt ihn in ihrem Rücken flimmern. Stimmen und Musik nimmt sie wahr als leise blubbernden Brei, der über den Topfrand läuft, unaufhaltsam. Nichts mehr aushalten müssen ...

Auch die anderen sollen mich nicht mehr aushalten müssen. Um diesen Satz kreisen ihre Gedanken wie um die Mitte eines Ketten-karussells, in dem sie Platz nimmt, um durch die Lüfte zu schwingen. Da sitzt Vera, das Mädchen im Villenviertel des Pedregal, das mit ihrer Schwester Frieda um die Hängematte im Garten kämpft. Lupita im Sitz nebendran klammert sich mit geschlossenen Augen an ihre Ketten, ihr blauer *Rebozo* weht hinter ihr her. Claudio und Beatrice: Das Elternpaar winkt ihr selig zu. Die gute Corinna lässt juchzend ihre Beine baumeln. Berthold, der alberne Prof, stupst sie an, sodass sie zu schaukeln beginnt. Und Mateo, drei Sitze hinter ihr, schaut zu. Immer musst du im Hintergrund sein, ruft ihm Vera zu. Das Karus-sell rotiert, nimmt Fahrt auf und schraubt sich dabei nach oben. Auf dem höchsten Niveau geht Veras Blick über die Ränder des dicht bebauten Stadtkessels hinaus. Im Hintergrund ragt der Popocatépetl auf, friedlich, mit schneebedecktem Kraterrand. Das Karussell dreht sich, Anton schaut von unten zu ihr hoch. Bei jeder Runde trifft sie sein ernster Blick.

Sie weiß, dass er heute nicht kommen kann, ausnahmsweise, er hat ein Abendseminar. Sie wacht auf mit dem Gedanken, du musst einen Brief schreiben. Ein Buch fällt ihr ein, sie sucht und findet es im Regal. Jemand hat Abschiedsbriefe gesammelt. Lange, litera-rische. Sie blättert darin herum.

Aber ihr Abschied hat keine Bedeutung, ist völlig nichtig, wie alles in ihrem Leben. Ihre Gedanken überschlagen sich. Wichtig erscheint ihr nur noch, dass sie es nicht mehr aushält, nicht drinnen und nicht draußen. Aber niemand hat Schuld! Vor allem du nicht, Anton. Keine Schuld. Nur ich, ganz alleine. Danke für alles. Ich bitte alle um Verzeihung. Mehr geht nicht als dieses gekritzelte Gestam-mel auf einem Zettel. Wie banal. Aber ich will mich nicht mehr schämen. Jetzt ist Schluss damit, sagt sich Vera.

Schon Mitternacht. Sie betritt ihren kleinen Balkon. Über ihr wölbt sich eine schmale Mondsichel. Flieder duftet süß, hinterhältig verführerisch. Es könnte einer dieser besonderen Augenblicke sein, in denen sich die Gefühle wie im Rausch loslösen vom Denken. Aber sie hält sie im Zaum, drückt das Aufbäumen nieder und geht zurück in die Küche. Auf dem Tisch liegen ihre gesammelten Vorräte, angebrochene Packungen mit verschiedenen Namen. Die von Dr. Neuner verschriebenen Tabletten, die ihr zu Hause in den Schlaf helfen sollten, von denen sie aber immer nur wenige genommen hat, weil sie nicht abhängig werden wollte von Medikamenten. Nicht abhängig werden, selbstständig bleiben – das war ihr immer wichtig gewesen, seit sie sich von ihren Eltern abgekoppelt hatte. Aber wenn Kopf und Seele nicht mehr mitspielen? Dann bleibt nur noch ein letzter selbstständiger Akt. Möglichst schmerzfrei. Sie schenkt sich ein Glas vom goldgelben Riesling ein, den Claudio besonders gerne mochte. Die grüne Flasche stammt aus seinem Weinkeller, ein reifer Jahrgang. Sie fühlt sich überreif.

„Ich weiß wirklich nicht, worüber sich die Geisteskranken so aufregen, wenn man sie dort einsperrt. Man kann auf dem Boden herumkriechen, wie ein Schakal heulen, man kann toben und beißen. Wenn man so was auf der Promenade täte, würden sich die Leute wundern, dort aber ist das was ganz Stinknormales. Dort herrscht eine solche Freiheit, wie es sich nicht einmal die Sozialisten erträumen konnten ... Die paar Tage, die ich im Irrenhaus verbracht habe, gehören zu den schönsten in meinem Leben. "

(Aus: Jaroslav Hašek: Die Abenteuer des guten Soldaten Svejk im Weltkrieg. Übersetzung von Antonín Brousek)

6. Kapitel – Drinnen

Die Kirchenglocken läuten Sturm. Eine autoritäre Stimme dröhnt im Stakkato durch die Lautsprecher an der Plaza von Xalitla. Alarmstufe Rot, folgen Sie dem Evakuierungsplan, halten Sie Ihr Notgepäck bereit! Vergessen Sie nicht Ihre Dokumente: Ausweise, Besitztitel, Heiratsurkunde! Nehmen Sie eine Lampe, Medikamente und ein Batterieradio mit. Begeben Sie sich zu den Sammelplätzen und folgen Sie den offiziellen Anweisungen!

Vera fährt in umgekehrter Richtung, bergauf. Nein, sie fährt nicht, sie hält sich nur fest. Neben ihr ein Mann mit wippendem Sombrero, der den Jeep über die Piste zum Popocatépetl brettern lässt. Ist es einer der Anthropologen, die Professor Castro, der Leiter des Forschungsteams, zur Unterstützung angefordert hatte, um die Bevölkerung der Vulkandörfer herauszulocken aus der Gefahrenzone?

Noch immer stemmen sich etliche Dorfbewohner stur gegen ein Verlassen ihrer Häuser. Beim letzten Mal waren unsere Tiere tot und unsere Felder geplündert, als wir zurückkamen, sagen sie.

Um sie vom Ernst der Lage zu überzeugen, brauchen wir Leute, die ihre Sprache sprechen, die sie verstehen, so Prof. Castros Strategie.

Vera sieht sich inmitten einer Versammlung im Gemeinschaftssaal des Dorfes stehen, bei der es hoch her geht. Sie ist genauso angespannt wie Jo, ihr Teamkollege Jochen Nowak, der neben ihr steht. Vor ihnen ein schwarzer Pferdeschwanz, durchsetzt von grauen Strähnen. Der Bürgermeister bittet die Antropólogos zu sich auf die Bühne, und der Mann mit dem langen Haarschopf geht nach vorne.

Ich begrüße Dr. Mateo Gómez, sagt der Bürgermeister.

Vera wird es schwarz vor Augen. Mateo! Nicht drei Meter, sondern fast zwanzig Jahre liegen zwischen ihnen. Sie sucht nach Halt und greift nach Jos Arm, um nicht umzukippen.

Castro ist froh, dass er so schnell kommen konnte, flüstert ihr Jo zu. Er hält ihn für besonders kompetent und glaubwürdig: ein indianischer Anthropologe ... Und Náhuatl spricht er auch, obwohl er aus dem Volk der Purépecha stammt.

So verstehen die Vulkanologen nur noch das „nano toka", das Hallo, das die Vera so vertraute Stimme den Dorfbewohnern zuruft. Immerhin, sie hören ihm zu. Und die Hälfte der Anwesenden kann er überzeugen, die bereitstehenden Kleinbusse zu besteigen, um Zuflucht in den Notunterkünften zu suchen, die weiter unten in gehörigem Abstand zum rebellischen Berg liegen. Die anderen eilen in ihre casitas, um sich zu verbarrikadieren. Sie meinen, ihren Don Goyo besser zu kennen als alle studierten Vulkanforscher, Professoren oder blonde doctoras, die sich mit ihrem Instrumentarium an seinem Leib zu schaffen machen. Wenn Don Goyo in Wut ausbricht, dann ihretwegen. Sie sollten ihn besser in Ruhe lassen.

Fenómeno! Nicht zu fassen! Xúmu, du bist hier, sagt Mateo überrascht, als er sich dem Einsatzteam zuwendet und Vera entdeckt.

Du am Popocatépetl? Du hast es geschafft, deine Träume zu verwirklichen?

Vera nickt, sprachlos. Nicht nur sie fühlt ein Vibrieren unter ihren Füßen, die Umstehenden schauen alarmiert. Der Bürgermeister löst die Versammlung auf.

Aber jetzt solltest auch du schleunigst das Dorf verlassen, fordert Mateo sie auf.

Don Goyo hält gerade die Luft an, meint Vera. Ich möchte noch bleiben, um weitere Menschen aus ihren Häusern zu holen, damit der Traum nicht zum Alptraum wird.

Dann bleibe ich auch, obwohl mir die Lage schon ziemlich brenzlig erscheint, sagt Mateo.

Da ist es wieder, durchzuckt es Vera, sein gutmütig-spöttisches Lächeln mit zusammengepressten Lippen, das seine Augen in schmalen Lidschlitzen verschwinden lässt. Es macht ihr das Gesicht, das ihr einst so nahe war, wieder vertraut, auch wenn sich ein paar Furchen neben seinen breiten Nasenflügeln eingegraben haben.

Ein Gefährt nach dem anderen verlässt vollgepackt mit Menschen und ihren Notfallbündeln das Dorf, Scheibenwischer kämpfen gegen den Ascheschnee. Mateo begleitet Vera von Haus zu Haus, um weitere Dorfbewohner zum Aufbruch zu bewegen. Weiße Tücher markieren die Häuser, die verlassen wurden. Diejenigen, die sich noch nicht evakuieren ließen, haben noch kein weißes Tuch rausgehängt. Mateo fragt die Starrköpfigen, wie sie mit wütenden Menschen umgehen, ob man sich vor ihnen nicht besser aus dem Staub mache? So wie jetzt vor dem Popocatépetl und seinen Wutausbrüchen?

Weitere Familien steigen in die abfahrbereiten Busse und auf die Ladeflächen der Pick-ups, die Staub- und Aschewolken hinter sich lassen.

Sollten wir jetzt nicht auch ...? Mateo schaut besorgt.

Nein, wir haben noch nicht alle erreicht, meint Vera. Aber ich bin sehr erschöpft und muss mich etwas ausruhen, um Kraft zu tanken.

Mateo sitzt neben ihr in ihrem engen Betonschlauchquartier und bewacht ihren Schlaf. Doch als sie aufwacht, kriecht er unter ihre Bettdecke. Der Rest der Nacht gehört ihnen, mitten im vulkanischen Inferno darf ihre Leidenschaft wieder ausbrechen und das Getöse drumherum vergessen machen. Qué milagro, *was für ein Wunder, murmelt Mateo immer wieder.*

Das hast du als Junge oft gesagt, erinnert sich Vera, als du bei uns im Haus warst.

Ja, bei euch war vieles sehr merkwürdig für mich. Aber jetzt ... Wenn das kein milagro *ist, dich hier wiederzufinden!*

In enger Umklammerung mit Mateo wacht Vera auf mit der Sorge um Doña Clemencia und ihre Familie. Wir müssen nach ihr schauen, sagt sie unruhig. Als tiempera *hat sie ein ganz persönliches Verhältnis zu Don Goyo. Sie sieht ihn manchmal als gebeugten alten Mann, mit verkohlter Kleidung und Brandwunden an den Armen, der sich in den Maisfeldern versteckt und Wünsche äußert.*

Das kann ich mir vorstellen, sagt Mateo. Meine Leute, die Purépecha, sehen die Berge auch als lebende Wesen. Und jeder Vulkan hat ein tonalli, *einen Geist, eine eigene Persönlichkeit. Dass der Popocatépetl kein toter Berg, kein kaltes Gestein ist, können wir nun alle sehen, oder?*

Hastig steigen die beiden hoch zum Haus von Clemencia, die schweflige Luft macht das Atmen schwer. Keine weiße Fahne der Kapitulation hängt an der Haustür, aber sie ist abgeschlossen. Clemencias Ziege meckert aufgeregt hinter ihrem Gatter. Ein Truthahn reckt seinen roten Hals im Gärtchen hinter dem grüngestrichenen Haus, spreizt sein Gefiederrad und gockelt.

Sie sind nicht weg, aber sie sind auch nicht da, wundert sich Vera.

Könnte es sein, dass sie manchmal dem Popocatépetl Opfer bringen, wenn sie ihn besänftigen wollen?, fragt Mateo.

Ja, ich war einmal bei einem solchen Ritual dabei. Aber sie werden doch nicht zum Ombligo, dem Zeremonialplatz, hochgelaufen sein? Es ist fünf vor zwölf, Mateo! In den letzten 24 Stunden wurden bereits zig kleinere Eruptionen registriert. Unsere Messgeräte laufen auf Hochtouren, die Vulkanampel steht auf rot!, ruft Vera aufgeregt.

Als Schamanin fühlt sich Clemencia auf ihre Weise verantwortlich für die Menschen im Dorf. Sie sieht es sicher als ihre Pflicht, mit Don Goyo zu verhandeln. Aber wir wissen nicht, wie viele Leute sie mitgenommen hat, wirft Mateo ein.

Wir sollten ihnen entgegenfahren, um sie zu retten, meint Vera.

Sie rennen den Hang hinunter. Vera greift in ihrer Bude nach ihrem Schutzhelm, und Mateo setzt sich ans Steuer des Jeeps, der vor dem leeren Gehöft steht. Der Motor heult auf und brummt laut, während sich der Wagen auf dem Schotterweg bergauf kämpft. So hören sie das Gepolter, das von oben kommt, zu spät. Der zornige Popocatépetl hat einen Bombenhagel aus seinem Schlot geschleudert. Eine Lawine schwarzer, heißer Brocken rollt talwärts, ist schneller als der Jeep, der auf der steinigen Piste nicht ausweichen kann. Vera spürt einen Stoß, hört ein Krachen und schreit: Mateo!

*

Mateo!, entfährt es Vera, gefolgt von einem Hustenkrampf, der sie schüttelt.

Eine Stimme versucht, sie zu beruhigen. Ich bin es, Anton.

Die Höllenfahrt verschwindet in einem Tunnel, aus dem Vera nur ganz langsam herauskriechen kann, als ob ihre Füße an Pech kleben würden. Hinter ihren Augenlidern nimmt sie ein grelles Rot wahr. Eine blendende Helligkeit empfängt sie beim Blinzeln. Und das verschwommene Gesicht von Anton, der in grüner Schutzkleidung an ihrem Bett sitzt und mit einem tiefen Seufzer nach ihrer Hand greift. Du bist wieder da!, sagt er erleichtert.

Ich war am Vulkan, krächzt Vera. Anscheinend wurde ich gerettet?

Ja, aber zum zweiten Mal. Du wolltest uns verlassen, murmelt Anton.

Sie schaut ihn lange an, dann entdeckt sie den Monitor an ihrem Bett, der ihre Körperfunktionen überwacht und aufzeichnet, und betastet die Schläuche, die an ihr hängen.

Hast du mich gefunden, Anton?

Nein, ich war es nicht. Deine Schwester wollte dich mit ihrem Besuch überraschen. Als du auf ihr Klingeln nicht reagiert hast, fiel ihr ein, wo du den Notschlüssel versteckst. Sie hat dich gefunden, in der Küche. Es ist ein Wunder! Doch du warst schon ganz weit weg. Sie hat den Notarzt alarmiert. Er hat dich gerettet und das Team hier in der Intensivstation.

Vera sieht, dass seine Augen glasig werden, bevor seine Brillengläser beschlagen. Er schnäuzt sich kräftig.

Friedas Gesicht taucht hinter ihm auf. Vera! Ich bin so froh, dass du wieder wach bist, ruft sie. Drei Tage hast du hier im Koma gelegen. Wir wussten nicht, ob und wie du wieder zu dir kommen würdest. Kann ich dir irgendeinen Wunsch erfüllen? Hast du auf irgendetwas Lust?

Schwarzwälder Kirschtorte, murmelt Vera heiser.

Ich versuche, ein Stück zu besorgen, sagt Frieda und verschwindet wieder, um nicht die Fragen zu stellen, die in ihr brennen. Warum hast du das getan? Oder: Warum wolltest du uns das antun? Oder um zu sagen: Ich hätte nie gedacht, dass du so etwas tust. Du bist doch nicht der Typ, der Selbstmord begeht.

Mit dem Geschmack von Schokoteig, sauren Kirschen und süßer Sahne im Mund schläft Vera wieder ein. Im Traum erscheint ihr der Jeep im Vulkanhagel, aber als Standbild. Wie ein eingefrorener Film.

Plötzlich gerät die Szenerie in Bewegung. Oder ist es ein anderer Film? Max kommt knurrend aus einem Gebüsch gerannt. Er trägt eine menschliche Hand im Maul und will sie nicht hergeben. Von aufgeregten Stimmen wird Vera aus ihren Alpträumen gerissen.

Hier kommt die Nächste! Intoxikation mit Schlaftabletten.

Wo wurde sie gefunden?

Sie lag in ihrem Wohnzimmer. In Erbrochenem. Aspiration.

Wie lange? Wer hat sie zuletzt gesehen?

Nicht bekannt.

Intubation, Luftröhre absaugen, Beatmung!

Vera kann den hektischen Kampf um ein anderes Leben nur hören, er spielt sich hinter dem dunklen Stoff eines Wandschirms ab. Auf Veras Bettkante hat Genossin Scham Platz genommen, kopfschüttelnd. Und sie macht sich breit bei der Äußerung einer Ärztin, die Vera am nächsten Tag auf ihre Entlassung vorbereitet: Sie werden heute abgeholt und wieder in die Psychiatrie gebracht. Dort werden Sie schon erwartet, sagt die eilige Frau im weißen Kittel.

Ein höhnischer Unterton bei dieser Ankündigung ist für Vera nicht zu überhören. Er macht ihr Angst, aber er macht sie auch kämpferisch. Wie kann sie dem Automatismus entgehen, mit dem Menschen nach einem Suizid-Versuch auf eine geschlossene Station kommen, um Wiederholungstaten vorzubeugen?

Im Aufnahmebüro der Psychiatrie wird sie tatsächlich erwartet. Ihre Ex-Stationsärztin und die Oberärztin nehmen sie in Empfang. Sie wollen verstehen, was in Vera vorging in der einen Nacht, die sie in ihrer Wohnung verbracht hat. Was waren die Gründe für Ihren Versuch, sich das Leben zu nehmen?, fragen sie.

Vera sagt: Kurzschlusshandlung. Ich wollte niemandem mehr zur Last fallen. Aber nun weiß ich, dass es Menschen gibt, denen ich noch etwas bedeute. Ich werde es nicht mehr tun, beteuert sie.

Eine halbe Stunde lang versuchen die beiden Ärztinnen, in Veras Innenleben einzudringen, um sicherzugehen. Dann entscheiden sie, dass Vera auf die offene Station zurückkehren darf. Aber unter einer Bedingung: Sie müsse einen Non-Suizid-Vertrag unterzeichnen.

Vera ist erleichtert. Sie würde alles unterschreiben, was sie vor der Geschlossenen bewahren könnte.

*

Non-Suizid-Vertrag

1) *Bei einer suizidalen Krise werde ich zunächst versuchen, mich mit einer Entspannungsübung (Autogenes Training, Muskelentspannung nach Jacobsen, Atemübung) zu beruhigen.*
2) *Ich werde auf meine Gefühle/Gedanken achten und ihnen nicht ausweichen.*
3) *Ich werde meine Gefühle/Gedanken aufschreiben.*
4) *Ich werde eine (vorher festgelegte) Vertrauensperson anrufen oder besuchen, wenn es mir nicht besser geht.*
5) *Ich werde auf Station anrufen oder mich persönlich beim Team melden, wenn die Person meines Vertrauens nicht erreichbar ist.*

Unterschrift Patient/in: Dr. Vera Krüger
Unterschrift: Dr. Angela Meerbaum (Stationsärztin, B3)

*

Nach rechts neigende, schwungvolle Schreibschrift: *Stimmung der Patientin gedrückt, war mit ihrem Lebensgefährten im Ausgang. Fühlt sich lethargisch und kraftlos. Möchte partout auf einen Schlag* *wieder körperlich fit sein. Setzt sich selbst unter Druck. Zurzeit habe sie keine suizidalen Gedanken. Fürchtet sich vor den ersten Kontakten in ihrem sozialen Umfeld nach dem Suizidversuch, weiß nicht, ob sie darüber sprechen will.*

Akkurate Druckschrift: *Frau Dr. Krüger schämt sich für ihren Suizidversuch, vor allem vor ihren Freundinnen. Möchte nicht in die Öffentlichkeit. Sie hat das Gefühl, man sehe es ihr an. Zurzeit keine Suizid-Gedanken.*

Corinna besucht Vera in der Klinik. Sie bringt einen leuchtendgelben Tulpenstrauß, aber auch ihre Enttäuschung mit. Warum hast du mir vorher nichts gesagt?, fragt sie Vera.

Niemandem habe ich etwas gesagt. Ich wollte doch nicht von meinem Plan abgehalten werden. Ich habe es ernst gemeint, sagt Vera. Ich konnte einfach nicht mehr.

Corinna schaut unter sich. Ich fühle mich so hilflos als Freundin, der du nicht vertrauen kannst.

Auch die besten Freundinnen vertrauen sich nicht alles an, oder? Ich weiß so gut wie gar nichts von deinem Verhältnis zu einem verheirateten Mann, wendet Vera ein.

Aber das soll doch nicht herauskommen!, wehrt sich Corinna.

Eben, sagt Vera.

Anton holt sie ab zum Spaziergang im Botanischen Garten. Hinter dem mit schmiedeeisernen Girlanden verzierten Tor tanzt der Frühling mit all seinen Farben und Düften. Er will mir die Schönheit der Welt zeigen, denkt Vera. Die rosa Wolke des Magnolienbaums erinnert sie an die Flamingos an einer tropischen Lagune in Mexiko, die sie vom Boot aus beobachten konnte. Vielleicht könnte ich Anton einmal die Schönheiten Mexikos zeigen, überlegt sie und schaut ihn heimlich von der Seite an. Sein widerborstiges graues Haar, das sich immer neue Frisuren einfallen lässt, steht heute am Hinterkopf zu Berg, als ob es einen inneren Tumult anzeigen wollte.

Anton bewegt etwas, in der Tat. Er möchte Vera ein Angebot machen.

Du hast zwar beim Aufwachen aus dem Koma deine Höllenfahrt am Vulkan gesehen, aber du weißt nicht, wie sie ausgegangen ist.

Stimmt, sagt Vera. Da ist immer noch ein dunkles Loch in meiner Erinnerung.

Wie sollst du dich an etwas erinnern, das du gar nicht mehr bewusst erlebt hast?, fragt Anton. Vielleicht kann ich für dich recherchieren, was mit Mateo passiert ist.

Das würdest du tun?, fragt Vera verlegen.

Vielleicht aus purem Eigennutz, aus reiner Neugierde. Anton lächelt.

Dann mach' das bitte, Anton.

***Minischrift, kaum leserlich:** Patientin erscheint oberflächlich guter Dinge, ist aber gewohnt zurückhaltend. Leicht irritierbar. In der Morgenrunde auf die Backgruppe angesprochen, reagiert sie sehr unsicher, möchte nicht backen helfen und traut sich auch sonst nichts zu. Auf die Frage, was ihr momentan Freude macht, findet sie keine Antwort. Patientin bekommt erneut die Liste angenehmer Aktivitäten. Sie ist sehr zögerlich.*

***Ergotherapie:** P. präsentiert sich hilflos in der Auswahl, malt dann ein Mandala aus. Ist aber sichtlich unzufrieden. Hält das nicht für kreativ. Beim Memory-Spiel findet sie keine zwei zueinander passenden Bildkarten und ärgert sich über sich selbst.*

***Enge Steilschrift:** Im Auffassungsvermögen ist P. in der Lage, Angaben zu machen sowie Strukturvorgaben nachzukommen, weiterhin sind jedoch Defizite in der Konzentrationsfähigkeit zu vermerken. Konzentrationstest: Hat Probleme zu subtrahieren, weiß aktuelles Datum nicht.*

Lebensgefährte berichtet auch von Verwirrtheitszuständen, ist beunruhigt. Übereinkunft mit P., dass sie nicht mehr in den Ausgang gehen darf, bevor sie sich persönlich abmeldet und man sich ein Bild von ihrem Zustand machen kann.

Aus Antons Notizbuch:

In den letzten Wochen ist Vera zweimal in die Geschlossene verlegt worden, weil sie auffällig desorientiert und kaum ansprechbar war. Ich habe mehrmals mit den Ärzten gesprochen und habe den Eindruck, dass sie mehr rumprobieren, als einen klaren Plan zu haben. Und Personalwechsel gab es auch, neue Pfleger und eine neue Stationsärztin. Insgesamt eine beschissene Betreuungssituation.

Jetzt darf sie mit mir wieder ins Wochenende. Am Samstag habe ich sie zu einer Wanderung auf den Rheinhöhen überredet. Der Aufstieg fiel ihr schwer. Aber die Sonne schien, und sie hat die Ausblicke auf den gleißenden Fluss und den Schiffsverkehr anscheinend genossen. Wir haben auf einer Bank gesessen und meine belegten Brote verzehrt. Ich hatte auch eine Thermoskanne mit Tee im Rucksack mitgeschleppt. Sie hat sich sehr dafür bedankt.

Am Sonntag haben wir sogar zusammen Tennis gespielt in der Halle. Sie hat zunächst viele Bälle ins Netz geschlagen und war missmutig. Aber allmählich wurde sie besser und ist schneller gerannt. Die Ballwechsel wurden länger, und wenn ihr ein flacher, kräftiger Schlag übers Netz gelang, den ich nicht parieren konnte, hat sie gelächelt.

Heute Nachmittag ein Anruf von Vera, sie sei vor ihrer Wohnung und habe keinen Schlüssel dabei. Ich fahre hin und finde sie dort mit zwei Einkaufstüten. Sie erzählt mir, sie sei wohl vor dem Laden in den falschen Bus gestiegen und bis ans andere Ende der Stadt gefahren. Ihre Tasche mit Schlüssel und Portemonnaie habe sie in der Klinik vergessen. Wie sie bezahlt hat, kann ich mir nicht erklären. Ich schließe ihre Wohnung auf, damit sie die Tüten reinstellen kann.

Später ruft sie mich aus der Klinik an und sagt mir, sie müsse nochmal zum Supermarkt gehen, um ihre Einkäufe zu bezahlen. Ich versuche, sie davon abzubringen und zu beruhigen. Was tatsächlich vorgefallen ist, weiß ich immer noch nicht.

Dann gehe ich zu ihrem Laden, und der Marktleiter kann sich an den Vorfall erinnern. Die Kassiererin ist auch da und erklärt mir, Vera habe ihr gesagt, sie wolle schnell Geld holen und die Einkaufstüten so lange stehen lassen. Als sie dann mit einem anderen Kunden beschäftigt war, sei Vera plötzlich verschwunden gewesen – mit den vollen Tüten. Vielleicht ist Vera auch deshalb schnell in einen Bus eingestiegen, weil sie ein schlechtes Gewissen hatte.

Nach rechts neigende, schwungvolle Schreibschrift: Frau Dr. Krüger hatte heute immer wieder kleine Zeitfenster, in denen sie sehr verwirrt war und auch zeitlich etwas orientierungslos.
Steilschrift: P. isst am Abend maßlos, unappetitlich für die Mitpatienten. Sie schafft es nicht, den Küchendienst zu verrichten.

Fliehende Schrägschrift: Der Verwirrtheitszustand der Pat. dauert den ganzen Tag an. Pat. wird mehrfach daran erinnert, nicht alleine die Station zu verlassen. War am Abend eine Stunde mit Freund spazieren. Danach noch krassere Verwirrtheitszustände. P. will ihre Jacke nicht ausziehen, kann einfachen Gesprächen nicht mehr folgen. Auch ihrer Bettnachbarin fällt ihre Verwirrtheit auf. P. nimmt nach viel guter Zusprache endlich 2,5 mg Tavor exp. (nach telef. ärztl. AO).

*

Aus Antons Notizbuch:
Vera hat mich an ihr Auto erinnert. Sie meint, dass es mal wieder bewegt werden müsste, als ob es in der Garage einrosten könnte. Ich habe ihr einen Ausflug mit dem Cabrio vorgeschlagen. Sie hat mir verraten, wo ihr Autoschlüssel in ihrer Wohnung hängt, und ich habe

das Cabrio in der großen Garage gefunden, obwohl der rote Lack und das schwarze Stoffdach von einer dicken Staubschicht bedeckt waren. Als ob der Wagen draußen gestanden hätte, unter der Aschewolke des unaussprechlichen isländischen Vulkans, der vor ein paar Tagen ausgebrochen ist. Der Anlasser hat zunächst gestreikt und nur gewimmert, doch nach ein paar Versuchen habe ich Veras vernachlässigtes Cabrio in Gang gebracht und habe sie abgeholt.

Sie hat sich geschämt wegen des Staubs und wollte, dass wir erstmal in eine Waschanlage fahren. Aber dann habe ich einfach „Vulkanasche" in den Staub geschrieben. Das hat sie amüsiert. Auch dass ich meine Schildkappe aufgesetzt und Chauffeur gespielt habe. Ich habe das Verdeck heruntergefahren, und wir haben uns den Fahrtwind auf kurvigen Landstraßen um die Ohren blasen lassen. Durch Tunnel hellgrüner Wälder, vorbei an Kuh- und Schafweiden bis zum Wanderparkplatz „Zur schönen Aussicht". Dort haben wir auf einer Bank gesessen und lange den weiten Blick übers Tal genossen. Ich habe meinen Kopf in ihren Schoß gelegt und bin eingenickt! Ich glaube, die Spazierfahrt hat uns beiden gutgetan. Vera hat sogar ein paar Fotos mit ihrem Handy geschossen. Auf der Rückfahrt hat sie dann doch auf einer Autowäsche bestanden.

Der Ausflug erinnerte mich an Veras wahnsinnige Jeep-Fahrt am Popocatépetl. Ich habe ihr versprochen, der Geschichte nachzugehen und werde mich heute Abend an den PC setzen, um Mateo im Internet zu suchen.

*

Dr. Mateo Gómez, Mexiko. Google-Bilder. Ein Mann mit schwarzem Pferdeschwanz sitzt an einem Konferenztisch. Nationaler Kongress der indigenen Kulturen Mexikos. Nächstes Bild: Er steht an einem Mikrofon. Er nimmt lächelnd einen Preis entgegen von der mexikanischen Kulturministerin. Für die Bewahrung der Purépecha-

Kultur, für sein großes Engagement für die Purépecha-Dörfer, für mehr Bildungschancen der Kinder der Region. Anton scrollt weiter. Unter den Fotos, die unter dem Namen Mateo Gómez auftauchen, erscheint plötzlich eines mit einer Menschenmenge. Männer, die ihre geballten Fäuste erheben.

Das nächste Foto zeigt ernste, zu Boden gerichtete Gesichter unter breiten Sombreros und blauen Kopftüchern bei einer Prozession. In ihrer Mitte ein schlichter Sarg. Anton klickt das Foto an. Ein Zeitungsartikel erscheint dazu: „Ein großer Mexikaner ist gestorben!" Anton wird es heiß, er fühlt Schweißperlen auf seiner Stirn, als er den Nachruf auf Tata Mateo Gómez in der Zeitung La Voz de Michoacán entdeckt. Tata Mateo? Der Journalist erklärt, das sei ein Ehrenname bei den Purépecha. Für diejenigen, die sich für ihr Volk einsetzen. Und Mateo habe sich engagiert als Anthropologe und als Mensch, der seine Heimat immer sehr geliebt habe. Es folgt eine lange Liste seiner guten Taten, die Anton überfliegt.

Er sucht ein Datum. Wann wurde der Artikel publiziert? Ganz am Ende des Textes wird der Autor genannt, Juan Martínez, und der Tag der Publikation. Der Nachruf ist erst ein halbes Jahr alt! Mateos Tod hat anscheinend nichts zu tun mit einer Katastrophe am Popocatépetl.

Aber was war die Ursache?, fragt sich Anton und liest nun den Text.

Mateo Gómez war unermüdlich im Einsatz für seine Mission, für die Vermittlung zwischen zwei Kulturen: seiner heimatlichen Kultur der Purépecha und der spanischen Mestizenkultur, und zwischen der indigenen Region und dem Staat, heißt es. Bei einer abendlichen Fahrt zu einem Vortrag, den er auf einer Tagung in der Hauptstadt halten sollte, ist er tödlich verunglückt. Der Journalist spricht von einem mysteriösen Unfall. Es gab keinen Zusammenstoß mit einem anderen Wagen. Er ist auf der Gebirgsstrecke eine Böschung hinuntergestürzt.

Antons Spürsinn ist geweckt. Wie gut, dass ich die spanischen Websites lesen kann, denkt er. Aber „mysteriöser Unfall" – und die erhobenen Fäuste an seinem Sarg? Ich sollte besser nicht tiefer einsteigen, sagt sich Anton.

Er ist geschockt und erleichtert zugleich. An Mateos Tod trägt Vera keine Schuld. Das Desaster am Popocatépetl hat er überlebt. Aber wie soll ich ihr beibringen, dass er nun nicht mehr am Leben ist?, fragt sich Anton. Aus dem Nachruf liest er heraus, dass Mateo ein besonderer Mensch gewesen sein muss. Hochverehrt von seinem Volk. Der Autor des Nachrufs schließt mit den Worten: „Menschen wie Tata Mateo sterben nicht. Nach prähispanischem Glauben sterben sie, um zu leben."

Ein schöner Glaube, aber ob das für Vera gut wäre, wenn ihre einstige Liebe auf immer und ewig in ihrem Leben herumgeistern würde? Anton ist sich unsicher, wann und wie er Vera von Mateos Tod erzählen soll. Sie müsste stabiler sein, um das zu verkraften, denkt er. Mateo kann er nun nicht mehr fragen, was aus Clemencia und der Gruppe von Menschen geworden ist, die Don Goyo an seinem Nabel, dem *Ombligo*, Opfer bringen wollten. Ob sie selbst Opfer des Vulkanausbruchs geworden sind?

*

Aus Antons Notizbuch:
Heute Morgen ein Anruf von der Oberärztin. Das Team möchte wieder ein Gespräch, an dem ich beteiligt bin. Sie beziehen mich endlich mehr ein. Aber mir ist mulmig, mein Bauch grummelt.

Jetzt, nach der Besprechung, erst recht. Sie haben den Eindruck, dass Veras „Aussetzer" stärker werden. Aber eine Erklärung dafür haben sie nicht und sind sich unsicher, wie sie „in den nächsten Tagen und Wochen" weiter vorgehen sollen. Allerdings soll es nun nochmal (?) eine „organische Abklärung" geben. Sie sprachen von CCT, EEG und einer Lumbalpunktion. Ich habe mir schnell Notizen gemacht und zu Hause nachgeforscht. Veras Kopf soll also in die Röhre für eine Computertomographie, und ihre Kopfhaut wird verkabelt für eine Elektroenzephalografie, um die elektrische Aktivität ihres Gehirns zu messen. Und bei der Lumbalpunktion werden sie Liquor, Hirnwasser, aus dem unteren Rückenmarkskanal entnehmen. Wir wollen körperliche Ursachen für ihren Zustand ausschließen, haben sie gesagt.

Ich kriege wieder einen riesigen Schreck und merke, wie sich die Angst in mir ausbreitet. Mir wird langsam klar, dass es Angst ist, die mich in den letzten Tagen schon ziemlich zermürbt hat. Angst um Vera, Angst davor, dass sich ihre Krankheit noch lange hinziehen könnte und vielleicht überhaupt nicht mehr richtig zu heilen ist. Angst davor, dass ich meine Kräfte verlieren könnte. Ich habe sogar Angst davor, mich heute Mittag mit ihr zu treffen. Meine Knie werden weich, wenn ich daran denke.

Nach rechts und nach links fallende Schrift: Frau Krüger wirkte bei der Morgenrunde sehr teilnahmslos und müde. Um 10.30 Uhr hatte die Patientin ein EEG, zu dem sie begleitet und danach wieder abgeholt wurde. Nach der Untersuchung war die P. etwas konfus, ging dann aber zum Essen.

16.20 Uhr: P. ist stark verwirrt, möchte ihre Zimmernachbarin im Bad fertig anziehen. Sie äußert, es wäre ihre Aufgabe. Jedoch ist Fr. Krüger auch der Meinung, dass die Küche das Bad sei. P. sieht nichts ein, was man ihr sagt, scheint aber selbst zu merken, dass sie zurzeit verwirrt ist.

Minischrift, kaum leserlich: *P. hilft beim Kochen des gemeinschaftlichen Abendessens mit, macht falsche Dinge diesbezüglich. Muss von Pflege eingegrenzt werden und bekommt genau gesagt, was sie machen darf und was nicht. Weiterhin verwirrt. Äußert* abends Frust darüber, dass die anderen ihr sagen, was sie soll. Bekommt erklärt, dass dies zurzeit notwendig ist. Akzeptiert es dann. Wird gebeten, die Station nicht zu verlassen.

Enge Steilschrift: P. kam von selbst pünktlich zur Nachtmedikation. Sie stand dann auf und wünschte eine gute Nacht. Es erfolgte eine Kontrolle nach 10 min, und sie war dabei, ihr Nachthemd anzuziehen. Um 1 Uhr wurde eine Kontrolle durchgeführt. Dabei wurde entdeckt, dass sich Frau Dr. Krüger ihr komplettes Gesicht mit weißer Farbe beschmiert hatte, welche schon trocken war. Sie wurde ihr abgewaschen, während sie immer wieder einschlief. Sie konnte nichts dazu sagen, schlief bei den restlichen Kontrollgängen.

Fliehende Schrägschrift: P. zeigt sich desorientiert. Laut Zimmernachbarin am Morgen gestürzt, da zittrig. Später mit Rollator der Mitpatientin im Gang unterwegs. Benutzt auch andere Dinge von Mitpatientin, ohne sich daran erinnern zu können.

Krakelschrift: Frühdienst – P. völlig unkoordiniert in ihren Handlungsabläufen, evtl. psychotisch. Verschluckte ein Puzzleteil, das sie wieder auswürgte. Will sich mit Toilettenbürste waschen, lässt sich nur unter Druck davon abhalten. Bürstet dann mit Niveacreme und Zahnbürste ihre Beine. Dabei auch enthemmt.

Station B5. Schmale, regelmäßige Schreibschrift: Um 10 Uhr Patientin Vera Krüger von Station B3 übernommen. Dort nicht mehr führbar, total verwirrt. Hier im Erstkontakt freundlich und orientiert. Untergebracht im Ü-Zimmer zur besseren Observanz. Lebensgefährte hat ein paar Sachen gebracht. Bisher komplett unauffällig. Schläft viel.

Aus Antons Notizbuch:

Freitag. Ich bin furchtbar verzweifelt, kann meine Tränen kaum unterdrücken. Allerdings hatte ich ihre erneute Verlegung auf die Geschlossene schon befürchtet. Ich darf sie besuchen und bin lange bei ihr. Sie ist sehr aufgeschlossen, wir reden eine ganze Menge miteinander, auch über ihren Zustand, über den sie sich offensichtlich ziemlich im Klaren ist. Sie empfindet ihre zeitweilige Desorientiertheit als „Aussetzer", die sie sich nicht erklären kann. Sie ist sehr anschmiegsam, küsst mich immer wieder. Sie ist anscheinend frisch geduscht und macht äußerlich einen guten Eindruck.

Ich frage beim Arzt (wieder ein anderer, den ich noch nie gesehen habe), ob ich mit ihr spazieren gehen darf. Das wird uns erlaubt und ich verabrede mich mit Vera zu einem Ausgang am Nachmittag. Als ich in die Station komme, finde ich sie im Raucherraum mit einer Mitpatientin. Sie pustet mir Rauchkringel entgegen. Vera, die angeblich noch nie in ihrem Leben geraucht hat! Ich bin schockiert und stinksauer. Sie hat noch ihren Morgenmantel an. Ich bringe sie in ihr Zimmer und bitte sie, sich für unseren Spaziergang anzuziehen, was schwierig ist. Zunächst will sie nur den Anorak über ihre Schlafsachen (Schlafanzug, darüber Nachthemd und eine Bluse) ziehen. Ich bestehe auf komplettem Anziehen, aber sie weigert sich und zieht schließlich eine Jeans über ihre Pyjamahose. Ich gebe auf.

Endlich können wir losgehen, sie atmet sichtlich erleichtert auf, als die schwere Glastür hinter uns zufällt. Es ist wieder sehr schön, mit ihr zusammen zu gehen, Arm in Arm. Ich schlage vor, an der Hütte am See Kaffee zu trinken, was sie freudig aufnimmt. Aber am Stand drängelt sie sich vor und kriegt es gar nicht mit, dass die anderen in der Schlange etwas verstört reagieren. Sie hat für uns beide drei Stücke Kuchen geholt und futtert zwei davon weg. Ich bin langsam genervt, und wir sprechen beim Rückweg über ihre ziemlich ungebremste Esslust und dass sie kräftig am Zunehmen ist. Ich habe jetzt immer so einen Heißhunger auf Süßes, hat sie gesagt. Sie, die sonst eher der Saure-Gurken- und Chilesoßen-Typ ist. Und sie wolle ihren Hang zum Süßen jetzt einfach mal ausleben, „extravagant". Plötzlich fängt sie an, auf dem Uferweg zu joggen (was sie sonst nie macht!). Sie läuft ein gutes Stück voraus und ist sichtlich stolz auf sich. Ich überlege, ob sie sich möglicherweise in einer manischen Phase befindet. Ich bringe sie noch auf ihr Zimmer, wo sie sich erschöpft aufs Bett legt.

Sonntag: Oje, das war wieder ein Tag! Veras Verwirrtheit nimmt bizarre Formen an. Als ich sie heute Morgen zum Spaziergang abholen wollte, hatte ich schon Angst davor, was wohl wieder passieren würde. Ich treffe sie ganz munter im Bett an. Hatte eigentlich gehofft, sie sei aufgestanden und angezogen. Sie hat Lust rauszugehen, sagt mir dann aber nach einigem Zögern mit einem Augenzwinkern, sie habe einen „dicken Molly im Sack" (oder so ähnlich). Ich verstehe erst nicht, dann sagt sie mir, dass sie sich in die Hose gemacht habe. Ich kann das gar nicht glauben, zumal ich nichts rieche. Aber tatsächlich – sie hat sich völlig zugeschissen! Ich gebe ihr frische Klamotten und schicke sie in ihr WC, damit sie sich sauber machen und umziehen kann. Da sie nicht wieder rauskommt, gehe ich rein, weil ich ahne, dass sie damit überfordert ist. Sie steht da und wischt sich mit den frischen Klamotten den Hintern ab.

Ich übernehme dann die Sache, ziehe sie aus, wasche sie, so gut es geht, mit nassem Klopapier ab und gebe ihr ein neues Nachthemd. Das letzte saubere Kleidungsstück, was sie noch da hat. Vera hat kein Verständnis dafür, dass ich angekratzt bin und schmollt. Na ja, irgendwann ist es geschafft, und sie kriecht erschöpft und erleichtert ins Bett. Das war's dann mit dem Morgenspaziergang. Ich packe ihre schmutzige Wäsche in einen Plastiksack und nehme sie auf dem Fahrrad mit nach Hause. Unterwegs lege ich mich noch auf die Schnauze, als ich über einen Bordstein fahre!

Shit happens, wie wahr … Es ist mir nichts Schlimmes passiert, und der Sack mit den vollgeschissenen Klamotten ist auch nicht aufgeplatzt und über die Straße gerollt. Zu Hause schmeiße ich das Schlimmste in die Mülltonne und wasche den Rest.

Mit ein paar frischen Sachen fahre ich dann wieder zu Vera. Sie liegt im Bett, ist guter Dinge, aber noch nicht geduscht, was ich ihr ans Herz gelegt hatte. Das Anziehen klappt jetzt etwas besser, sie ist „folgsam" und macht, was ich ihr sage. Draußen atmet sie tief durch. Sie hickelt beim Laufen vor mir her und ruft „Jippie"! Ich vermeide es, ein Café anzusteuern. Sie bestimmt sowieso, wo es langgeht, und wir laufen bei schönstem Sonnenschein eine Stunde lang rund um den Stadtberg. Auf dem Rückweg kommen wir an einem alten Wasserbehälter vorbei. Ich sage zu ihr scherzhaft, wir könnten mal probieren, reinzupinkeln.

Das nimmt sie zum Anlass zu sagen, sie müsse mal. Sie hockt sich hin und will pinkeln, hat aber noch nicht die Hose runtergezogen. Ich weiß nicht, ob sie mich veräppeln will, glaube aber eher, dass das zum Durcheinander in ihrem Kopf passt. Trotzdem war es ein Spaziergang, der auch mir etwas Beruhigung und Entspannung gebracht hat. In der Klinik bedankt sie sich wieder bei mir für den Ausgang (das macht sie immer). Wenn ich ihr nur ein bisschen von ihrer Last abnehmen könnte. Es ist sehr schade, dass ich jetzt überhaupt keinen Kontakt mehr über ihr Handy zu ihr haben kann (ist auf der Geschlossenen nicht erlaubt). Ich würde sie gerne manchmal kurz anrufen, um sie zu fragen, wie's ihr geht.

*

Nach rechts neigende, enge Schrift: Patientin wirkt heute auffällig desorientiert. Legte sich 2 x in Flurbett. Fragte nach Verlegung, die zurzeit nicht in Frage kommt. Wirkt im Kontakt bemüht freundlich, läuft aber trotz mehrfacher Aufforderung, sich anzuziehen, noch im Nachthemd umher.
Minischrift, kaum lesbar: Bei Rückkehr vom Ausgang mit Partner wirkt P. sehr zerfahren. Kann Gesprächsinhalten nicht folgen. P. irrt

auf Station umher, wirkt dabei leicht getrieben, verhält sich über-
griffig zu Mitpatienten. Möchte in Toilette duschen, hängt sich
Handtücher über den Kopf, zieht Schlafanzug über Tageskleidung.
Reaktionen insgesamt verlangsamt. Wirkt wie im Dämmerzustand.
Gegen Abend besser. Realisiert ihre Verwirrung, wirkt verzweifelt.
Im Kontakt weich und zugänglich.
Nach links geneigte Girlandenschrift: *P. am Nachmittag sehr*
verwirrt und unstrukturiert. Trägt BH über der Tageskleidung,
duscht mit Kleidung. Benötigt viel Unterstützung und Begleitung im
Alltag.
Nach rechts geneigte, enge Schrift: *P. hört laute Rockmusik im*
Zimmer. Affektiv gelöst wirkend, nicht ängstlich. Sagt selber, sie
fühle sich gut, sei froh, aus der Depre heraus zu sein. Fühle sich nur
etwas „plemplem". Denkzerfahren, aber keine psychotischen Merk-
male erkennbar.

Aus Antons Notizbuch:

Montag. Heute Morgen war ich sehr niedergeschlagen, Heulen
ohne Ende. Ich denke nur an Vera und die schreckliche Situation in
der Geschlossenen: ihr furchtbares Zimmer mit verschmierten
Wänden, ohne Bad. Ihr Entmündigtsein, aber auch das Chaos im
Kopf, das sie manchmal überfällt.

Kurz nach meiner Ankunft im Büro klingelt mein Handy, und
Vera ist dran. Ich freue mich riesig. Sie ruft mich vom Stations-
telefon an und meldet sich mit „Hallo Schatzilein"! Sie klingt
fantastisch, ihr gehe es gut, sie habe prima geschlafen, und sie
erinnert mich an den Termin beim Frisör, den sie letzte Woche
vereinbart hat. Sie freut sich darauf. Ich werde sie heute dorthin
begleiten. Bin unendlich erleichtert. Ich hoffe sehr, dass sie Fort-
schritte gemacht hat.

Am Nachmittag mal wieder mit Gummibeinen in die Klinik. Vera
sitzt bereits hinter der verschlossenen Glastür und wartet auf mich.

Sie umarmt mich gleich und sagt mir, dass sie schon lange und ganz ungeduldig auf mich gewartet habe (ich bin zehn Minuten zu spät). Sie ist richtig glücklich, mich umarmen zu können. Ihr Haar sieht wirr aus, ansonsten ist sie einigermaßen angezogen (Hose, Hemd, allerdings Schlafanzugoberteil darüber.) Sie macht auf mich einen deutlich besseren Eindruck als gestern, scheint mir aber immer noch nicht hundertprozentig beieinander zu sein.

Vera zeigt mir schmunzelnd ihr neues Chambre séparée – auf dem Flur hinter mobilen Stellwänden. Ihr Zimmer wird neu gestrichen wegen der Schmierereien an den Wänden (nicht von Vera). Mehrmals versichert sie mir, wie ungeduldig sie heute den ganzen Tag war und auf mich gewartet hat. Aber zum Frisör darf sie nicht.

Dienstag, 8.30 Uhr. Immer wieder sehe ich die Bilder vor mir: Vera in dieser surrealen Umgebung, eingesperrt unter umher-schlurfenden, schwer kranken Menschen (ist sie ja auch). Ich muss ständig heulen. Wo ist nur meine Hoffnung, meine Zuversicht geblieben?

Ich bin gespannt, was mich heute erwartet, aber eher ängstlich als hoffnungsfroh. Wir machen wieder einen Spaziergang. Unterwegs sagt sie, dass sie noch ein paar Sachen in der Drogerie einkaufen möchte (Zahnbürste und -pasta, Haarbürste, Deo). Doch als wir dort sind, greift sie gleich zu Wischtüchern, Müllbeuteln etc., und ich muss sie davon abhalten, einen Haushaltseinkauf zu machen. Aber sie ist guter Dinge und erzählt mir noch, dass die Ärzte am Nachmittag eine Untersuchung des Nervenwassers vornehmen wollen.

Am Abend gehe ich nochmal zu ihr. Sie macht einen erschöpften, niedergeschlagenen Eindruck. Gefällt mir gar nicht.

Mittwoch. Ich kann kaum schlafen, bin um 3 Uhr wach und stehe auf. Veras aktueller Zustand lässt mir keine Ruhe. Bei mir wachsen auch langsam die Wut und der Frust darüber, dass ich keine Informationen von der Klinik bekomme, warum Vera so lange in dieser schrecklichen Station „gefangen" gehalten wird, wo es ihr jetzt auch körperlich so schlecht geht. Ich werde um einen Besprechungstermin bitten – und zwar mit dem Chefarzt.

Bin um 4 Uhr im Büro und bereite meine Termine für den Tag vor. Um 7 Uhr rufe ich auf der Station an und frage, ob ich Vera besuchen kann. Eine Betreuerin sagt mir, dass dies nicht möglich sei, Besuche seien morgens nicht erlaubt. Ich kriege aber großzügig die Erlaubnis. Ich fahre hin und finde Vera in einem schrecklichen Zustand. Sie klagt über Übelkeit und Kopfschmerzen (wie am Vorabend auch schon), übergibt sich, kann nichts frühstücken und ist insgesamt schwach und müde. Sie bekommt eine Infusion mit Mitteln gegen Übelkeit und Schmerzen. Die Pflegerinnen sind ganz nett. Ich bleibe eine Stunde bei ihr, sie muss immer mal wieder erbrechen. Die Ursache ist wohl die Entnahme des Nervenwassers.

Am Nachmittag nochmal bei ihr, sie hat sich wieder übergeben und immer noch Kopfschmerzen. Ich mache sie mit einem nassen Waschlappen etwas sauber, ordne die mitgebrachte frische Wäsche (es liegt alles im Zimmer herum, sie hat gar keinen Schrank). Dann sitze ich noch eine Weile an ihrem Bett, lese ihr ein paar Seiten vor. Sie ist schlapp und schläfrig.

Vom Kliniksekretariat bekomme ich die Nachricht, dass der Chefarzt, Prof. Krossmann, es für sinnvoller hält, wenn ich mit den behandelnden Ärzten spreche, diese würden mir heute noch einen Terminvorschlag machen.

Abends nochmal bei Vera. Sie klagt weiter über Übelkeit und Kopfschmerzen, hat bisher nichts gegessen. Sie kriegt eine klare Gemüsebrühe und kann davon ein paar Schluck trinken. Die ganze

Zeit über liegt sie kraftlos im Bett, macht aber einen völlig klaren Eindruck. Sie freut sich anscheinend sehr, dass ich gekommen bin.

Und ich? Ich genieße es unendlich, wenn sie mich anlächelt, meine Hand nimmt und mich zu ihr zieht, um mir einen Kuss zu geben. Dabei wirkt sie sehr gelöst. Wie sehr habe ich das vermisst in den vergangenen Monaten! Meine Angst legt sich, ihre Entspannung geht auf mich über. Es bewegt sich etwas! Vera will einfach nur noch raus. Trotz regt sich in ihr.

Ich lese Vera einige Seiten aus dem Drachenläufer von Khaled Hosseini vor, sie hört aufmerksam zu. Anscheinend genießt sie vor allem die Bilder, wie die beiden Jungs ihre Drachen steigen lassen. Die grausamen Szenen lasse ich weg.

Donnerstag. Um 11 Uhr ein Anruf von Vera! Ich habe mich riesig gefreut. Sie liegt noch im Bett, es geht ihr etwas besser, aber noch nicht so richtig gut. Sie konnte etwas frühstücken und hat geduscht. Sie hat auch das Telefon von der Station auf ihr Zimmer bekommen, um mich anzurufen. Ich habe den Eindruck, dass sie jetzt vom Pflegepersonal besser behandelt und respektiert wird.

In meiner Mittagspause gehe ich zu ihr. Sie ist immer noch sehr schwach. Ich bringe sie ins Schlaflabor der Klinik, wo sie ein Messgerät für die nächste Nacht verpasst bekommt. Damit soll ihre Atmung überwacht werden, sie hat im Schlaf anscheinend längere Aussetzer. Ich muss sie dann mit einem Rollstuhl zurückfahren, da sie wieder mit ihrer Übelkeit zu kämpfen hat und nahe dem Umkippen ist. Essen kann sie weiterhin nicht.

Abends nochmal bei ihr. Zunächst treffe ich den Stationsarzt Dr. Hopf, der mich bisher noch nicht wegen des von mir gewünschten Gesprächs angerufen hat. Er sei erst aus dem Urlaub gekommen und habe Vera noch gar nicht gesehen, entschuldigt er sich. Mir platzt fast der Kragen, wir verabreden uns für morgen um 15 Uhr. Meine Beschwerden werde ich nur teilweise los, habe auch keine Lust auf ein längeres Gespräch, da er mir ohnehin noch nichts über Veras Zustand sagen kann.

Vera ist leider in ein schreckliches, enges Dreierzimmer verlegt worden wegen einer Notfall-Einlieferung. Sie trägt's mit Fassung. Gegessen hat sie noch nichts, weil ihr übel ist, und immer noch quälen sie die Kopfschmerzen.

Freitag. Bin um die Mittagszeit bei Vera. Ihr ist kotzübel, Essen kann sie nicht mal riechen, ihr Schädel brummt vor Schmerzen. Wir gehen ein Stück auf dem Gang auf und ab. Danach empfängt uns Dr. Hopf im Arztzimmer. Vera ist völlig klar, beteiligt sich am Gespräch, muss aber immer wieder ihren Kopf auf den Tisch legen, weil sie so schwach ist. Dr. Hopf blättert ständig in den Unterlagen, kann sich nicht so recht ein Bild machen. Ich bestätige Vera in ihrer Aussage, dass sich Depression und Verwirrung verflüchtigt haben. Was das betrifft, macht sie auf mich wieder einen „völlig normalen" Eindruck. Nach Ansicht von Dr. Hopf ist die Ursache für ihre anhaltende Übelkeit und ihre Kopfschmerzen die Untersuchung des Nervenwassers. Das ist wenig beruhigend. Für ihre zeitweise Verwirrtheit habe das Ärzteteam noch keine Erklärung, sagt er. Vera überrascht uns beide. Sie äußert sehr bestimmt, dass sie entlassen werden will.

Dr. Hopf sagt, sie solle zur Abklärung noch eine weitere Computertomographie bekommen, danach könne man über eine Verlegung in die offene Station B3 nachdenken. Das reicht Vera nicht. Wir einigen uns schließlich auf schnellstmögliche Verlegung nach der Untersuchung am kommenden Dienstag. Die Medikamente sollen nun alle „runtergefahren" werden … Es wird vermutet, dass sie in ihrem Zusammenwirken Veras Zustand herbeigeführt haben könnten. Alles im Konjunktiv. Dafür gebe es keine Hinweise aus bekannten Untersuchungen oder Erfahrungen, wie uns Dr. Hopf erklärt. Ich bin weiterhin stinksauer, dass sich sowohl der Klinikchef Prof.

Krossmann als auch die Oberärztin vor einem Gespräch drücken. Möchte aber meinen Ärger nicht an die falsche Adresse richten. Vera legt sich danach gleich wieder aufs Bett, ich verabschiede mich schweren Herzens für ein Wanderwochenende mit meinen Skatbrüdern.

Sonntag. Kräftiges Bergaufstapfen im Wald, der noch immer herbstlich leuchtet. Blauer Himmel und Sonne über den Stoppeläckern, unser Picknick am Waldrand mit einer Schnapsrunde aus Manfreds Flachmann: Mir hat das Wochenende sehr gut getan. Ich mag nicht jedem von meiner Situation erzählen, damit mich niemand für co-verrückt hält. Aber als ich neben Manfred herlief, habe ich ihm Andeutungen gemacht. Und er überraschte mich damit, dass er Erfahrungen mit Depressionen habe. Nicht er persönlich war betroffen, aber seine Mutter hat jahrelang darunter gelitten und damit die ganze Familie. Es gehe ihr gut, seitdem sie sich entschlossen hat, sich von seinem Vater zu trennen. Aber es gebe natürlich völlig unterschiedliche Ursachen für eine depressive Erstarrung, betonte er.

Es geht ihr heute gut – dieser Satz ist in mich eingesickert, hat mich gewärmt wie der Schnaps aus dem Flachmann, den wir rundum gehen ließen.

Als ich Vera nach meiner Rückkehr besuche, liegt sie ziemlich fertig auf dem Bett und ist sehr geknickt über ihren Zustand. Wir gehen eine halbe Stunde raus und sitzen noch in der Sonne. Es ist so schön mit ihr. Wenn sie doch nur wieder essen könnte und körperlich wieder auf den Damm käme.

Sie möchte die für übermorgen angesagte Computer-Tomographie streichen, findet sie überflüssig, hat die Schnauze endgültig gestrichen voll. Das kann ich völlig verstehen. Ich bin auch der Meinung, dass diese weitere Untersuchung nichts bringt, obwohl sie wahrscheinlich weder belastend noch schädlich ist. Aber Vera will nur noch raus, möglichst gleich nach Hause. Ich versuche, sie davon zu überzeugen, dass ein paar weitere Tage in der Klinik wichtig wären, damit der Abbau der Medikamente betreut werden kann. Aber vielleicht lässt sich das auch ambulant machen. Sie möchte am liebsten alle Pillen in den Wind schießen, hat keinerlei Vertrauen mehr in die Chemie. Allerdings wäre sie bereit, Lithium als Prophylaxe einzunehmen, wenn ich oder Frieda darauf bestünden. Sie selbst glaubt nicht an eine positive Wirkung.

Ich bin erschrocken und betone, dass es in ihrer eigenen Entscheidung und Verantwortung liege, für wie notwendig sie eine Prophylaxe erachtet und welche Mittel sie hierfür als die richtigen empfindet. Ich selbst sei der Meinung, dass Lithium ihr geholfen habe und dass sie bestimmt einiges dafür tun müsse, dass sie nicht wieder in eine Depression abrutscht. Dabei habe ich im Hinterkopf, dass ich ihr noch nicht von Mateos Tod berichtet habe. Ich habe mich noch nicht getraut.

Sie hat aber offenbar große Angst vor den Nebenwirkungen des Lithiums (vor allem vor dem Zittern, das bei ihr sehr stark aufgetreten ist. Ob es alleine auf das Lithium oder den gesamten Medikamenten-Cocktail zurückzuführen ist, weiß man nicht). Im Zimmer zurück, legt sie sich gleich wieder aufs Bett, und ich lasse sie alleine.

Montag. Mittags bei Vera, endlich hat sie mit Appetit gegessen, fühlt sich deutlich wohler. Die Kopfschmerzen haben nachgelassen, sie kann besser laufen. Habe ihr Mandarinen, Hemden und Batterien fürs Radio mitgebracht. Anschiss von einer blöden Betreuerin, es sei jetzt aber keine Besuchszeit. Vera hakt sofort ein und sagt, ich sei berufstätig und könne zu keinem anderen Zeitpunkt. Super.

Wir gehen zusammen durch den Stadtpark. Sie scheint ihre Umgebung wieder bewusster wahrzunehmen, schaut hoch an den alten Baumriesen und entdeckt ein Eichhörnchen, das hinter einem

Baumstamm hervorlugt. Es hat wohl Interesse an meinem Mittagsbrötchen, das ich unterwegs esse.

Wir treffen Dr. Hopf am Klinikeingang. Vera geht auf ihn zu und sagt gleich, dass sie die für morgen geplante Untersuchung ablehnt und dass sie direkt nach Hause entlassen werden will, nicht erst in eine andere Station. Ich hatte sie beim Spaziergang gefragt, ob sie sich fit genug fühle für zu Hause, das hat sie deutlich und überzeugt bejaht. Ich bin ein bisschen skeptisch und hätte eigentlich lieber, dass sie noch ein paar Tage betreut wird, kann sie aber auch sooo gut verstehen, dass sie nun endgültig aus diesem schrecklichen Gefängnis der Station B5 und aus der ganzen Klinik raus will. Sie hat keinen Bock auf eine Verlängerung in der offenen Station B3, in der sie so lange war und aus der sie viermal in die Geschlossene gebracht wurde. Ich wünsche und hoffe, dass sie nie wieder rein muss und verspreche ihr, dass wir andere Lösungen suchen werden, sollte sie irgendwann wieder in eine „depressive Episode" abrutschen.

Eckige Steilschrift:
P. hat vor dem Frühstück geduscht, zeigt adäquates Verhalten. Im Kontakt freundlich.

Oberarzt-Visite:
Patientin sagt, stimmungsmäßig gehe es ihr besser. Sie wünscht direkte Entlassung nach Hause ohne „Umweg" über offene Station B3. Sie könne die Fixierung, die dort erfolgte, auch im Nachhinein nicht nachvollziehen, habe Vertrauen in Station B3 verloren. Morgen Entlassung gegen ärztlichen Rat.

Kurzinformation über stationären Aufenthalt für ambulante Weiterbehandlung:
Während des stationären Aufenthalts zeigte die Patientin Frau Dr. Vera Krüger immer wieder Verwirrtheitszustände mit inadäquatem

Verhalten (mit Kleidung duschen; mit Toilettenbürste waschen etc.).
Ausgeprägte Konzentrationsdefizite. Aufgrund der Unruhezustände
erfolgte das sukzessive Absetzen des Lithiums. Organische Abklä-
rung (CCT, EEG sowie Lumbalpunktion) ohne richtungsweisenden
Befund. Nach Lumbalpunktion ausgeprägtes Postpunktionelles
Syndrom. Die P. drängte auf Entlassung. Bei fehlenden Rückhalte-
gründen wurde ihrem Wunsch entsprochen. Die P. verließ gegen
ärztlichen Rat die Klinik.

Aus Antons Notizbuch:
Mittwoch. Hurrrrrah!!!! Vera ist frei, sie hat sich selbst
freigekämpft und ihre Entlassung durchgesetzt! Als ich sie abhole,
hat sie mich mit emporgestrecktem Daumen empfangen und
angestrahlt. Wir können die Klinik gleich verlassen. Die noch
vorgesehene Untersuchung hat sie abgelehnt und auch eine
Verlegung für eine weitere Woche in die Station B3. Recht so! Sie
bekommt noch eine Tavor und eine Schlaftablette zum Mitnehmen,
die sie aber schon vorher nicht mehr genommen hat. Alle anderen
Medikamente sind abgesetzt.

Es geht ihr besser, sie kann wieder essen, hat noch ein wenig
Kopfschmerzen beim Drehen des Kopfes und gelegentlich
Rückenschmerzen. Ich begleite sie nach Hause, esse noch mit ihr und
muss dann wieder an die Uni.

Später telefonieren wir miteinander, sie ist in Hochstimmung,
erzählt mir, dass sie bei ihrem Hausarzt war zur Weiterbetreuung und
sogar ein Rezept für Massagen mit Fango bekommen hat. Sie freut
sich sehr darauf, sich „durchwalken" zu lassen. Als sie bei der
Nachbarin geklingelt hat, wurde sie von Mäxchen stürmisch begrüßt
und hat ihn gleich zu einem Spaziergang entführt. Den Rest des
Nachmittags hat sie auf dem Sofa verbracht und sein raues Fell
gekrault. Der Dackel liebt Massagen wie sie selbst.

Wir verabreden uns fürs Abendessen, sie kocht und hat Freude daran! Ich bringe noch etwas Salat mit, und wir essen in aller Ruhe miteinander. Ich glaube, wir sind beide glücklich. Sie hört auch ihre Mailbox ab, ruft gleich einige Leute an und meldet sich stolz als wieder gesund zurück.

Ich bin erleichtert, weil sie wirklich den Eindruck macht, als ob sie jetzt über den Berg sei. Körperlich ist sie noch schwach, langsam in ihren Bewegungen, aber aus meiner Sicht kein Grund zur Beunruhigung. Dennoch bleibt immer noch ein Rest Angst, dass es wieder kippen könnte. Ich muss mich zurückhalten, sie permanent zu beobachten und alles, was sie tut und sagt, kritisch und ängstlich zu bewerten.

Nicht müde werden

Nicht müde werden
sondern dem Wunder
leise
wie einem Vogel
die Hand hinhalten.

(Hilde Domin)

7. Kapitel – Draußen

Vera hat Kraulen gelernt. Kraftvoll wühlt sie den stillen Waldsee auf, der nun fast zu klein ist für ihren Morgensport. Sie dreht sich auf den Rücken und kehrt mit weit nach hinten schwingenden und energisch durchziehenden Armen zurück zum Ufer, trocknet sich ab und zieht sich eilig an.

In einer Stunde wird sie sich wieder „ausziehen", wie sie es nennt, vor einer neunten Klasse. Noch wissen die Schülerinnen und Schüler nicht genau, was sie an diesem Vormittag erwartet unter dem Motto „Verrückt, na und?". So heißt das Projekt, dem sich Vera angeschlossen hat. Sie fährt mit dem Rad zur Schule, muss anhalten vor einem bimmelnden Bahnübergang, dessen Halbschranken gerade herunterklappen. Zwei andere Radfahrer schießen vorbei, kurven um die Schranken und brettern über die Gleise.

Ihr seid wohl lebensmüde?, ruft Vera ihnen hinterher und wartet geduldig auf das Vorbeibrausen des Zuges.

Die einst weiße Farbe auf dem Metallrahmen der großen Glastür ist vergilbt und in Placken abgeblättert. Die in die Jahre gekommene Bertha-von-Suttner-Schule hallt wider von einem wilden Stimmengewirr, bei dem Vera innerlich zurückzuckt. Aber dann wirft sie sich hinein in dieses Klangbad. Schwimme, sagt sie sich und steigt die breite, buntgefleckte Terrazzotreppe hoch bis in den vierten Stock. Das Klassenzimmer der 9b ist der vereinbarte Treffpunkt. Thea begrüßt sie mit den Worten, dass sie heute nur zu zweit sind. Betty habe eine Stunde vorher abgesagt, weil es ihr nicht gut gehe. Sie sei in ihrer Therapie auf etwas gestoßen, was schlimme Erinnerungen ausbrechen ließ.

Die beiden Frauen treten ein und stellen sich der erwartungsvoll im Kreis sitzenden Klasse mit ihren Vornamen vor. Vera und Thea. Ihre Arbeitsteilung ist klar, aber sie sprechen nicht darüber, sondern begrüßen die Schülerinnen und Schüler im Namen des bundesweiten Schulprojekts „Verrückt, na und?". Man einigt sich auf das Du, auch die beiden Lehrer sind einverstanden, vorübergehend, für diesen Morgen.

Vera und Thea verteilen vorbereitete Namenskärtchen, die sich alle an die Brust heften sollen. Neben Anna, Freya, Nils und Liam sind exotische Namen darunter, manche schwer aussprechbar: Adigüzel wird später verraten, dass sein türkischer Name ganz einfach „der mit schönem Namen" bedeutet. Die zierliche Xiaomeng (chinesisch: Frühlingsknospe) macht ihrem Namen alle Ehre. Auch ein Kopftuchmädchen, sie heißt Ayishah, ist in der Klasse. Vera schaut in die Runde. Fast alle Mädchen und Jungs tragen knallenge Jeans, und unter den Stühlen leuchten neon-farbene Sneakers.

Die Klasse ist unruhig. Ob sie mitmachen werden? Thea möchte eine vertrauensvolle Atmosphäre schaffen und betont, dass alles, was in den nächsten Stunden besprochen wird, in diesem Raum bleiben soll. Dann greift sie eine Sonnenblume aus ihrem Korb, eine aus Stoff, die schon viele Runden gedreht hat, und gibt ihren „persönlichen Wetterbericht". Sie erzählt durch die Blume, wie sie sich an diesem Morgen fühlt und reicht die grüne Drahtstange mit den gelben Seidenblättern weiter. Manche erzählen von Morgendämmerung, weil sie sich noch etwas schlapp fühlen nach einer

Geburtstagsparty am Abend zuvor. Miriam ist wie Vera in die Schule geradelt und hat anscheinend die morgendliche Frische in sich aufgesaugt: prima Wetter meldet sie. Ganz gut, sagen andere achselzuckend oder verschämt grinsend, weil sie mit diesem Spielchen nicht viel anfangen können.

Thea greift das Projektthema auf: Was wisst ihr über seelische Krankheiten? Kennt ihr welche? Zögernd gehen die Arme hoch. Arne nennt Schizophrenie, Adigüzel weiß etwas über Depressionen, Freya bringt Borderline ins Spiel: Die verletzen sich selbst. Vera ist erstaunt, was einige vortragen. Sie rechnet nach: neunte Klasse, sie müssen zwischen vierzehn und fünfzehn sein. Die Jungs sehen noch sehr jung aus, die Mädchen wirken erwachsener, wie das halt so ist in diesem Alter. Nun meldet sich noch ein blonder Junge, der wohl einen Kopf kleiner ist als seine Nachbarin. Ja, Simon?, ruft Thea. Und er wirft „Posttraumatische Belastungsstörung" in die Runde, was seine Klasse, die Lehrer und die Gäste gleichermaßen verblüfft. Sein Nachbar Karim will wissen, was das ist. Thea hilft aus mit einer Erklärung. Posttraumatische Belastungsstörung nenne man eine psychische Erkrankung nach einem belastenden, sehr bedrohlichen Ereignis. Ein solches Trauma müsse nicht unbedingt die eigene Person betreffen, es könne auch bei anderen erlebt werden. Etwa wenn man Zeuge eines schweren Unfalls oder einer Gewalttat wird und einen Schock bekommt.

Vera wundert sich über einige Einwürfe, die ihr altklug vorkommen. Aber ist es nicht immer so bei den Projekttagen, dass die Kids manchmal schon viel mehr wissen über die Irrungen und Wirrungen der Seele, als man ihnen zutraut? Natürlich kennen sie Promis, die im Alkohol ersaufen, den Drogentod sterben oder sich wegen ihrer Depressionen umbringen – wie Fußballstar Robert Enke, die Sängerin Amy Winehouse, US-Schauspieler Robin Williams. Weitere Namen fallen, solche Schicksale erschüttern die halbe Welt. Aber einige kennen auch Menschen in ihrer Familie, in ihrem

Bekanntenkreis, die ähnliche Dramen erleben. Und manchmal stehen sie mittendrin. Es kam schon vor an solchen Projekttagen, dass eine Schülerin oder ein Schüler zum ersten Mal vor der Klasse erzählte, selbst schon in der Psychiatrie gewesen zu sein.

Thea lässt die Stühle an die Wände schieben und bittet die Klasse und ihre beiden Religionslehrer – ein evangelischer und ein katholischer – zum „Stopptanz". Sie wird Musik spielen, die sie ihrem Smartphone entlockt, und alle sollen locker im Raum herumlaufen oder dazu tanzen, ganz nach Lust und Laune. Wenn die Musik Pause macht, sollen alle an Ort und Stelle stehenbleiben, um sich mit einem Gegenüber zu einer Frage auszutauschen, die Thea in den Raum ruft.

Der Latin-Pop-Song *Despacito* bringt Bewegung in die Gruppe. Kaum jemand kann sich dem Hit entziehen, manche deuten Tanzschritte an. Die Mädchen und Jungen scheinen sich über die ungewohnte Verwandlung ihres Klassenzimmers zu freuen. Die Musik stoppt und mit ihr das laute Stimmengewirr und Gelächter. Als Ruhe eingekehrt ist, stellt Thea ihre erste Frage: Woran erkennst du, wenn es einem Menschen seelisch nicht gut geht? Sind psychische Erkrankungen sichtbar?

Vera hatte sich eingereiht in den Stopptanz und sieht sich der großen, schlaksigen Miriam gegenüber, die meint, dass Menschen mit einem Seelenknacks sehr niedergeschlagen herumlaufen und sich auch manchmal vernachlässigen.

Das hast du gesehen?, fragt Vera nach.

Miriam nickt. Ja, wir wohnen in der Nähe der Klinik. Vera kommt nicht dazu, sich zu dieser Frage zu äußern, denn die Musik läuft weiter. Thea hält sie wieder an mitten im Takt, neue Paare finden sich, und alle lassen die nächste Frage in sich einsickern: Was ist für euch „verrückt"? Nils schaut sich noch suchend um, und Vera geht zu ihm.

Ist das okay für dich, wenn wir uns austauschen?

Ja, natürlich, entgegnet der Junge mit dem zarten Bartflaum etwas zögernd. Ich weiß aber nicht so recht, was ich sagen soll.

Macht nichts, dann fange ich mal an, sagt Vera. Verrückt ist für mich, wie es das Wort schon sagt, wenn jemand von seinem Platz „ver-rückt" ist, plötzlich ganz anders ist, ganz fremd. Auch fremd für sich selbst.

Wenn jemand völlig ausgeflippt ist, ergänzt Nils, vielleicht durch Drogen. Ich kenne einen Jungen, dem ist das so passiert. Ich fürchte, er kommt da nicht mehr raus.

Viel Zeit zum Nachhaken bleibt nicht, die nächste Musik trennt die Gesprächspartner wieder. Thea lässt Miriam Makeba singen. Bei ihrem Pata Pata wippt auch der evangelische Pfarrer in den Knien – bis zum nächsten Stopp.

Wie kommt es, dass es uns verunsichert, wenn Menschen psychisch erkrankt sind?, fragt Thea die Klasse.

Vera landet bei einem sorgfältig geschminkten Mädchen mit Po-langen, braunen Haaren. Ihr Namensschild ist verrutscht, nur auf dem Kopf und seitenverkehrt zu lesen. nitsreK entziffert Vera laut, achso – Kerstin. Die lächelt und sagt:

Es macht mich unsicher, wenn sich jemand merkwürdig benimmt, unberechenbar reagiert. Gestern habe ich in der Zeitung gelesen, dass ein Mann auf dem Dach seines Hauses in seiner Badewanne sitzt, die er dort montiert hat. Und dass er sehr aggressiv ist. Ich weiß nicht, wie ich reagieren würde, wenn ich direkt mit ihm zu tun hätte. Aber ich selbst kenne keine ernsthaft psychisch Kranken. Vielleicht verschwinden die von der Bildfläche, weil sie in eine Klinik kommen.

Wenn eine Person aus deinem Umfeld betroffen wäre, würdest du sie dort besuchen?, fragt Vera.

Warum nicht, ich könnte es mir vorstellen.

Vera trennt sich von Kerstin und lässt die Schultern zucken im Takt von Pata Pata. Sie ahnt, dass sie der afrikanische Sound als

Ohrwurm einige Zeit begleiten wird. Sie wird ihn vor sich hin summen, wenn sie wieder nach Hause radelt.

Doch jetzt geht sie flott mitten durch die herumalbernde Schulklasse, mitten durch die Klumpenbildung von Freunden und Freundinnen, die möglichst zusammenbleiben wollen, bis die Musik abrupt abbricht und Thea die nächste Frage in die Runde wirft: Was müsste eurer Meinung nach drin sein in einem Notfallkoffer für Jugendliche mit seelischen Problemen? Im Gemurmel rund um sie herum hört Vera Vorschläge durch den Raum schwirren: Schokolade, Tabletten, Musik, Gespräche mit der besten Freundin. Ein Smartphone, meint Adigüzel, der neben ihr steht. Da ist doch alles drin, was man im Notfall braucht. Der Betroffene kann jemand anrufen, um zu reden. Man kann Musik hören, ein Spiel spielen, um sich abzulenken.

Meinst du, das Ding hilft dir, wenn es dir wirklich schlecht geht, hakt Vera nach? Adigüzel zuckt mit den Achseln. Meine Familie würde mir sicher helfen, aber die kann ich ja nicht in einen Koffer packen. So einen großen Koffer gibt es gar nicht!

Vera lacht mit ihm und hört, dass Thea einen ihrer Lieblingssongs angeklickt hat: Mark Forsters „Sowieso", und einige singen die ihnen bekannten Zeilen mit, die ein positives Lebensgefühl rüberbringen.

Was tut eurer Seele gut?, will Thea jetzt wissen. Was ist eure „Schokolade für die Seele"? Vera sieht sich Gerhard, dem katholischen Pfarrer, gegenüber. Gute Gespräche und sein Pfeifchen abends im Lehnsessel zählt er auf. Er ist nicht nur bekennender Christ, sondern auch bekennender Bierliebhaber.

Das lässt tief blicken, Herr Pastor, meint Vera grinsend. Sie erzählt ihm vom sanften Schaukeln in ihrer Hängematte zwischen Kastanie und Birnbaum. Das sei für sie wahrhaft entspannend.

Es klingelt zur großen Pause. Thea teilt die 25 Schüler und Schülerinnen in Gruppen ein, die jeweils eine kleine Begebenheit szenisch darstellen sollen. Vera soll Gruppe zwei zur Seite stehen. Das gemischte Fünferteam bekommt die Aufgabe, eine Fernsehkampagne zu entwickeln mit dem Ziel, das Image von jungen Menschen mit psychischen Gesundheitsproblemen zu verbessern. Immer wieder freut sich Vera über diese Übung mit verschiedenen Themen. Wie die Jungs und Mädels in einer halben Stunde einen Sketch inszenieren, was für originelle Ideen sie haben und wie sie sie spielerisch umsetzen. Sie denkt zurück an Zeiten, in denen ihr selbst gar nichts mehr einfiel. In denen sie sich nicht mehr daran erinnern konnte, ob und wie sie jemals kreativ gewesen sein könnte.

Drei kleine Theaterstücke werden schließlich aufgeführt und beklatscht. Veras Gruppe hat im Nullkommanichts mit einem Handy sogar ein kleines Video gefilmt. Sie haben ihre Aufgabe wörtlich genommen und als „PR-Agentur" einen TV-Spot entworfen, der mit dem schlechten Image von psychisch Kranken in der Gesellschaft aufräumt. Vera hatte nur staunend zusehen können.

Thea leitet über zum letzten Teil des Projekttages, der wie immer den Expertinnen oder Experten in eigener Sache gehört. Vera ist an der Reihe, heute alleine, und fühlt im selben Augenblick ihr Herz davonrennen – im Galopp. Um nicht ins Stocken zu kommen, hat sie sich Notizen gemacht, die sie überfliegt.

Karim hebt den Arm und meldet sich zu Wort. Er müsse leider austreten, entschuldigt er sich und verlässt den Saal. Sofort summt und brummt die Klasse wie ein Orchester, das seine Instrumente stimmt. Die von Thea sorgfältig aufgebaute Spannung ist in sich zusammengebrochen wie ein Zelt auf dem Campingplatz, bei dem ein Hering herausgezogen wurde. Wir sind im vierten Stock, und die Toiletten befinden sich im Keller, erklärt Otto, der evangelische Religionslehrer, als Karim so schnell nicht wieder auftaucht. Ob der Junge vielleicht kneifen will?, fragt sich Vera. Aber er weiß doch gar nicht ... Da geht die Tür auf, und Karim setzt sich mit einem entschuldigenden Achselzucken wieder auf seinen Platz.

Thea wiederholt ihr Überleitungsritual, ein Gedicht über das gegenseitige Verstehen, das sie vor der Expertenrunde immer zum

Besten gibt, um die Aufmerksamkeit auf den Vortrag zu lenken. Vera nimmt ihren Zettel mit den Stichworten und ist froh, sich daran festhalten zu können. Fünf Jahre in zwanzig Minuten. Zeitraffer-Höllenfahrt durch eine Geisterbahn. Und Start.

Der Unfall am Vulkan, der Verlust der Erinnerung, der Zusammenbruch, die Erstarrung, die Psychiatrie, das Unverständnis der Umwelt, der Suizid von Hans, die Phasen des Auflebens, das Umkippen in die Manie, das Auftauchen von Anton, das Nichtmehrkönnen (die Details lässt sie weg), das Verrücktsein, das Aufbäumen. Dann die Rückkehr ins Leben – so langsam wie eine Schnecke mit ihrem gebuckelten Haus über eine holprige Wiese. Es geht mir heute wieder gut, betont Vera am Ende ihrer Geschichte. Ich bin aktiv, kann wieder arbeiten und das Leben in vollen Zügen genießen. Das hätte ich mir vor drei Jahren nicht träumen lassen. Nun kann ich mir kaum noch vorstellen, wie es war, als ich wie in einem Lavabrei eingeschlossen und erstarrt war.

Stille, kein Füßescharren mehr. Kein Hüsteln. Als ob alle den Atem anhalten würden.

Thea räuspert sich und ermuntert die Schülerinnen und Schüler im Stuhlkreis, Fragen zu stellen. Vera sei gerne bereit, sie zu beantworten.

Die blondgelockte Susanne meldet sich mit zögernd hochgestrecktem Arm. Sie sei Klassensprecherin und möchte sich im Namen aller für Veras Offenheit bedanken. Mich hat diese Geschichte sehr bewegt, sagt sie. Und eine Frage hat sie auch: Du hast immer nur von deiner Schwester, deinem Partner und einer Freundin erzählt. Wie haben sich andere aus deiner Umgebung verhalten?

Da ich so viel im Ausland gearbeitet habe, erklärt Vera, konnte ich meine früheren Kontakte hier kaum halten. Meine Freundinnen und Freunde leben verstreut. Manche haben mich angerufen, aber einige konnten mit meinem Zustand gar nicht umgehen und haben sich irgendwann nicht mehr gemeldet. ZU-STAND. Das Wort sagt es schon. Ich war völlig zu, und es war ein schrecklicher Stillstand. Ich konnte mich kaum noch mitteilen. Das kannten sie von mir nicht. Auch nicht meine Niedergeschlagenheit, meine Verzweiflung, von der sich andere nicht runterziehen lassen wollten.

Adigüzel bindet sich einen Schuh zu, bevor er das Wort ergreift. Ich bin geschockt, sagt er. Ich hätte mir nie vorstellen können, dass einer so taffen Frau wie dir so etwas passieren könnte. Du hast doch so einen coolen Beruf, naja, er ist wohl eher hot. Dafür muss man doch ganz schön mutig und abgehärtet sein. Und dann das! Könnte da jeder reinrutschen?

Ihr habt vorhin einige Promis genannt, die unter Depressionen litten. Hättet ihr euch vom Fußballstar Enke vorstellen können, dass er davon so schwer betroffen war?, fragt Vera in die Runde. Oder Lady Gaga? Warum nennt sie sich wohl so? Erfolg, Schönheit und viel Kohle – all das kann nicht verhindern, in die Grube zu fallen. Aber sicher gibt es Menschen, die davor gefeit sind, weil sie innerlich gefestigt sind. Ich arbeite daran, sagt Vera lächelnd.

Und wie?, fragt Freya.

Tanzend! Ich habe euch erzählt, wie sehr ich mich in der Klinik vor dem Basteln und Malen gegrault habe. Nun habe ich eine Möglichkeit gefunden, mich auszudrücken, die dort nicht angeboten wurde: Tanztherapie.

Kannst du uns davon erzählen?, fragt Xiaomeng.

Ich tanze leidenschaftlich gerne und kann fast jede Musik in Bewegung umsetzen. In der Tanztherapie, wir sind eine Gruppe von Frauen, wird auch Musik gespielt, aber wir bekommen Aufgaben, etwas auszudrücken. Etwa Gefühle wie Wut, Trauer oder Freude. Und es ist immer wieder verblüffend, wie in den Therapiestunden Verhaltensmuster deutlich werden und Seelenpanzer geknackt werden. Oft beginnt eine zu weinen und lässt etwas heraus, was tief drinnen in ihr verborgen ist.

In der letzten Stunde ging es zum Beispiel um das Thema Vertrauen: Wir mussten eine Kette bilden, und eine von uns ging an der Spitze. So langsam sie auch ging, das Schwanzende war doch in Gefahr, irgendwo anzustoßen. Die Lektion, die wir dabei körperlich lernten, war: Ich kann nicht für alles und jeden die Verantwortung übernehmen. Ich muss auch auf mich selber aufpassen. Und wenn ich blind im Raum herumlaufen soll und dabei tastend die Arme ausfahre, dann tue ich das nicht für die anderen, sondern für mich selbst. Selbstschutz als oberstes Prinzip, danach kann ich die anderen schützen. Schließlich fragte die Therapeutin: Wer traut sich, sich auf eine Decke zu legen und sich von den anderen schaukeln zu lassen? Ich war die Einzige! Und habe das Schaukeln genossen, wie in meiner Hängematte …

Wer oder was hat dir sonst noch geholfen, aus dem tiefen Loch wieder rauszukommen?, fragt Kerstin.

Max, der Sensibelste von allen, sagt Vera lächelnd. Der Dackel hat meine Stimmungen gespürt und hat versucht, mich zu trösten. Aber Tiere sind auch eine Verpflichtung, seinen Spaziergang hat er täglich eingefordert. So musste ich raus aus meiner Bude, egal bei welchem Wetter.

Außerdem schreibe ich wieder Tagebuch, was ich gar nicht konnte, als ich krank war. Ich konnte nicht einmal eine Geburtstagskarte schreiben! Jetzt versuche ich, mir beim Schreiben bewusst zu werden, ob das, was ich tue, mir auch gut bekommt. Achtsamkeit wurde in den Gruppen in der Psychiatrie geübt. Da konnte ich noch nix damit anfangen. Jetzt schon eher.

Mehrere Arme sind oben. Thea ruft Liam auf, der sich zuerst gemeldet hatte. Wenn du gar kein Tagebuch schreiben konntest, wie kannst du dich an die Details in der Psychiatrie erinnern?, will er wissen. Du warst doch selbst ganz schön „gaga".

Vera nickt. Ich konnte mich tatsächlich an vieles nicht erinnern, was in meiner schlimmsten Zeit in der Klinik passiert ist. Deshalb habe ich vor einigen Monaten um Einblick in meine Krankenakte gebeten. Und das hat geklappt! Patienten haben ein Recht darauf. Der Chefarzt meinte zwar, das sei noch nie vorgekommen, aber er wies die Kliniksekretärin an, die Akte auszudrucken. Und dann lag da ein Stapel von 420 Seiten vor mir ... Ich habe tagelang darin gelesen. Alles, was ich getan und was ich nicht getan habe, ist dokumentiert. Und mir ist einiges klar geworden. Außerdem gab es noch jemand anderen, der für mich und sich selbst Notizen gemacht hat.

Anton?, fragt Liam.

Ja, Anton hat mir sein Tagebuch geschenkt, das er begonnen hat, als er arg verzweifelt war. Er hatte keinerlei Erfahrung mit „Verrücktsein". Er wollte festhalten, was alles mit mir passierte, als ich in der Klinik war und wie es ihm selbst dabei ging. Das schreckliche Auf und Ab hat ihn immer wieder sehr erschüttert, seine Erwartungen enttäuscht, ihn fassungslos gemacht. Das alles hat er notiert. Und er hat für mich recherchiert, was beim Ausbruch des Popocatépetl geschehen ist, als ich bewusstlos wurde.

Er hat herausgefunden, dass mein mexikanischer Freund Mateo gestorben ist. Aber nicht beim Vulkanausbruch, sondern drei Jahre später. Und dass die Heilerin Clemencia sich mit ihren Leuten ebenfalls retten konnte, weil die Gruppe, die tatsächlich Don Goyo Opfer bringen wollte, unter einem Felsvorsprung ausgeharrt hat, der sie vor einer vulkanischen Felslawine geschützt hat. Das hat er mir erst nach Monaten erzählt, als ich wieder bei mir war.

Aber dann war der Schock oder das Trauma, das alles ausgelöst hat, gar nicht begründet?, wirft Miriam ein.

Ja und nein, antwortet Vera. Ich habe inzwischen viel darüber gelesen, weil ich es selbst verstehen will. Was ein Mensch als traumatisch erlebt, ist auch von der eigenen Wahrnehmung abhängig. So kann es für ein Kind traumatisch sein, wenn es nur denkt, dass die

Eltern in einem brennenden Haus ums Leben gekommen sind, auch wenn es die Eltern nach einigen Stunden wiedersieht.

Das Letzte, was ich bewusst erlebt habe, war die Gefahr, in der ich mit Mateo und in der die verschwundene Clemencia mit ihren Leuten schwebte. Ich wachte auf mit dem tiefen Gefühl, an etwas schuld zu sein. Das konnte mir niemand ausreden. Die Depression, die sich entwickelte, hat sich selbstständig gemacht, hat mich in Wellen überflutet. Jetzt kann ich wieder schwimmen und wenn Wellen kommen, durch sie hindurchtauchen.

Und was ist mit Anton? Seid ihr immer noch zusammen?, hakt Miriam nach.

Vera atmet tief durch. Ihr wollt aber alles ganz genau wissen. So viele Fragen hat mir noch keine Klasse beim Schulprojekt gestellt. Anton hat unglaublich viel ausgehalten, denn es war alles noch sehr zäh nach meiner Klinikflucht. Ich war danach nicht einfach gleich wieder gesund und fit. Nein, es hat noch mehr als ein halbes Jahr gedauert, bis ich mich in mir selbst wieder wohl fühlte, bis ich „wieder die Alte" war.

Anton hat mir immer wieder neue Aufgaben gestellt. Zum Beispiel, dass ich ihn zum Mittagessen in der Mensa der Uni treffen sollte. Das ist mir anfangs unglaublich schwergefallen. Ein täglicher Kraftakt war das, irgendwas halbwegs „Anständiges" anzuziehen und wieder unter Menschen zu gehen. Meist kam ich auf den letzten Drücker zu unserer täglichen Verabredung mit Schuhsohlenschnitzel und verkochtem Gemüse. Aber Anton war beharrlich. Und ja, wir sind noch immer zusammen.

Ich habe jetzt so viel über mich erzählt, da kann ich euch auch noch etwas Aktuelles verraten, sagt Vera schmunzelnd. Wir saßen am Sonntag im Garten, und Anton fing an zu stottern: Was würdest du sagen, wenn ich dich fragen würde … Da habe ich einfach JA gesagt, auf Verdacht.

Wow!, ruft Liam und beginnt zu klatschen. Die ganze Klasse klatscht mit, es wird ein fröhlicher, befreiender Applaus.

Ich war so begeistert, fügt Vera hinzu, dass ich am Montag in die City gegangen bin, um nach Brautkleidern Ausschau zu halten. Ich hatte gar nicht erwartet, dass ich etwas Passendes finden würde. Aber dann fand ich gleich drei – und habe sie alle drei gekauft.

In das verlegene Schweigen hinein erklärt Vera grinsend: Na ja, ein weißes, kurzes für den Vormittag im Standesamt und ein rotes, langes für die Party am Abend mit schwingendem Rock zum Tanzen! Und dann entdeckte ich noch ein Brautdirndl, genau in meiner Größe. Das habe ich dann auch eingepackt für den Fall, dass wir im Bergdorf heiraten, wo meine Schwester lebt.

Und für die Kirche?, fragen die beiden Pfarrer wie aus einem Mund. Aber dieser Satz geht unter im Gekicher der Mädchen und Jungs der 9b.

*

Ich wollte keine Kinder zur Welt bringen, und nun habe ich immerzu mit Kindern und Jugendlichen zu tun, überlegt Vera am Eingang zum Vulkanpark. In signalroter Jacke wartet sie auf die Schulklasse, in der sie vor einigen Wochen zu Besuch war mit dem Projekt „Verrückt, na und?". Sie hat sie zu einer Führung eingeladen. Ihr neuer Sommerjob als Guide und Animateurin macht ihr Spaß. Auch wenn es in ihren Augen – selbst multimedial – nur ansatzweise gelingt, Vulkanismus abseits vom Geschehen erlebbar zu machen. Der künstliche Vulkanausbruch, der alle zwei Stunden in Gang gebracht wird, bringt Vera immer zum Schmunzeln. Ihre Fotos, die an den Wänden im Museum hängen, findet sie eindrucksvoller. Sie kann sich an jeden Moment erinnern, in dem sie mit ihrer Kamera das Aufbäumen, Toben und Wüten der lebenden Berge festgehalten hat.

Freya, Liam und Adigüzel sind schon da und haben ihren Spaß mit dem „Geysir" im Park. Kein Naturschauspiel. Der Wasserstrahl des Springbrunnens schießt hoch, wenn sie mit dem Fuß auf eine bestimmte Stelle treten. Immerhin müssen auch echte Geysire manchmal zum Ausbruch motiviert werden. Vera hat gesehen, wie neuseeländische Parkranger etwas Waschpulver in den Lady Knox Geysir bei Rotorua gekippt haben, um seine heiße Fontäne hervorzukitzeln.

Kerstin und Xiaomeng amüsieren sich mit den rülpsenden Dinos, die sie begrüßen. Dinos müssen heute sein, um die Jugend anzulocken, sie für die Welt der Vulkane zu begeistern, hat sich das Team gedacht, das den Vulkanpark konzipiert hat. Und er lockt mit weiteren Attraktionen, die Wissen spielerisch vermitteln.

Vera freut sich schon darauf, die sprechenden Steine vorzuführen. Und dann den sensationellen Film im Drei-D-Kino, in dem die Zuschauer auf bequemen Sitzen Platz nehmen, aber angeschnallt werden, weil sich die Sessel in Bewegung setzen. Sie hört schon das Kreischen der durchgerüttelten und geschaukelten Kids. Sie werden sich so schwindlig fühlen, als ob sie unter rotierenden Flügeln selbst im laut knatternden Helikopter sitzen würden, der über einen rotglühenden Krater fliegt.

Vera ist der Blick in den feurigen Schlund der Erde vertraut. Hier ist er gefahrlos. Sie kann den Flug genießen – mit geschlossenen Augen, wie in der Geisterbahn.

Hinweis für Betroffene

Dieser Roman handelt von Depressionen. Wenn Sie selbst in einer psychischen Krise sind und Hilfe brauchen, können Sie sich an die Telefonseelsorge unter 0800 / 11 10 111 (kostenfrei) wenden.
Das Info-Telefon Depression der Stiftung Deutsche Depressionshilfe ist unter der Rufnummer 0800 / 33 44 533 zu erreichen.
Informationen im Internet: www.deutsche-depressionshilfe.de, www.depressionsliga.de (Betroffenenorganisation).

Danksagung

Die Autorin dankt für vielfältige praktische, gedankliche und moralische Unterstützung:

Ihrem Familienclan sowie Friederike Schmitz, Gabriele Knops, Gunilla Bengtsson, Heidi Strauss, Joachim Sbrisny, Katharina Bohl, Klaus Dettke, Michael Dipper, Nico Gormsen, Ralph Glöckler, Monika Held, Regina Rohleder, Renate Hoffmann, Rolf Klöckner, Ulla Lohmann, dem empathischen Psychiatriepersonal verschiedener Kliniken und dem Darmstädter Team vom bundesweiten Schulprojekt (Präventionsprogramm) „Verrückt, na und?" (www.irrsinnig-menschlich.de)

Glossar zu Ausdrücken in (mexikanischem) Spanisch

Das mexikanische Spanisch unterscheidet sich sowohl mit eigenem Wortschatz und Slang sowie eigener Intonation und Aussprache vom Spanisch aus Spanien und anderen lateinamerikanischen Ländern.

abrazo	(span.) Umarmung, Kuss
bienvenido / bienvenida!	(span.) Willkommen!
café de olla	Mex. Kaffeegetränk, mit Zimt in Tongefäß gekocht und in Tontassen serviert
calabacitas	Zucchini („kleine Kürbisse")
calva	(span.) Glatze
carajo!	(mex. Spanisch): Herrje! Zum Donnerwetter! Verdammt nochmal!
caray!	(mex. Spanisch): Herrje! Zum Donnerwetter! Verdammt nochmal!
caramba!	(mex. Spanisch): Herrje! Zum Donnerwetter! Verdammt nochmal!
carcacha	(mex. Spanisch) altes Auto, Klapperkiste
casita	(span.) kleines Haus, Hütte
chayote	Die Chayote (*Sechium edule*) ist eine Rankpflanze der Subtropen und Tropen (Familie der Kürbisgewächse), deren Früchte als Gemüse angebaut werden. Die oft schrumpelige, gerippte Frucht hat Birnenform. Die grünliche Schale ist haarig.
chichón	(span.) Beule
chile	Chili, in Mexiko Chile genannt
comadre	Patin, wichtige Funktion in Mexiko, Freundin
compadre	Pate, Freund
copal	Baumharz
diario	(span.) Tagebuch
enchilarse	(mex. Span.) sich an Chili-Schärfe „verbrennen"
feo / fea	(span.) hässlich

fenómeno	(span.) Phänomen
feria	(span.) Jahrmarkt, Messe
gringo / gringa	(mex.) Amerikaner/in, Ausländer/in
guacamole	(aus dem Aztek.) mex. Avocadocreme
guajolote	(aus dem Aztek.) Truthahn
güero / güera	(mex. Span.) blond, weißhäutig
güerita	(mex. Span.) blondes Mädchen
hamaca	(span.) Hängematte
locura	(span.) Verrücktheit
mariposa	(span.) Schmetterling
metate	(aztek.) vulkanischer Mahlstein
mexicanismo	Spez. Ausdruck im mex. Spanisch
mierda	(span.) Scheiße
milagro	(span.) Wunder
Mole poblano	dunkelbraune bis schwarze Soße, die neben Chili-Schärfe auch Schokolade enthält
Montaña Rusa	(span. „Russisches Gebirge") Name der großen Achterbahn in Mexiko-Stadt
primaria	(span.) Grundschule
Nahuas	Angehörige der Nahua-Ethnie
náhuatl	Náhuatl war die Sprache der Azteken und ist die heute noch am meisten verbreitete Indígena-Sprache in Mexiko.
nano toka	(náhuatl) hallo
nunca	(span.) niemals
ombligo	(span.) Nabel
pedregal	(span.) Erkaltetes Lavafeld, Vulkanwüste
rebozo	(span.) mexikanisches Umhängetuch
refrescos	(span.) Erfrischungsgetränke
Rosca de Reyes	(span.) Dreikönigskuchen. Diese Tradition wurde in Mexiko aus Spanien eingeführt. Im Hefekranz, der zum 6. Januar gebacken wird, sind Keramikfigürchen versteckt. Wer eines findet, muss für das nächste Fest, Mariä Lichtmess am 2. Februar, Tamales für alle Gäste zubereiten.

ruta de evacuación	(span.) Flucht-, Evakuierungsroute
sirvienta	Hausangestellte in mex. Haushalten der Mittel- und Oberschicht
sombrero	(span.) Sonnenhut
tamales	(aztek.) trad. mex. Gericht aus Maisteig mit verschiedenen Füllungen, eingewickelt in Maisblätter
tiempero / tiempera	(span.) „Wettermacher/in"; Personen denen magische Kräfte zugeschrieben werden
tezontle	(aztek.) Vulkanstein
tortilla	(span.) Maisfladen, Beilage bei jedem mex. Essen oder Grundlage für Gerichte wie gerollte Tacos
tranquilo	(span.) ruhig
vale!	(span.) Es gilt! Ausruf der Bestätigung
verdád	(span.) Wahrheit
Zócalo	In Mexiko gebräuchlicher Name für den Hauptplatz in einem Ort – nach einem Sockel für ein Denkmal für die Plaza von Mexiko-Stadt, das dort nie aufgestellt wurde.